대마종 6

임영기 新무협 판타지 소설

초판 1쇄 찍은 날 § 2008년 11월 10일
초판 1쇄 펴낸 날 § 2008년 11월 20일

지은이 § 임영기
펴낸이 § 서경석

편집장 § 문혜영
편집 § 서지현

펴낸곳 § 도서출판 청어람
등록번호 § 제1081-1-89호
등록일자 § 1999. 5. 31
어람번호 § 제2-1601호

주소 § 경기도 부천시 원미구 심곡동 163-2 서경B/D 3F (우) 420-010
전화 § 032-656-4452 팩스 § 032-656-4453
http://www.chungeoram.com
E-mail § eoram99@chollian.net

ISBN 978-89-251-1514-6 04810
ISBN 978-89-251-1307-4 (세트)

大魔宗

대마종

⑥

대천신등(大天神等)

임영기 新무협 판타지 소설
FANTASTIC ORIENTAL HEROES

청어람
도서출판

目次

第五十二章
요계이화(妖界二花)

大麻宗

무가내 일행은 시작부터 난관에 부딪쳤다.

선화루주를 만나야 하는데 선화루에 들어갈 수가 없기 때문이었다.

이유는 간단했다. 사전에 예약을 하지 않았다는 것이다.

냉운월이 물어보니 지금 예약을 하면 아무리 빨라도 열흘 후에나 선화루에 들어갈 수 있다고 한다.

작은 성채만큼이나 거대한 선화루에는 방이 수백 개에, 기녀만도 천여 명이나 거느리고 있다.

그런데 열흘 치 예약이 끝나 있다고 하니 가히 선화루에 대해서 다시 설명할 필요가 없을 듯했다.

들어가고 나오는 손님들과 배웅하고 영접하는 기녀, 종업원들로 문전성시를 이루고 있는 선화루 입구 한옆에 무가내 일행은 꿔다놓은 보릿자루들처럼 우두커니 모여 서 있었다.

어떻게든 선화루 안에 들어가야 선화루주를 만나서 대화를 하든 지지고 볶든 할 텐데, 대책이 서지 않았다.

모두들 어떻게 하면 좋을지 난감해서 무가내가 결정을 내려주길 바라는 눈치였다.

하지만 무가내는 짙게 화장한 아리따운 기녀들의 모습을 구경하느라 정신이 없었다.

좀 더 가까이에서 구경하려고 다가간 그는 기녀들에게서 풍기는 향기에 혹해서 코를 벌름거리며 손을 뻗어 한 기녀를 만지려고 하였다.

"어멋? 미쳤어요!"

기녀가 비명을 지르듯 놀라서 소리치며 쪼르르 물러나자 선화루 안에서 당당한 체구의 장한 세 명이 쏜살같이 달려나오더니 무가내를 에워쌌다.

그들은 청의 경장에 어깨에는 장검을 멘 평범한 모습이었다.

선화루에 소속된 호위무사들이었다.

하지만 균현은 그들을 보는 순간 기루의 일개 호위무사 정도가 아니라 하나같이 무림의 일류고수 수준이라는 것을 직감했다.

사실 균현은 선화루주가 요계십화 중 한 명일 것이라는 확신이 없어서 망설이고 있는 중이었다.

확신이 있었다면 무슨 수를 써서라도 선화루에 들어가려고 시도했을 것이다.

그러나 만약 선화루주가 요계십화 중 한 명이 아니라면, 괜한 소란을 일으켜 자칫 무가내를 비롯한 자신들의 존재를 드러내는 꼴이 되고 만다.

그런데 무가내가 기녀들을 찝쩍대다가 소란이 벌어질 판국이 돼버렸다.

호위무사들은 당당한 모습의 균현과 강조, 자미룡, 냉운월 등이 무가내의 일행일 것이라고 판단하면서도 조금도 위축된 모습이 아니었다.

균현은 강조와 자미룡, 냉운월 등이 무가내 쪽으로 가려는 것을 눈짓으로 만류하고 자신이 나섰다.

일단 어떻게든 이 상황을 해결하고 나서 방법을 강구해 보려는 것이다.

그런데 바로 그때 전혀 뜻밖의 일이 벌어졌다.

손님을 배웅하던, 그리고 맞이하러 나온 기녀들 십여 명이 모두 한꺼번에 몰려들고 있었다.

그녀들은 무가내를 에워싸고 있는 호위무사들을 밀쳐 내더니 그의 주위로 우르르 몰려들며 환호성을 터뜨리며 온갖 교태를 부리기 시작했다.

"꺄악! 잘생긴 공자님~! 오늘 밤 천첩이 시중을 들게 해주세요. 네?"

"아잉~ 천첩을 선택해 주시와요~!"

그녀들은 무가내를 서로 차지하려고 그에게 안기고 만지면서 난리가 아니었다.

무가내를 어떻게 하려던 호위무사들은 뒤쪽으로 밀려나 눈만 멀뚱거리며 처다보았다.

"어어… 줄을 서, 줄을."

무가내는 싱글벙글 웃으면서 기녀들이 안기고 만지는 대로 내버려 두었다.

그것을 보고 균현 등 일행은 의아함을 금치 못했다. 도대체 기녀들이 갑자기 무엇 때문에 저러는지 몰라서 귀신에 홀린 듯한 표정을 짓고 있었다.

사실 조금 전에 무가내가 어떤 기녀를 만지려고 할 때 작은 소란이 벌어졌었다.

그때 입구에 있던 모든 사람들이 무슨 일인가 싶어서 무가내를 주시했다.

바로 그 순간 무가내는 기녀들만 골라서 번개같이 시선을 마주치며 염안마령술을 전개했던 것이다.

시선만 마주치기만 하면 열 명이 아니라 백 명이라도 노예로 만들 수 있는 수법이 염안마령술이다.

자미룡 같은 고수도 염안마령술에 나가떨어졌는데, 하물며 기녀들이야 말할 나위가 있겠는가.

　　무가내는 기녀들을 둘러보면서 너스레를 떨었다.

　　"나, 저기 들어가도 되느냐?"

　　그는 턱으로 선화루 입구 안쪽을 가리키고 있었다.

　　순간 기녀들은 싸움이라도 하듯 무가내를 붙잡고 입구 쪽으로 끌고 갔다.

　　무가내는 끌려가면서 호위무사들을 뒤돌아보았다.

　　"어이! 저 사람들은 내 일행이야!"

　　사전에 예약도 하지 않은 무가내 일행은 선화루 사층에서도 가장 큰 객실에 떡하니 자리를 잡았다.

　　무가내는 가장 상석에 앉았고, 균현과 냉운월, 자미룡, 강조 등은 무가내 앞쪽 좌우에 서로 마주 보는 자세로 자리에 앉아 있었다.

　　술자리에서는 상하 구분이 없고 예의를 차리지 않는 것이 무가내의 오래된 규칙이니 이곳이라고 다를 바가 없다.

　　그러나 은예상은 무가내 옆에 앉지 못했다.

　　염안마령술에 제압된 십여 명의 기녀들이 그를 중심으로 전후좌우에 빼곡하게 둘러앉아 손이 아니면 옷깃이라도 한 번 만져 보려고 아우성을 치고 있었기 때문에 은예상이 다가갈 틈이 없었다.

무가내는 기녀들의 염안마령술을 풀어주지 않았다. 아니, 풀어줄 수가 없는 상황이다.

풀었다가 기녀들이 우르르 나가 버리면 혹여 쫓겨나지 않을까 염려해서였다.

또한 뼈가 없는 듯이 나긋나긋한 몸으로 부드럽게 안겨들고, 애교 넘치는 목소리로 귀를 간질이는 기녀들에게 둘러싸여 있으니 너무나 기분이 좋아서 구태여 풀어주고 싶은 생각도 들지 않았다. 사실 그는 선화루에 온 목적을 거의 잊고 있는 중이었다.

"핫핫핫! 요것들! 깨물어 먹어도 비린내가 나지 않겠구나!"

무가내는 물 만난 물고기처럼 신바람이 나서 마치 음탕한 호색한처럼 떠들어댔다.

염안마령술에 제압을 당해서 죽기 살기로 몸을 던지는 기녀들과 천하에 다시없을 호색한이 만났으니 더 이상 무슨 말이 필요하겠는가.

천하 각 지역에서 가장 뛰어난 미녀들만 선발하여 엄격한 교육을 거친 여자들이 바로 선화루가 자랑하는 기녀, 즉 선화미기(仙花美妓)다.

도도하면서도 누구보다 자존심이 강하기로 소문난 그녀들이거늘, 무가내가 젖가슴을 만지려고 앞섶에 손을 넣으면 오히려 상의를 풀어헤쳐 젖가슴을 덜렁 드러내고, 그의 손이 허벅지를 더듬으려고 하면 기다렸다는 듯이 다리를 벌리고 속곳을 풀기 바빴다.

무가내의 측근들이 가장 염려하는 사람은 무가내가 아니라 은예상이었다.

부인이나 다름이 없는 그녀를 버젓이 옆에 놔두고 저 난리를 벌이고 있는 무가내다.

그러니 균현 이하 측근들은 자신들이 죄를 짓기나 한 것처럼 은예상을 볼 면목이 없었다.

하지만 은예상은 담담한 미소를 짓고 있었다.

아니, 오히려 그러고 있는 무가내가 너무도 사랑스럽다는 듯한 표정으로 그윽하게 바라보는 것이었다.

그런 모습을 보면서 측근들은 그녀야말로 무가내의 진정한 부인 감이라고 고개를 끄덕였다.

그때 방문이 열리고 이십대 중반의 아름다운 여인. 즉, 선화루의 총관이 다급히 들어섰다.

십여 명의 기녀들이 자신에게 예약된 손님들을 내팽개치고 어떤 사내에게 홀려서 제정신이 아니라는 호위무사의 보고를 받고는, 대체 어떻게 된 상황인지 총관인 자신의 눈으로 직접 확인하려고 허겁지겁 달려온 것이다.

과연 총관이 직접 보니 난리도 이런 난리가 없고 가관이 아닌 상황이 벌어지고 있었다.

손님이 황금을 수레로 싣고 와도 눈 하나 까딱하지 않는 자랑스러운 선화미기들이 아닌가.

그런데 지금은 서로 경쟁을 하듯 옷을 벗어던지고 자신의 젖가슴과 아랫도리를 한 소년에게 들이밀며 꺅꺅 비명을 질러대고 있었다.

"너희들! 이게 무슨 짓이냐?"

총관이 몸을 바르르 떨면서 냅다 호통을 쳤다.

그러나 자랑스러운 선화미기들은 그녀의 호통에도 아랑곳하지 않을 뿐 아니라 아예 쳐다보지도 않았다.

대신 두 손이 기녀들의 허벅지 속으로 들어간 상태에서의 무가내가 헤벌쭉한 얼굴로 총관을 쳐다보았다.

불행하게도 두 사람의 시선이 허공에서 마주쳤다.

순간 총관의 분노한 얼굴이 얼음이 녹듯 빠르게 풀어졌다.

그녀에게도 운명의 염안마령술이 전개된 것이다.

다음 순간 총관은 곧장 무가내를 향해 돌진해 가며 기녀들보다 더 큰 환호성을 터뜨렸다.

"꺄아악! 너희들 모두 비켜! 그분은 내 거야!"

결국 선화루주가 제 스스로 무가내를 찾아오고 말았다.

선화미기 십여 명은 그렇다손 쳐도, 총관까지 할 일을 제쳐두고 한 소년에게 빠져서 미쳐 날뛰고 있다는 보고를 접했으니 당연한 일이었다.

선화루주는 사십대의 중년 여인으로 우아함과 위엄을 동시에 갖춘 외모의 소유자였다.

균현은 검을 멘 두 명의 장한을 이끌고 실내에 들어선 선화루주를 보는 순간 그녀가 요계십화 중 한 명이 아닐 것이라고 판단했다.

요계십화가 살아 있다면 아무리 젊어도 육십 세는 됐을 텐데 선화루주는 너무 젊었다.

그렇다고 해서 균현은 그녀가 주안술로 젊게 보이는 것이 아니라는 걸 간파했다.

주안술을 전개할 정도면 더 젊은 모습으로 변할 것이지 구태여 사십대 중반으로 변하지는 않았을 것이기 때문이다.

선화루주가 들어섰을 때 무가내와 여자들은 주지육림의 절정으로 치닫고 있는 중이었다.

총관을 비롯하여 십여 명의 선화미기들은 거의 벌거벗은 몸이나 다름이 없었다.

그 상태에서 무가내에게 서로 안기려고 아우성을 치면서 교성을 질러대고 있었다.

그런데도 선화루주는 표정 하나 변하지 않았다. 그녀는 입구 안쪽에 선 채 잠시 동안 묵묵히 무가내와 여자들을 지켜보기만 했다.

사실 지금 실내에서 벌어지고 있는 상황이 어떻게 된 일인지 아는 사람은 자미룡 한 사람뿐이었다.

그녀는 무가내를 처음 만났을 때 그의 염안마령술에 제압된 경험이 있었다.

그렇더라도 그가 염안마령술을 풀어주면서 말해주지 않았으면 죽을 때까지 그 사실을 몰랐을 것이다.

해서, 그녀는 지금 무가내가 총관과 선화미기들에게 염안마령술을 펼쳤을 것이라고 짐작하고 있는 자미룡이었다.

"소협."

이윽고 선화루주가 조용히 입을 열었다.

무가내는 두 손을 열심히 움직이면서 게슴츠레한 얼굴로 선화루주를 쳐다보았다.

"나 부른 거야?"

"그래요."

무가내의 버릇없는 행동에도 선화루주는 변함이 없었다.

"원컨대, 그 아이들을 원래의 모습으로 되돌려 놓아주시면 고맙겠군요."

"자넨 누군가?"

무가내는 총관이 드러내어 내밀고 있는 젖가슴 꼭대기의 유두를 손가락으로 톡톡 튕기면서 물었다.

"선화루주예요."

"음, 드디어 나타나셨군. 그렇다면 이제 놀이를 끝내야 할 시간이다."

짝짝.

"자! 지금부터 동작 멈추고 다들 나를 쳐다봐라!"

그는 자세를 바로 하고 가볍게 손뼉을 치며 총관과 선화미기들에게 말했다.

여자들은 흐트러진 자세로 무가내를 주시했다.

순간 무가내의 눈이 가볍게 반짝 붉은 홍광을 발했다. 단지 그것뿐이었다.

그런데 다음 순간 선화미기들은 여태까지와는 다른 난리를 피웠다.

"꺄아악!"

"어머멋! 내가 미쳤나 봐!"

"아악! 내 속곳 어디 있어요?"

염안마령술이 풀린 여자들은 제정신으로 돌아와 자신들의 모습을 발견하곤 찢어지는 듯한 비명을 질러댔다.

한바탕 난리가 지나간 후 실내는 평온을 되찾았다.

은예상과 자미룡을 제외한 사람들은 귀신에 홀린 듯한 표정을 짓고 있었다.

총관을 비롯한 선화미기들이 방금 전까지만 해도 완전히 무장 해제된 모습이더니 순식간에 원상태로 돌아와 부랴부랴 옷을 입고 나가 버렸기 때문이다.

실내는 태풍이 휩쓸고 지나간 광경과 다름이 없었다.

그런데 선화루주는 무가내에게 '여자들을 원상태로 되돌

려달라'고 부탁했다.

그 말인즉, 그녀는 어떻게 된 영문인지 알고 있다는 뜻이
아니겠는가.

선화루주는 무가내에게서 시선을 거두어 좌중의 사람들을
찬찬히 둘러보았다.

그 한 번의 동작으로 그녀는 실내에 있는 사람들이 범상치
않다는, 아니, 대단한 고수라는 사실을 간파했다.

무가내는 선화루주를 입구에 계속 세워둔 채 쓰다 달다 말
이 없었다.

대신 뚝 떨어져 앉아 있는 은예상에게 손짓을 했다.

"여보, 이리 와."

은예상은 조심스럽게 일어나 무가내에게 다가가 그 곁에
살포시 앉았다.

사실 무가내가 선화루 입구에서 기녀들에게 염안마령술을
전개한 것은 선화루주를 불러내기 위한 작전이었다.

그런데 정작 선화루주가 나타나자 그는 가타부타 말도 없
이 그녀에게는 신경조차 쓰지 않고 있었다.

하지만 그는 선화루주가 요계십화 중 한 명이거나 최소한
요계십화와 관계가 있다는 사실을 방금 전에 확인했다.

그녀가 염안마령술을 한눈에 알아보았기 때문이다. 그런
이상 이제 무가내가 급할 것은 없었다.

염안마령술이 요선계의 창시자이며 절대자였던 요선마후,

즉 빙염의 성명수법이라는 사실을 선화루주가 익히 알고 있을 테니 당연히 그녀가 먼저 손을 뻗어올 것이다.

은예상은 공손히 술을 따랐고, 무가내는 그것을 넙죽넙죽 받아 마시며 한껏 여유를 부렸다.

그 우두머리에 그 수하들이라고, 균현 이하 모두들 태연하게 대화를 나누면서 술잔을 들었다. 아무도 선화루주에게는 신경조차 쓰지 않았다.

상황이 이 정도가 됐으면 무시를 당했다고 기분이 나빠질 만도 한데, 선화루주는 오히려 입가에 한줄기 희미한 미소를 떠올리고 있었다.

이윽고 그녀는 호위무사에게 그 자리에 있으라고 하고는 천천히 무가내에게 다가가 그 앞에서 멈추었다.

"당신은 누구죠?"

그녀는 사근사근한 목소리로 무가내를 굽어보며 물었다.

무가내는 술잔을 들고 느긋하게 선화루주를 쳐다보며 태연히 대꾸했다.

"자네 할머니의 친구야."

어떻게 들으면 건방지게 아무렇게나 내뱉은 대답처럼 들릴 수도 있다.

하지만 총명한 선화루주는 그 말을 알아듣고 표정이 약간 변했다.

그녀는 수양이 깊은 사람이기는 하지만 지금 상황에서 평정을 유지하는 것은 어려웠다.

그녀는 무가내가 말한 '할머니'를 요선마후라고 알아들은 것이다.

그때 균현이 선화루주에게 요구했다.

"수하들을 내보내게."

그 말은 명령에 가까웠다.

그는 방금 무가내가 '할머니'라고 말한 것을 듣고는 선화루주가 요계십화와 관계가 있다는 사실을 간파했다.

선화루주는 균현을 쳐다보았다.

균현은 무가내의 오른쪽 첫 번째에 앉아 있었다. 그것은 그가 무가내의 수하이되 최측근이라는 뜻이다.

겉보기에 무가내는 허랑방탕하고 조널이 구는 사람 같은데, 오히려 수하가 더 뛰어난 인물 같았다.

선화루주는 입구 안쪽에 서 있는 두 명의 호위무사에게 고개를 끄덕여서 내보냈다.

호위무사가 나가자 균현은 선화루주를 보며 입을 열었다.

"자넨 내가 상대해 주지."

그 말은 선화루주에게 '너는 주군을 상대할 자격이 없다'라는 뜻으로 들렸다.

선화루주는 균현을 향해 돌아섰다.

"혹시 당신은 사도십존의 사혼귀존이 아닌가요?"

균현의 얼굴이 가볍게 변했다. 그의 모습은 무림에 거의 알

려지지 않아서 그를 알아보는 사람이 거의 없는데, 선화루주
는 한눈에 알아본 것이다.

균현은 대답하지 않았지만, 선화루주는 그의 침묵을 긍정
으로 받아들였다.

그때 술잔을 비운 무가내가 한쪽을 가리키며 손끝을 까딱
거렸다.

"너, 이리 와서 내 옆에 앉아라."

그 말에 놀라지 않은 사람은 은예상뿐이었다. 모두의 시선
이 무가내가 가리킨 사람에게 집중됐다.

무가내의 손끝이 가리키는 곳에는 적잖이 놀라는 표정을
짓는 요마낭이 함초롬히 앉아 있었다.

무가내가 무엇 때문에 요마낭을 불렀는지 짐작이라도 하
는 사람은 아무도 없었다.

싸울 때 외에는 숫기라곤 없는 요마낭은 극도로 긴장하여
허리를 잔뜩 굽힌 채 조심스럽게 무가내 옆으로 다가왔다. 하
지만 앉지는 못하고 선 채 쭈뼛거렸다.

그러자 무가내가 손을 뻗어 그녀의 허리를 휘감아 끌어당
겨 자신의 무릎에 앉혔다.

"아!"

요마낭은 화들짝 놀라 급히 일어나려고 용을 써봤지만, 그
녀의 허리에 둘러진 무가내의 팔 힘이 너무 완강해서 뜻을 이
루지 못했다.

무가내의 때 아닌 괴행에도 수하들은 그다지 놀라는 얼굴이 아니었다. 이미 이력이 났기 때문이다.

가장 놀란 사람은 당사자인 요마낭이다. 그녀는 온몸이 극도로 긴장하여 빳빳하게 굳어 어쩔 줄을 몰라 몸을 움찔거렸으나 무가내에게서 벗어나지는 못했다.

무가내는 그녀의 키만 한 검을 어깨에서 풀어 한쪽에 내려 놓았다.

그런 그의 행동은 이제 본격적으로 무엇인가를 해보려는 것으로 보였다.

요마낭은 아직 십육 세 어린 나이에 예쁘장하면서도 귀여운 용모다.

더구나 냉운월에 비해서 머리 하나가 작을 정도로 아담한 체구에 가냘픈 몸매의 소유자다.

그런 그녀가 웬만한 장정보다 더 크고 떡 벌어진 체구의 무가내의 책상다리 한복판에 앉으니 마치 어른 무릎에 여자 아이가 앉은 모습이었다.

"흠! 너는 꽤나 야들야들한 살결을 가졌구나."

눈을 반개하고 중얼거리는 무가내. 요마낭의 허리를 둘렀던 손이 상의 속으로 스르르 기어 올라가고 있었다. 탐색을 시작한 것이다.

요마낭의 몸이 더욱 빳빳해져서 아예 장작처럼 변했다.

그러더니 다음 순간 그녀는 두 눈을 커다랗게 뜨고 입을 반쯤 벌리며 소스라치게 놀라는 표정을 지었다.

"헉!"

무가내의 손이 그녀의 젖가슴을 움켜잡았기 때문이다.

"오… 이렇게 따뜻한 가슴이라니……. 게다가 생각했던 것
보다 크구나. 흠."

좌중의 사람들은 무가내의 그런 모습을 많이 봐왔던 터라
대수롭지 않은 듯 여겼다.

그러나 요마낭이 반항도 하지 못한 채 소리 없이 눈물을 흘
리기 시작하자 그녀가 불쌍하다는 생각이 들었다.

"어디 이번에는 여길……."

무가내의 한 손이 요마낭의 젖가슴을 마음껏 농락하면서
다른 손이 그녀의 바지 괴춤으로 미끄러져 들어갔다.

그러자 요마낭이 자지러지는 비명을 질렀다.

"어머니!"

난데없는 외침에 모두들 깜짝 놀라 요마낭과 선화루주를
번갈아 쳐다보았다.

어머니라니, 지금 이 상황에 그런 호칭이 튀어나올 일이 없
는 것이다.

신화루주와 요마낭의 시선이 오갔다.

선화루주는 어쩔 수 없다는 눈빛이고, 요마낭은 살려달라
는 애절한 눈빛이다.

무가내는 조금도 바쁠 것이나 아쉬울 게 없다는 듯 여전히

요마낭의 속곳 속 수풀을 희롱하고 있었다.

너무도 창졸간에 벌어진 일이라서 요마낭은 뿌리치고 일어서야 한다는 사실조차 잊고 있었다.

이윽고 선화루주가 씁쓸한 미소를 지으면서 무가내를 바라보며 처연히 입을 열었다.

"그만 그 아이를 놓아주세요."

무가내는 태연했다.

"누굴 말인가?"

누구를 가리키는지 알면서도 제대로 호칭을 대라는 뜻이다.

그러면서 그의 손가락이 재주를 부리기 시작했다. 예의 운홀우황지의 수법이었다.

"허억……!"

요마낭이 상체를 활처럼 뒤로 휘며 숨넘어가는 신음을 터뜨렸다.

그녀의 몸이 딱딱하게 경직됐지만 지금까지의 경직도와는 다른 경직이었다.

무가내의 손이 무슨 수작을 부리고 있는지는 은예상과 자미룡만이 짐작할 수 있었다.

요마낭이 온몸을 바들바들 떨면서 한숨인지 신음인지 모를 소리를 흘려냈다.

"아아… 하아아……."

"그만! 부디 제 딸아이를 괴롭히지 마세요!"

선화루주는 마침내 백기를 들고 말았다.

'딸아이' 라는 소리에 실내의 모든 사람들이 일제히 선화루주를 주시했다.

그러자 무가내의 손이 뚝 멈추었고 구렁이처럼 요마낭의 속곳과 상의에서 빠져나왔다.

"하아……."

요마낭은 축 늘어지며 뺨을 무가내의 어깨에 기댔다. 그녀는 손가락 하나 까딱할 힘조차 없었다.

그러나 그녀가 선화루주를 바라보는 눈빛에 왜 멈추게 했느냐는 원망의 기색이 배어 있다는 사실을 발견한 사람은 선화루주뿐이었다.

"이 아이가 자네 딸인가?"

무가내는 손으로 과일 조각 하나를 집어 입으로 가져가며 선화루주에게 물었다.

사람들의 시선이 그의 손으로 집중됐다. 방금 전까지 요마낭의 속곳 속을 누비던 손이었던 것이다.

그러나 무가내는 모르는 듯 태연히 과일 조각을 입속에 넣고 맛있게 먹었다.

"그렇습니다."

선화루주는 자세를 바로 하며 대답했다.

무가내는 며칠 전에 마안산 귀연혈창보에서 비무대회를

열었을 때, 요마군의 최후 승자인 요마낭이 싸우는 광경을 똑똑히 보았었다.

그때 요마낭은 요선마후의 최고 절학 중 하나인 요마탈혼이라는 초식을 전개했다. 물론 그것을 알아본 사람은 무가내 한 명뿐이었다.

이십 년 전에 요선계에서 요마탈혼을 전개할 줄 아는 사람은 요선마후와 요계십화뿐이었다.

요마낭은 이제 겨우 십육 세다. 그녀가 예전의 요선계와 직접적인 연관이 있을 수가 없다.

그러므로 그녀가 요마탈혼을 누군가에게 배웠다면 틀림없이 요계십화 중 한 명에게서일 것이다.

…라고 무가내는 짐작했었다.

그리고 그의 짐작은 정확했다. 방금 입증된 것이다.

"자네 모친이 요계십화인가?"

무가내는 은예상이 따라준 술잔을 입에 대면서 물었다.

요마낭은 기진맥진하여 축 늘어진 채 무가내의 품에 안겨 있었다.

그녀는 정신이 반쯤 나간 상태라서 아직 상황 판단이 안 되는 듯했다.

선화루주는 잠시 대답하지 않고 묵묵히 무가내를 응시하기만 했다.

그녀의 모친은 이십 년 전 제이차 혼천대전 이후에 발동된 탕마령을 피해 요계십화라는 이름을 버리고 오늘날까지 살아 왔다.

그러므로 그 사실을 밝히는 것은 크나큰 모험이라고 할 수 있었다. 그래서 선화루주가 갈등하고 있는 것이다.

한참 만에 그녀는 여태까지와는 달리 긴장한 목소리로 조심스럽게 입을 열었다.

"당신은 무적방주인 동시에 혈풍신옥이라는 별호를 갖고 계시지요?"

무가내는 고개를 끄덕였다.

"그래."

그의 품에 요마낭이 안겨 있었지만 아무도 신경을 쓰지 않았다. 무가내와 선화루주 사이에 중요한 대화가 오가고 있었기 때문이다.

"단도직입적으로 여쭈겠습니다. 당신은 누구십니까?"

선화루주는 방금 자신의 입으로 무가내가 무적방주이며 혈풍신옥이라고 말해놓고서도 그가 누구냐고 묻고 있다.

무가내는 그녀가 무엇을 묻고 있는지 알고 있다.

"자넨 내가 빙염… 아니, 요선마후하고 어떤 관계인지 알고 싶은 것이지?"

그렇게 말하는 그는 지금껏 기녀들과 낄낄거리고 요마낭에게 수작을 걸었을 때의 모습이 아니었다.

꼿꼿한 자세로 앉아 봄바람처럼 훈훈한 미소를 입가에 머금고 있는 모습은 임풍옥수 그것이었다.

그의 그런 모습에 선화루주는 자못 경건한 마음이 되어 자신도 모르게 자세를 바로 했다.

"그렇습니다. 당신은 요선마후의 전인이십니까?"

무가내가 염안마령술이나 운홀우황지를 전개하는 것을 봤으니 당연히 그렇게 생각할 수 있었다.

"아냐. 왜 다들 나를 네 마물들의 제자라고 하는 건지……."

그는 가볍게 눈살을 찌푸리며 투덜거렸다.

그때 균현이 모두를 둘러보며 말했다.

"모두 나가라."

그는 지금부터 무가내와 선화루주 사이에 오가게 될 얘기가 중요한 내용이라고 판단했다.

물론 그 사실을 알고 있는 사람도 있지만, 모르는 사람도 있기 때문에 모두 내보내려는 것이다.

"아냐. 그럴 필요 없네."

무가내는 손을 젓고 나서 선화루주를 보며 조용히 말했다.

"나는 지난 십팔 년 동안 네 마물, 아니, 사대종사와 함께 살았어. 물론 그들의 무공을 모두 배웠지. 그렇지만 그들의 제자는 아냐."

"아……."

선화루주는 나직한 탄성을 흘렸다. 그리고 그녀의 만면에 감격과 기쁨이 가득 떠올랐다.

그 즈음 요마낭은 정신을 수습했다. 그리고는 자신이 무가내의 품에 눕듯이 안겨 있다는 사실을 깨닫고 피가 싸늘하게 식을 만큼 놀랐다.

하지만 그의 품에서 벗어날 기회가 없었다. 더구나 지금은 중요한 대화를 나누고 있는 중이었다.

자신이 일어나면 모두의 시선이 집중될 것이고, 또한 대화가 끊어질 터이다.

그녀는 또 다른 고난에 처해서 이러지도 저러지도 못하고 전전긍긍했다.

그때 은예상이 손을 뻗어 요마낭의 손을 잡으며 부드럽게 미소 지었다.

"힘들죠? 이제 그만 내려와도 괜찮아요."

그녀는 구원을 받은 듯 은예상의 손을 잡고 조심스럽게 무가내의 무릎에서 내려와 바닥에 앉았다.

그런데 그것이 공교롭게도 무가내와 은예상 사이에 앉아 버리게 되었다.

하지만 그녀는 무가내의 무릎에서 내려왔다는 사실 때문에 그 사실은 미처 깨닫지 못하고 있는 듯했다.

무가내는 선화루주를 보며 말을 이었다.

"자네 어머니를 만날 수 있나?"

선화루주는 공손히 대답했다.

"제가 가모(家母)에게 말씀을 전하겠습니다."

척!

"그럴 필요 없느니라."

그때 방문이 열리며 한 사람이 들어섰다.

모두 가볍게 놀라며 그 사람을 쳐다보았다.

그러나 무가내는 조금 전부터 방문 밖에 한 사람이 서 있으며, 그가 누구인지까지도 짐작하고 있었다.

들어선 사람은 백발이 성성한 노파였다. 눈처럼 빛나는 은의(銀衣)에 바닥에 살짝 끌리는 은색 치마를 입었고, 아담한 체구에 곱게 늙은 모습이었다.

무기는 지니지 않았으며 일신에서 어떤 기도나 위엄 같은 것도 느껴지지 않았다.

그저 어느 명문가의 품격 높은 대마님 같은 풍모를 지니고 있었다.

"어머니."

"할머니."

선화루주와 요마낭이 노파에게 공손히 예를 취했다.

노파는 천천히 무가내 앞으로 걸어와 멈추었다.

그녀는 무엇인가를 찾아내려는 듯 잠시 무가내를 응시했다.

이윽고 그녀는 고개를 끄덕이며 미소를 지었다.

"계주께서 당신을 훌륭하게 키우셨군요."

어찌 들으면 건방진 말이었다. 하지만 무가내는 미소로써 화답했다.

자격이나 신분만으로 따지자면 용납할 수 없는 말이지만, 그녀가 무가내에게서 요선마후의 모습을 발견했듯이 그는 그녀에게서 빙염의 모습을 발견한 것이다.

"하하! 누님이 나 때문에 속깨나 썩었지."

무가내의 명랑한 웃음소리가 실내를 가벼이 울렸다.

겸손의 말이 아니다. 이제 와서 생각해 보니 빙염뿐만 아니라 오악도의 네 마물들과 티격태격했던 일들이 새삼스레 정겹고 그리웠다.

노파의 시선이 요마낭에게 향했다.

"저 아이를 알아보셨군요."

무가내는 고개를 끄덕였다.

"응. 요마탈혼을 제대로 사용하더군."

"과찬이십니다."

요마낭은 여전히 무가내와 은예상 사이에 앉아 있었다. 아직도 그 사실을 자각할 겨를이 없었다.

"제 뜻을 짐작하셨습니까?"

노파는 조심스럽게 물었다.

"그래. 자네, 오랫동안 쉬었기 때문에 한번 뛰어보고 싶다는 것이지?"

"하하! 그렇습니다!"

노파는 명랑하게 웃고 나서 두 손을 앞에 모으고 공손한 자세를 취했다.

"저를 받아주시겠습니까?"

무가내는 선선히 허락했다.

"그러겠네. 어떤 자리를 원하나?"

무척이나 어려울 것이라고 기대했던 일이 너무도 술술 풀리고 있었다.

균현 이하 측근들은 다시 한 번 속으로 '과연 주군이시다!'를 연발하며 감탄하고 있었다.

"저는 요선계 사람이니까 요마군 휘하가 되고 싶습니다."

그 말에 냉운월이 움찔 놀랐다.

무가내는 냉운월을 보며 고개를 끄덕였다.

"운월, 그녀를 자네 휘하에 두게."

그 말에 실내의 모든 사람들이 놀랐다.

냉운월은 대답 대신 벌떡 일어나서 걸어나와 노파 옆에 서서 무가내를 향해 공손히 허리를 굽혔다.

"주군, 그럴 수는 없습니다."

"어째서?"

"그녀는 요계십화 중 일인입니다. 휘하에 두는 것은 속하가 너무 벅찹니다."

"힘들다는 건가? 그럼 어떻게 했으면 좋으냐?"

"속하에게 방법이 있습니다."

"말해봐라."

배짱있는 냉운월이지만 이 대목에서는 조금 주저했다. 자신이 생각해도 무리하다는 생각이 들었기 때문이다.

"저… 요마군장 자리를 내놓겠습니다."

그 말에 모두 깜짝 놀랐다. 냉운월이 요마군장이라는 지위에 얼마나 자부심을 갖고 있는지 잘 알고 있었기 때문에 놀라움이 더욱 컸다.

그런데 무가내는 선선히 고개를 끄덕였다. 그의 행동은 아무도 예측하지 못했다.

"알았다."

그는 노파를 보며 빙그레 웃었다.

"지금부터 자네가 요마군장이야."

"명을 받듭니다."

노파 역시 사양하지 않았다. 그녀는 그 자리에 부복하여 이마를 바닥에 대며 공손하게 입을 열었다.

"속하 요계이화(妖界二花) 설란요백(雪蘭妖魄), 주군의 명을 받듭니다."

그녀는 요계십화 중 둘째인 이화 설란요백이었다.

만약 그녀가 총혈계로 갔다면 현재 총혈계주의 자리에 있는 마육혈 구유마혈이나 독육악 망혼광악보다 서열이 높아 총혈계주가 되었을 것이다.

"자리에 앉게."

무가내가 고개를 끄덕이자 설란요백은 조심스럽게 균현의 맞은편에 서로 마주 보는 자세로 앉았다.

第五十三章

호위대(護衛隊)

"**오**랜만이네, 균현."

자리에 좌정한 설란요백이 맞은편의 균현을 보며 온화한 미소를 지으면서 아는 체를 했다.

균현은 자세를 바로 하고 정중히 고개를 숙였다.

"오랜만에 뵙소이다, 요백 누님."

사대종사의 심복인 사도십존, 독립십악, 요계십화, 마도십혈. 즉, 사독요마사십인(邪毒妖魔四十人)이라 불리던 그들 사이에도 엄연히 서열이 존재했고 남달리 위계질서가 준엄했던 시절이 있었다.

그러니 사도십존의 팔존인 균현이 요계십화의 설란요백에

게 깍듯한 것은 당연한 일이다.

균현은 이십여 년 전에 설란요백을 잘 알고 있었을 뿐 아니라 '누님'이라 부르며 따르던 사이였다.

무가내는 아직도 서 있는 냉운월을 보며 물었다.

"그럼 운월, 너는 무엇을 하고 싶으냐?"

냉운월은 기다렸다는 듯이 얼른 대답했다.

"속하는 주군의 호위(護衛)가 되고 싶습니다!"

"호위? 날 지킨다는 것이냐?"

"그렇습니다!"

무가내는 정색을 하고 물었다.

"누가 날 공격하면 네가 지키겠다는 것이지?"

"바로 그겁니다!"

냉운월은 희희낙락했다.

"정협맹주가 공격해도?"

"그건 좀……."

그녀는 곧 더듬거리면서 풀이 죽었다.

무가내는 잠시 생각하는 듯하더니 냉운월과 요마낭을 가리켰다.

"너하고 너, 둘이 내 호위를 해라."

"넵!"

냉운월이 신바람이 나서 실내가 떠나갈 정도로 외쳤다.

이어서 요마낭의 손을 잡아끌어 자신의 옆에 세운 후 다시 낭랑하게 외쳤다.

"속하가 우호위(右護衛)를 맡고, 요마낭이 좌호위(左護衛)를 맡겠습니다!"

"그래라."

무가내는 흐뭇하게 고개를 끄덕였다.

모두들 그가 지위나 조직을 함부로 임명하고 만든다는 생각은 하지 않았다.

그가 누구보다 깊은 심중을 갖고 있다는 사실을 그동안의 경험을 통해서 잘 알고 있었기 때문이다.

호위를 하겠다는 냉운월의 부탁을 그가 허락했다면 다 그만한 이유가 있을 것이라고 생각했다.

냉운월은 요마낭의 팔을 잡고 무가내의 뒤에 가서 나란히 우뚝 섰다.

냉운월은 의기양양 얼굴에서 빛이 나는 것 같았고, 요마낭은 아직 상황을 제대로 파악하지 못한 표정이었다.

그때 강조가 갑자기 벌떡 일어나 달려나와서 무가내 앞에 엎어지듯이 부복을 하며 우렁차게 외쳤다.

"주군! 속하도 호위가 되고 싶습니다!"

그런데 무가내는 생각할 것도 없다는 듯 고개를 설레설레 가로저었다.

"넌 안 돼."

"어…째서입니까?"

그는 억울하다는 듯 고개를 들고 요마낭을 쳐다보았다.

"요마군장은 그렇다 쳐도 속하는 요마낭보다 못한 것이 없다고 생각합니다!"

"있다."

무가내의 대답은 간단했다.

"그…게 무엇입니까?"

무가내는 엄지손가락을 세워 등 뒤쪽에 서 있는 냉운월과 요마낭을 가리켰다.

"쟤들은 예쁜 유방이 있지만 넌 없다."

"……."

강조는 할 말을 잃었다. 그는 힘없이 일어나 자신의 자리로 돌아갔다.

무가내가 호위를 뽑은 기준은 무공 실력이나 자질이 아니라 그저 유방이 있고 없다는 것이었다.

그가 말을 그렇게 해도 수하들은 그 말을 곧이듣지 않았다. 그가 다 깊은 생각이 있으리라 여겼다. 그는 그 정도로 알 수 없는 사람이었다.

그때 자미룡이 후다닥 뛰어나와 외쳤다.

"저, 저는요? 저도 젖 있어요!"

무가내는 냉큼 고개를 끄덕였다.

"오냐, 그래라."

"호호홋! 저는 중호위(中護衛)입니다!"

그녀는 일어나서 무가내 뒤로 가더니 냉운월과 요마낭 사이를 비집고 들어가 복판에 섰다.

실내에는 세 부류의 사람만 있는 것 같은 분위기였다.

젖 있는 사람과 젖 없는 사람.

그리고 쭈그렁 젖을 갖고 있는 사람.

선화루는 성내에서 가장 번화한 평호문(平湖門)에서 저 유명한 명승지인 황학루(黃鶴樓)로 가는 길에 장강을 등지고 위치해 있다.

거리에 면해 있는 선화루의 거대한 오 층 건물 뒤편은 잘 알려져 있지 않은 장소다.

그곳은 아담한 정원과 자그마한 인공 연못들이 곳곳에 산재해 있으며, 그 사이사이에 십여 채의 건물들이 감싸이듯 위치해 있었다.

선화루 안채의 가장 뒤편, 즉 장강 강가에는 개인용 포구가 만들어져 있고, 제법 큰 배와 작은 배들 십여 척이 질서있게 정박해 있었다.

포구에서 멀지 않은 곳 야트막한 강 언덕에 삼 층짜리 고풍스러운 전각이 강을 바라보고 있었다.

무가내 일행은 그 전각에 투숙했다.

넓고 화려한 실내의 큼직한 두 개의 호피의에는 무가내와 은예상이 나란히 앉았다.

그 앞 좌우에는 균현과 설란요백이 마주 보는 자세로 서 있으며, 요마낭은 입구 안쪽에, 자미룡과 냉운월은 무가내와 은예상 뒤에 나란히 서 있었다.

지금은 설란요백이 탕마령 발동 이후 정협맹이 어떤 식으로 요선계를 짓밟고 재물을 탈취했는지에 대해서 설명을 하고 있는 중이었다.

그녀의 설명의 요지는 이러했다.

탕마령 발동 직후 사마총혈계가 대대적인 공격을 받아 지리멸렬 와해됐다.

요계십화의 우두머리인 일화를 비롯한 일곱 명은 요선마후를 호위하여 제이차 흔천대전을 치르러 가서 돌아오지 않은 상태였다.

이화인 설란요백이 흔천대전에 참가하지 않은 데에는 이유가 있었다.

요선마후에게 비밀리에 한 가지 막중한 임무를 부여받았기 때문이다.

바로 요선계가 은밀하게 보유하고 있는 재물과 천하 곳곳에 흩어져 있는 지부에 보관 중인 재물을 지키는 것이었다.

설란요백은 대마종 이하 팔만 고수가 제이차 흔천대전을 치르러 출발하자마자 남아 있는 구화(九花)와 십화(十花), 그리고 천 명의 정예 고수를 이끌고 즉시 행동에 착수했다.

결론적으로 말하자면, 그녀는 요선계의 재물 거의 대부분을 은밀하고도 완벽하게 감추어서 지키는 데 성공했다.

사실 정협맹이 탕마령을 발동한 이유는 크게 두 가지였다.

하나는 사마총혈계를 괴멸시키는 것이고, 또 하나는 요선계의 재물을 탈취하는 것이었다.

결국 정협맹은 사마총혈계를 괴멸시키는 것은 성공했으나 요선계의 재물을 탈취하는 것은 실패했다.

정협맹은 단지 천하 곳곳에 요선계의 이름으로 영업을 하고 있던 기루나 주루, 전장, 도박장 등을 접수하고 그곳에 있는 잔돈부스러기를 챙기는 정도로 만족할 수밖에 없었다.

그것은 요선계가 지니고 있는 전체 재물의 이 할 정도 수준(水準)밖에 되지 않았다.

정협맹이 요선계를 괴멸시켜 재물을 모조리 탈취했다는 소문이 나돈 것은 사실과 달랐다.

아마도 정협맹이 요선계의 기루나 주루 따위를 강제로 빼앗는 과정에서 세상 사람들에게 그렇게 보여졌을 것이다.

"그래서 현재 자네가 갖고 있는 재물이 얼마나 되지?"

설명을 듣고 난 무가내는 순전히 호기심으로 설란요백에게 물었다.

설란요백은 잠시 생각하는 듯하다가 공손히 대답했다.

"정확한 계산을 해보진 않았지만 어림짐작으로 대략 팔천억 냥 정도 될 듯합니다."

무가내는 고개를 끄덕였다.

"팔천억이라… 대단하군."

은예상은 그가 숫자 개념이 없다는 사실을 알고 있기에 옆에서 상냥한 목소리로 설명을 해주었다.

"풍 랑, 백 다음에 천, 그다음에 만, 그리고 십만, 백만, 천만. 그다음이 억이에요."

"음… 천… 만… 십만……."

손가락을 꼽으면서 헤아리던 무가내의 눈이 점점 커지더니 마지막에는 입을 딱 벌렸다.

"팔천억 냥?"

"네."

은예상이 미소를 지으며 고개를 끄덕였다.

그는 고개를 절레절레 저으며 감탄을 금치 못했다.

"빌어먹을… 은자 팔천억 냥이면 나 쟁자수 때 녹봉의 도대체 몇 배라는 거지?"

그러자 설란요백이 공손히 말했다.

"주군, 은자가 아니라 금화입니다."

무가내는 어리둥절한 표정을 지었다.

"금화…는 또 뭐야?"

설란요백이 품속의 비단 주머니에서 반짝이는 금화 한 냥을 꺼내 공손히 무가내에게 바쳤다.

"이것이 금화입니다."

무가내는 금화를 받아 호기심 많은 아이처럼 이리저리 살펴보며 중얼거렸다.

"음… 은자보다 더 반짝이는군."

은예상이 설명했다.

"풍 랑, 은자 이십 냥이 금화 한 냥이에요."

"그으…래?"

무가내는 눈을 희번덕이면서 열 손가락으로 뭔가 열심히 계산하다가 고개를 가로저었다.

"아아… 계산이 안 돼, 계산이."

"풍 랑, 은자로 환산하면 십육조 냥이에요."

"조(兆)…는 뭐야?"

"억 다음이 조예요."

무가내는 한동안 눈을 깜빡이더니 이윽고 이해했다는 듯 고개를 끄덕였다.

"아무튼 돈이 무지 많다는 뜻이지?"

"네."

설란요백은 그의 그런 모습을 보면서 부드러운 미소를 짓고 있었다.

그녀는 과거 요선계의 재물만 지킨 것이 아니라 요선계가 지니고 있던 정보망을 다시 복구했다.

그 정보망을 통해서 무적방의 탄생과 혈풍신옥의 활약에 대해서 자세히 입수하여 알고 있었다.

그런 무가내가 이처럼 순진무구하다는 사실을 알게 되자 너무 마음이 흡족했던 것이다.

"그런데 그 돈 우리가 조금 빌리면 안 되겠나?"

무가내가 설란요백에게 넉살 좋게 묻자 그녀는 정중하게 허리를 굽혔다.

"그 돈은 전부 주군의 것입니다."

무가내의 눈이 또다시 희번덕였다.

"내… 거?"

"네."

"나 주는 거야?"

"물론입니다."

무가내는 헤벌쭉하더니, 잠시 후 고개를 설레설레 저었다.

"그럼 내 것이 아니라 우리 것이지."

별것 아닌 듯한 그 말에 모두 훈훈한 표정을 지었다.

무가내는 기분이 좋아졌다. 이것으로써 돈 걱정은 하지 않아도 되기 때문이다.

"요백 누님, 정보망은 어떻습니까? 다 와해됐습니까? 아니면 조금쯤은 건졌습니까?"

설란요백은 균현을 보며 약간 엄숙한 표정을 지었다.

"혈검군장, 공석에서는 내 지위를 불러주게."

균현은 즉시 고개를 숙였다.

"알겠습니다, 요마군장."

그렇지만 균현은 조금도 기분이 나쁘지 않았다.

그렇지 않아도 무적방이 점차 커지면서 기강과 규율이 해이해지는 경향이 있었다.

그는 원래 엄격한 성격의 설란요백이라면 그것들을 똑바로 잡을 수 있을 것이라고 기대했다.

설란요백은 균현의 물음에 답했다.

"정보망은 건재하네."

사실 예전의 정보망보다 더 탄탄하게 지키고 또 복구했으나 그녀는 그저 간단하게 대답할 뿐이었다. 그녀는 장황하게 늘어놓거나 자랑하는 성격이 아니었다.

"들으셨습니까, 주군?"

균현은 팔천억 냥의 금화를 보유하고 있다는 말을 들었을 때보다 더 흥분해서 무가내에게 낮게 외치듯 물었다.

"응."

무가내는 고개를 끄덕이며 미소 지었다.

"그래, 정보망이 어느 정도인가?"

설란요백은 빙그레 미소 지었다.

"오늘 아침에 태무천이 무슨 반찬을 먹었는지 알고 싶으시면 일각 안에 보고하겠습니다."

정협맹주 무적검절 태무천의 밥상에 오른 요리에 대해서 상세히 보고하겠다는 것이다.

그 정도면 선화루, 아니, 무적방 요마군의 정보망에 대해서 더 이상 설명하지 않아도 될 터이다.

"헛헛헛헛! 어떻습니까, 주군! 대단하지 않습니까?"

균현은 평소 성격답지 않게 신이 나서 웃음을 터뜨렸다.

그때 갑자기 무가내가 뒤를 돌아보며 냉운월과 자미룡을 꾸짖었다.

"너희들, 왜 그러느냐?"

사실 그의 뒤에 서 있는 자미룡과 냉운월은 아무 말도 하지 않았다.

다만 서로 째려보거나 입술을 삐죽거리면서 무언의 암투를 벌였을 뿐이다.

그런데 그것을 무가내가 뒤에도 눈이 달린 듯 귀신같이 알아챈 것이다.

말을 하지 않고 티격태격한다고 해서 기(氣)마저 감출 수 있는 것은 아니다.

무가내는 두 여자 사이에 날카롭게 오가는 기를 감지했던 것이다.

냉운월은 감히 대답을 하지 못하고 쭈뼛거렸으나, 자미룡은 부루퉁해서 종알거렸다.

"얘가 자꾸 나더러 입구를 지키라고 하잖아요!"

무가내는 다시 고개를 앞으로 하며 물었다.

"얘라는 건 운월을 말하는 것이냐?"

"네."

방주의 호위가 세 명이니까 한 명은 방 입구 바깥을, 또 한 명은 안쪽을, 그리고 마지막 한 명은 방주를 곁에서 지키는 것이 상식이다.

그런데 얘기인즉, 자미룡과 냉운월이 서로 무가내의 곁에 있겠다고 암중에 다투고 있는 것이었다.

요마낭도 무가내 곁을 지키고 싶었지만, 막내에다가 자미룡과 냉운월을 상대로 기 싸움을 할 엄두가 나지 않아 제 스스로 입구에 가서 선 것이다.

문득 무가내가 목소리를 깔았다.

"그런 것은 알아서 정하면 되잖느냐?"

"글쎄 알아서 안 되니까 그렇죠."

자미룡의 목소리는 여전히 냉랭했다.

균현은 힐끗 설란요백을 쳐다보았다. 그가 알고 있는 설란요백은 절대 이런 광경을 용서하지 못한다.

아니나 다를까, 그녀는 가볍게 흰 눈썹을 찌푸린 채 두 여자를 쏘아보고 있었다.

"누님, 그냥 내버려 두십시오."

균현은 즉시 설란요백에게 전음입밀을 보냈다.

설란요백이 쳐다보자 그는 눈짓으로 무가내를 가리켰다.

뜻인즉 그녀들은 무가내의 가족 같은 사람들이니까 내버려 두라는 것이었다.

설란요백은 알아들었다는 듯 가볍게 고개를 끄덕였다.

그녀가 아무리 깐깐한 사람이지만, 무가내가 가족처럼 여기는 사람들까지 단속하고 싶지는 않았다.

"호위들, 앞으로 와라."

잠시 뜸을 들이던 무가내가 목소리를 더 깔면서 말하자 요마낭까지 세 여자는 움찔 놀라서 재빨리 그의 앞으로 달려와 늘어섰다.

그가 숨만 조금 크게 쉬어도 꼼짝 못하는 것들이 도토리 키재기를 하고 있었다.

무가내는 세 여자를 쓸어보며 조용한 어조로 말했다.

"내가 너희를 왜 호위로 허락했는지 아느냐?"

과묵한 냉운월과 숫기없는 요마낭은 가만히 있는데 하늘 높은 줄 모르는 자미룡만 재잘거렸다.

"젖이 있기 때문이죠 뭐!"

"음… 젖도 젖 나름이다. 젖만 달리면 아무나 호위가 될 수 있다는 것이냐?"

무가내는 점잖게 꾸짖고 나서 설란요백을 턱으로 가리켰다.

"그럼 할매도 호위시킬까?"

설란요백의 얼굴이 거멓게 변했다. 그녀 생전에 '할매'라는 소리도 처음 듣거니와, 그녀의 젖을 들먹이는 것도 처음 있는 일이다.

"음… 주군."

그녀는 이것만은 꼭 짚고 넘어가야겠다는 생각에 조용히 입을 열었다.

무가내는 이미 설란요백에게서 시선을 거두고 있었다. 그는 어림도 없다는 듯 손을 저었다.

"쭈그렁 젖은 안 돼."

"쭈…그렁?"

설란요백은 얼굴이 아예 새카맣게 변했다. 그녀는 자신이 굉장한 강적을 만났다는 사실을 그제야 실감했다.

자미룡, 냉운월, 요마낭은 비로소 자신들이 그냥 젖이 아니라 젖 중에서도 예쁜 젖을 가졌기 때문에 호위대가 될 수 있었다는 사실을 깨달았다.

무가내의 시선이 앞에 나란히 선 세 여자의 가슴을 한차례 훑었다.

"너희 중에서 누구 젖이 제일 예쁘다고 생각하느냐?"

"저……."

이번에도 자미룡이 냉큼 나서려다가 급히 입을 다물었다.

예전에 무가내 왈, 냉운월 젖이 제일 예쁘다고 했던 것을 기억해 냈기 때문이다.

냉운월은 득의한 눈빛을 자미룡에게 던지면서 묵묵히 가슴을 불쑥 내밀었다.

그러나 그녀의 승리감은 즉시 사라졌다.

"조금 아까 만져 보니까 요마낭 젖이 제일 좋더라. 따스하고 부드러웠어."

두 여자는 풀이 팍 죽었고, 요마낭은 화들짝 놀랐다.

요마낭은 어찌할 바를 몰라 했다.

순결한 자신의 가슴을 들먹이는 말에 부끄러워해야 하는데, 어째서 이렇게 기쁘고 가슴이 콩닥콩닥 뛰면서 승리감이 정수리에서 사타구니까지 관통을 하는 것인지 도무지 모를 일이었다.

"그러니까……."

무가내가 무슨 중대한 결정을 내리려는 듯 입을 열자 갑자기 냉운월이 급히 외쳤다.

"주, 주군!"

"왜?"

사내보다 더 사내다운 성격의 냉운월의 얼굴이 능금처럼 새빨갛게 물들었다.

"속하 것은 만져 보지 않으시고 보기만 하셨잖습니까?"

겉으로 보는 것은 물론이고, 만져서도 자기 것이 더 낫다는 항변이었다.

"그건 그렇지."

냉운월이 입술을 꼭 깨물고 앞섶을 풀면서 무가내 앞으로 주춤주춤 다가갔다.

그녀가 그런 행동을 하기까지는 많은 용기가 필요했지만, 요마낭에게 지기 싫다는 승부욕이 큰 몫을 했다.

그것을 보고 요마낭도 입술을 잘근 깨물었다. 조금 더 시간을 갖고 만져 보면 자신의 가슴이 더 훌륭하다는 말이 목구멍까지 차올랐다.

그런 마음은 자미룡도 누구 못지않았다. 다른 것은 몰라도 가슴만큼은 자신이 있는 그녀였다.

"흠!"

그때 누군가 가볍게 헛기침을 했다.

냉운월이 깜짝 놀라 걸음을 멈추고 쳐다보자 설란요백이 주먹을 입에 대고 나직이 한차례 더 헛기침을 하고 있었다.

무언의 경고다.

설란요백은 무가내를 향해 허리를 굽히면서 정중하게 입을 열었다.

"주군, 그것은 나중에 하는 것이 좋을 듯합니다."

"음. 그럴까?"

설란요백은 세 여자에게 요구했다.

"그대들은 오늘 밤에 따로 주군께 찾아가서 검증을 받는 것이 좋겠네."

자미룡과 냉운월이 자신감을 불태우고 있는 반면에 요마낭은 화들짝 제정신이 들어 뜨악한 표정으로 할머니를 쳐다보며 어색한 표정을 지었다.

설란요백은 보일 듯 말 듯 고개를 끄덕였다.

뜻인즉, '지지 마라'라는 것이다.

"주군, 연회를 마련했는데 갑자기 어딜 가시려고⋯⋯."

선화루주인 요몽(妖夢)은 방문을 나서고 있는 무가내를 발견하고 깜짝 놀라 공손히 물었다.

"주군께선 잠시 다녀오실 곳이 있으시다. 연회는 내일로 미루도록 해라."

뒤따라 나온 설란요백이 딸에게 지시했다.

그러자 무가내가 계단을 내려다가 말고 멈춰 서서 설란요백에게 물었다.

"그곳까지 다녀오는 데 얼마나 걸리지?"

"다녀오는 데에만 말씀입니까?"

"응."

"한 시진이면 충분합니다."

무가내는 다시 계단을 내려가기 시작했다. 그러면서 손가락 두 개를 세워 보였다.

"요몽, 연회는 두 시진 후에 시작할 테니 그리 알도록."

"명을 받듭니다, 주군."

요몽은 공손히 허리를 굽혔지만 설란요백은 가볍게 놀라며 빠르게 무가내 뒤를 따랐다.

"주군, 하오시면 오늘은 그냥 탐색만 할 계획이십니까?"

무가내는 안내를 받아 정원을 가로질러 포구 쪽으로 걸어가면서 태연히 대꾸했다.

"자네가 내게 알려준 정보로 충분해. 탐색은 필요없어."

설란요백은 말이 많은 것을 딱 질색하는 사람이지만, 지금은 그녀 자신이 말이 많았다.

　"그러시다면 정말 오늘 밤에 운룡대신도(雲龍大神刀)를 죽이실 겁니까?"

　"물론이야. 난 헛걸음 같은 것은 좋아하지 않아."

　"그런데 어째서……."

　그때 균현이 옷자락을 슬쩍 잡아당기는 바람에 설란요백은 말을 멈추고 그를 쳐다보았다.

　균현은 빙그레 미소 지으면서 고개를 가볍게 가로저을 뿐 별다른 말을 하지 않았다.

　설란요백은 지나칠 정도로 똑똑한 사람이라서 균현의 그 한 동작에 깨닫는 바가 있었다.

　'설마…….'

　무엇을 짐작했는지 그녀는 적잖이 놀라는 표정을 지었다.

　균현은 그녀가 무슨 생각을 하는지 짐작하고 엷은 미소를 지으며 고개를 끄덕였다.

　몇 걸음 더 놀라는 얼굴로 무가내를 뒤따르던 설란요백은 이윽고 만면에 흡족한 미소를 떠올렸다.

　'어허헛헛! 주군께서 와룡봉추(臥龍鳳雛)라 여겼더니 이미 천룡(天龍)이셨군!'

　그녀는 무가내가 두 시진 후에 연회를 하겠다는 말을 듣고는 그가 운룡대신도가 머물고 있는 장원까지 다녀오기만 할 것이라고 여겼었다.

　그런데 그곳까지 왕래하는 데 한 시진, 운룡대신도와 그곳
의 고수들을 죽이는 데 한 시진이면 충분하다는 뜻을 한걸음
늦게 깨달은 것이다.

第五十四章

어여쁜 주군

일행은 포구에서 중간 급의 배를 타고 장강 상류를 거슬러 올라갔다.

두 개의 큰 돛을 활짝 펼친 배는 물살을 가르며 가을밤 속으로 달려갔다.

천하에서 몇 손가락 안에 꼽히는 대도(大都) 무창답게, 강에는 밤 경치나 풍류를 즐기러 나온 온갖 배들이 수백 척이나 떠 있었다.

무가내 일행이 탄 배는 선화루의 배지만 선화루의 표식 같은 것은 일체 없었다.

남들이 보면 그저 미인들을 거느린 명문가의 귀공자가 멋진 배를 타고 유람을 나온 정도로만 여길 터이다.

배의 넓은 앞 갑판 한복판에 놓인 의자에는 무가내가 늠름하게 앉아 있었다.

그의 뒤에는 자미룡과 냉운월이 나란히 우뚝 섰으며, 좌우에는 균현과 설란요백이 앞쪽을 보며 서 있었다.

그리고 배의 맨 앞쪽 선수에는 요마낭이 예의 커다란 검을 등 한복판에 수직으로 멘 채 우뚝 서 있었다.

촤아……

배 앞머리가 물살을 가르자 물보라가 일어 요마낭의 아담한 몸으로 쏟아졌다.

그녀는 물에 흠뻑 젖었지만 꼼짝도 하지 않았다.

물에 젖은 것이 문제가 아니었다. 워낙 숫기없는 그녀인지라 배 맨 앞머리에 서서 모두의 시선을 한 몸에 받고 있다는 생각을 하자 정신이 하나도 없었던 것이다.

특히 무가내가 자신을 주시하고 있을 것이라는 생각에 어디 보이지 않는 곳으로 숨어버리고 싶은 심정을 꾹꾹 참고 있는 중이었다.

두어 시진 전까지만 해도 그녀는 무가내를 단지 하늘처럼 받들어 모셔야 할 주군으로만 생각했었다. 달리 생각할 이유도 뭣도 없었다.

더구나 오래전부터 요마낭은 죽을 때까지 무공에만 정진할 것이라고 맹세한 바가 있었다.

그랬었다가 할머니의 명으로 무적방에 입문, 비무대회에서 요마이전사로 발탁되고 나서는 목표가 바뀌었다.

주군이 된 무가내에게 죽을 때까지 충성을 다하리라는 것이었다.

그녀는 이날까지 사내라고는 거들떠본 적도 없었다.

자신의 나이가 어리기 때문이라는 것은 이유가 되지 않았다. 다만 그 무엇보다도 무공 연마가 좋았기 때문에 사내에게 한눈을 팔 여유가 없다는 이유에서였다.

그랬었는데…….

그녀의 모든 것이 갑자기 변해 버렸다.

그것도 무가내의 무릎 위에서, 그의 손이 젖가슴과 속곳 속을 폭풍처럼 헤집고 난 직후에 변해 버린 것이다.

그녀는 어린 소녀에서 여자가 돼버렸고, 무공광(武功狂)에서 사랑의 광녀(狂女)로 변신했다.

모든 것이 뒤죽박죽이었지만 한 가지만은 분명했다.

자신이 무가내를 죽도록 사랑하게 되었다는 사실이다.

사랑이란 서서히 무르익기도 하지만 한순간에 이루어지기도 하는 법이다.

그 사실을 깨달은 지 두어 시진 만에 그녀는 사랑하는 사람 앞에 뒷모습을 보인 채 우뚝 서서 물벼락을 맞는 신세가 되어 있었다.

'으흐흑! 차라리 죽고 싶어……!'

그녀는 속으로 피눈물을 흘리고 있었다.

하지만 그녀를 응시하면서 담담하게 미소를 짓고 있는 사람이 있었다.

바로 설란요백이었다.

주군이 측근의 여자에게 손을 댔다는 것은 그녀를 거두겠다는 의미이다.

열 번째 첩이라도 좋으니 요마낭이 주군의 여자로 거두어지기만 한다면 그보다 더한 축복이 없을 것이라고 여기는 설란요백이었다.

그러나 그녀는 그런 점에서 무가내를 잘 모르고 있었다.

그가 치마 두른 여자만 보면 무조건 찝쩍댄다는 사실을.

요마낭을 배 앞머리에 세워놓고 자미룡과 냉운월은 여전히 기 싸움 중이었다.

아마도 오늘 밤에 누구 젖가슴이 예쁜지 무가내가 판명해주기 전까지는 기 싸움이 계속될 것이다.

"요백."

그때 무가내가 설란요백을 불렀다.

설란요백은 즉시 무가내 앞에 섰다.

"하명하십시오, 주군."

무가내는 진지한 얼굴로 그녀를 쳐다보았다.

설란요백은 바짝 긴장했다.

그때 무가내가 그녀를 향해 가볍게 고개를 숙이며 진중한 어조로 말했다.

"앞으로 잘 이끌어주길 바래."

"······!"

설란요백은 움찔 놀라 눈을 크게 떴다. 그리고는 즉시 그
자리에 부복했다.

"천부당만부당하신 말씀을. 속하는 다만 주군을 위해서 죽
을 수 있으면 그보다 더한 영광이 없습니다!"

무가내는 손수 설란요백의 손을 잡아 일으켰다.

그리고는 예의 사람의 넋을 뺏어갈 만큼 아름다운 미소를
지으며 말했다.

"우리 한번 잘해보세."

"주군······."

무가내 일행을 태운 배는 선화루 포구를 출발하여 장강을
거슬러 올라 이각 후에 강 건너의 수로를 타고 다시 일각쯤
더 가다가 멈추었다.

배에서 내린 무가내 일행은 북쪽으로 내달리다가 어느 호
숫가에 이르렀다.

한수(漢水)와 장강이 합류하는 곳에서 오랜 세월에 걸쳐 자
연스럽게 형성된 마가호(馬家湖)라는 둘레 십여 리 남짓의 아
담한 호수였다.

호수를 등지고 한 채의 고풍스러운 장원이 달빛 아래 위치

해 있었다.

일행은 장원의 전문 앞에 멈추었다.

스경……

요마낭은 전문으로 걸어가면서 목 뒤에 메고 있는 긴 검을 뽑았다.

팔이 짧아서 발검이 어려울 텐데도 순식간에 검을 뽑았으며, 검이 워낙 크고 길어서 기이한 음향이 흘러나왔다.

그녀가 어떤 방법으로 검을 뽑는지는 눈이 빠른 무가내조차도 제대로 보지 못했다.

요마낭은 걸음을 멈추지 않고 똑바로 걸어가면서 전문을 향해 두어 차례 가볍게 검을 휘둘렀다.

파각.

단 한 차례 칼질에 전문은 수십 조각으로 쪼개져서 와르르 안쪽으로 날려 들어갔다.

"낭아."

요마낭이 전문 안으로 성큼성큼 걸어 들어갈 때, 무가내가 그녀를 불렀다.

요마낭은 화들짝 놀라 그 자리에 뻣뻣하게 멈춰 섰지만 뒤돌아서지는 않았다.

무가내의 목소리만 들어도 마냥 가슴이 콩닥거려서 돌아볼 수가 없었다.

더구나 그는 방금 그녀를 '낭아'라고 이름 끝 자만 불렀다.

남자가 여자를 그렇게 부르는 것은 여동생이나 자신의 여자일 경우뿐이다.

그래서 그것이 요마낭을 더 얼어붙게 만들었다.

무가내가 그녀 옆에 멈추더니 손을 내밀었다.

"검 줘봐."

요마낭은 얼떨결에 두 손으로 검을 내밀었다.

"전부터 궁금했거든?"

무가내가 미소를 지으며 요마낭 뒤에 검을 딱 붙여서 세웠다.

"네가 큰지 검이 큰지 말이야."

그런데 신기하게도 요마낭과 검이 키가 똑같았다.

"허어…… 한 치의 양보도 없이 둘이 똑같네."

무가내가 신기하다는 듯 혀를 내두르자 요마낭은 얼굴이 새빨갛게 달아올랐고, 사람들은 큰 소리로 주위가 떠나가라 웃어댔다.

전문이 부서지는 소리에 커다란 웃음소리까지 터지자 장원의 무사들이 우르르 전문으로 달려나왔다.

"낭아, 이 검은 너하고 키가 같이 크느냐?"

"헛헛헛! 그런가 봅니다!"

"깔깔깔깔! 물을 듬뿍 주면 더 잘 자라겠죠!"

무가내 일행은 농담을 하면서 웃느라 무사들이 나타난 것도 모르는 듯했다.

무사들은 박살난 전문과 무가내 일행을 번갈아보면서 의아한 표정을 지었다.

"누가 전문을 부수었소?!"

그중에 우두머리로 보이는 자가 한차례 발을 구르며 큰 소리로 외쳤다.

무가내는 웃으면서 요마낭을 가리켰다.

"하하하하! 얘가 그랬어!"

무사들의 시선이 요마낭에게 집중됐다.

무가내는 검을 그녀 손에 쥐어주면서 허리를 굽혀 그녀 뺨에 자신의 뺨을 대고 속삭였다.

"자, 우리가 왜 왔는지 저놈들에게 가르쳐 줘라."

그러면서 손으로는 그녀의 엉덩이를 툭 밀었다.

요마낭은 무가내의 뺨이 자신의 뺨에 닿고 입김까지 훅 끼쳐 왔다는 사실에 정신이 몽롱해진 채 비틀비틀 앞으로 몇 걸음 걸어나갔다.

무사들은 아담한 체구의 귀여운 소녀가 부끄러움 때문에 얼굴을 발갛게 물들인 채 자신의 키만 한 검을 질질 끌며 비틀비틀 다가오자 어이가 없다는 표정을 지었다.

"이게 무슨 장난이오! 어서 누가 그랬는지……."

우두머리는 버럭 노성을 지르다가 말끝을 흐렸다.

바로 앞에까지 다가온 귀여운 소녀가 갑자기 긴 검을 나무젓가락처럼 가볍게 휘두르면서 번개같이 덮쳐 오는 것을 발견했기 때문이다.

팍!

요마낭의 검이 번뜩이자 제일 먼저 우두머리의 목이 뎅겅 잘라져 날아갔다.

다음 순간 그녀는 무사들 사이를 이리저리 종횡무진 헤집고 다니면서 검을 쥔 손을 풍차처럼 휘둘렀다.

그때마다 검이 번뜩이면서 무사들의 목이 날아가고 머리가 쪼개졌다.

방금 전까지 부끄러워서 고개도 들지 못하던 요마낭의 모습이 결코 아니었다.

지옥에서 온 나찰이 있다면 바로 지금 요마낭의 모습일 터이다.

더구나 그녀의 얼굴에는 살얼음 같은 냉기가 깔렸으며, 두 눈에서는 새파란 안광이 줄기줄기 뿜어졌다.

마치 살인에 신들린 듯한 모습이었다.

요마낭이 십여 명의 무사들의 목을 자르고 머리를 쪼개는 데 걸린 시간은 불과 세 호흡이었다.

대부분 무기를 뽑지도 못하고 죽었으며, 마지막 서너 명은 무기를 뽑긴 뽑았으나 휘둘러보지도 못하고 죽었다.

철컥!

요마낭은 검을 검집에 꽂고 그 자리에 우뚝 섰다.

자미룡과 냉운월은 그때만큼은 기 싸움을 멈추고 적잖이

놀란 듯한 얼굴로 요마낭의 뒷모습을 바라보았다.

두 여자는 자신들이 요마낭과 일대일로 대결했을 때 과연 이길 수 있을지 문득 자신감이 없어졌다. 그 정도로 요마낭의 실력은 발군이었다.

"에구… 이쁜 것."

무가내가 요마낭을 지나치면서 뺨을 살짝 꼬집자 그녀는 화들짝 놀라 또다시 얼굴이 새빨개졌다.

그녀는 앞쪽에서 성큼성큼 걸어가는 무가내의 늠름한 뒷모습을 홀린 듯한 표정으로 바라보았다.

그때 설란요백이 요마낭 곁을 스쳐 지나며 그녀의 머리를 부드럽게 쓰다듬어 주었다.

요마낭이 깜짝 놀라 쳐다보니 설란요백은 빙그레 자상한 미소를 지어 보였다.

오늘날까지 잘했다는 칭찬은 고사하고 따뜻한 말 한마디 해준 적이 없었던 엄격한 할머니였다.

그런 할머니가 저토록 부드러운 미소라니, 더구나 머리까지 쓰다듬어 주었다.

'할머니께서 왜…….'

자신이 무엇 때문에 할머니에게 칭찬을 받았는지 너무 궁금해서 속으로 중얼거리던 그녀의 머리를 뇌전처럼 스치는 것이 있었다.

'아!'

두뇌로 치면 설란요백보다 더 총명한 요마낭이 그것을 깨닫지 못할 리 없었다.

'내가 주군께 칭찬을 받았기 때문이야.'

그러나 그녀의 깨달음은 곧 발전했다.

'아니, 칭찬이 아니라 귀여움을 받아서…….'

깨달음은 깨달음을 낳았다.

'아! 애초에 할머니께서 나를 무적방에 보냈던 이유가 주군께 사랑을 받으라는 것이 아니었을까?'

모두들 마당을 가로질러 걸어가고 있었지만, 요마낭은 혼자 우두커니 서서 골똘히 생각에 잠겨 있었다.

잠시 후 무가내 일행이 마당을 가로질러 가장 큰 전각 앞에 멈춰 서자 전각 안에서 십여 명의 고수들이 서두는 기색 없이 천천히 걸어나왔다.

그와 동시에 주변의 전각에서 백여 명에 가까운 경장인들이 우르르 쏟아져 나와 무가내 일행을 겹겹이 에워쌌다.

전각에서 나온 십여 명은 돌계단 위에 늘어섰다. 그중 복판에 있는 짧은 수염에 황포를 입은 초로인이 무가내 일행을 굽어보며 위엄있게 입을 열었다.

"야심한 밤에 무엇 때문에 행패인가?"

무가내는 황포인을 쳐다보며 대수롭지 않은 듯 말했다.

"쥐새끼 한 마리를 잡으러 왔다."

무가내가 다짜고짜 반말을 하자 황포인의 짙은 눈썹이 꿈틀 꺾였다. 그러나 그는 조금 더 인내심을 갖기로 했다.

"자넨 잘못 찾아왔네. 본 장에는 쥐새끼를 키우지 않네."

무가내는 고개를 갸웃거렸다.

"듣기로는 이곳에 구십 년 묵은 곤륜산의 쥐새끼가 잠시 들러서 쉬고 있다던데……. 아닌가?"

그 말에 황포인은 드디어 폭발했다. 그는 자신이 방금 전에 인내심을 발휘했던 것마저 후회했다.

"네 이놈! 아가리를 찢어 죽이겠다!"

황포인이 이성을 잃은 데에는 그만한 이유가 있다. 방금 무가내가 말한 '곤륜산의 구십 년 묵은 쥐새끼'가 바로 황포인의 사부인 운룡대신도를 가리키는 것이기 때문이다.

운룡대신도의 나이가 구십이 세고, 곤륜파의 전대 장문인이라는 것은 무림인이라면 다 아는 사실이다.

황포인은 분노를 터뜨리면서도 함부로 공격하지는 않았다.

무가내는 그저 그런 얼치기처럼 보였지만, 그의 양옆에 서 있는 균현과 설란요백이 범상치 않은 고수라고 판단했기 때문이다.

그렇지만 무가내 뒤에 늘어서 있는 자미룡과 냉운월, 요마낭은 그가 노리개로 데리고 다니는 여자 정도로 여겨 별달리 신경을 쓰지 않았다.

"낭아."

무가내가 다정한 목소리로 부르자 뒤에 서 있던 요마낭이
쪼르르 그의 곁으로 달려왔다.

"분부 받자옵니다."

허리를 굽혀 말은 하지만 목소리가 가늘게 떨렸고 가슴은
두방망이질 쳐대는 것을 어쩌지 못했다.

무가내는 한 팔로 그녀의 어깨를 감싸고 다른 손으로 황포
인을 가리키면서 말했다.

"저놈이 나를 욕하는데 어째야 할 것 같으냐?"

"죽여야지요."

요마낭은 더 들을 것도 없다는 듯 대답했다.

그녀의 어깨를 안은 채 얼굴을 들여다보고 있던 무가내는
그녀의 몸이 단단하게 경직되고 눈에서 살기가 번뜩이는 것
을 발견했다.

툭툭.

"낭아, 네게 맡기겠다."

무가내는 요마낭의 엉덩이를 가볍게 두드리던 손이 세 번
째에 허공을 두드리고 있는 것을 느꼈다.

슈욱!

요마낭은 이미 황포인을 향해 일직선을 그으며 쏘아가고
있었다.

아니, 쏘아갔는가 했는데 어느새 검을 뽑아 황포인의 정수
리를 세로로 쪼개어가고 있었다.

그것을 보고 무가내는 새로운 사실을 깨달았다.

귀연혈창보에서의 비무대회 때 요마낭이 전력을 다하지 않았다는 사실이었다.

방금 그녀가 보인 것이 진짜 실력이었다.

어쩌면 그녀는 무적방에서 무가내를 제외하고는 제일 고강할는지도 몰랐다.

황포인은 확실히 무척 놀랐다. 무가내의 노리개 정도로만 여겼던 여자들.

그중에서도 제일 조그만 계집애가 갑자기 지옥의 나찰로 돌변한 것이다.

그는 황급히 뒷걸음치면서 어깨의 검을 뽑아 머리 위에 수평으로 눕혀 막았다.

꺼껑!

두 자루 검이 부딪치자 번쩍! 하고 강렬한 불꽃이 튀었다.

황포인은 비록 선기를 뺏겼지만 일단 공격을 막은 후 번개같이 반격하여 일검으로 요마낭의 몸통을 반 토막 낼 생각이었다.

"으으……"

그런데 요마낭의 검에 실린 힘이 장난이 아니었다.

그는 칠칠치 못하게 일그러진 얼굴로 신음을 흘리면서 비틀비틀 뒤로 물러났다. 아니, 밀려났다.

그러나 그는 수치심을 느끼지 못했다. 그런 것을 느낄 경황이 아니었다.

일검에 이어서 이검을 휘두르며 쏘아오는 요마낭의 악귀 같은 모습에 질려 버렸다.

그의 눈에 요마낭은 더 이상 조그맣고 어린 노리개가 아니었다.

그때 황포인 주위에 있던 고수들이 일제히 검을 뽑으며 요마낭을 공격해 갔다.

그러나 그 역시 뜻을 이루지 못했다.

자미룡과 냉운월이 낭랑한 기합을 터뜨리며 그들을 공격해 가고 있었기 때문이다.

자미룡과 냉운월 두 여자만으로 그들을 충분히 요리하고도 남음이 있을 터이다.

무가내와 균현, 설란요백을 포위하고 있던 경장인들은 뒤늦게 그들 세 사람을 공격하려고 했다.

그러나 안타깝게도 그 역시 뜻을 이루지 못했다.

무가내보다 반 시진 일찍 이곳에 도착하여 근처에 은둔해 있던 무적전사들이 담을 넘어 들이닥쳐 경장인들의 배후를 공격하기 시작한 것이다.

경장인 백여 명은 결코 무적전사의 적수가 되지 못했다.

가을바람에 우수수 떨어지는 낙엽이 바로 지금 그들의 모습이었다.

경장인들은 그래 봬도 곤륜파의 속가제자들이었다.

운룡대신도의 속가제자인 황포인이 쟁쟁한 곤륜무공으로 수련시킨 자랑스러운 제자인 것이다.

하지만 그들은 온실 안의 화초였다. 거친 들판에서 태풍과 맞부딪치며 살아온 잡초 같은 무적전사하고는 비교 자체가 되지 않았다.

무가내는 뒷짐을 지고 달 구경을 하고 있다가 나직이 중얼거렸다.

"쥐새끼가 오는군."

그의 말이 끝나고 세 호흡쯤 지났을 때 야공에서 쩌렁쩌렁한 호통성이 터졌다.

"멈추어라!"

심후한 내공이 담긴 호통이라서 싸우던 사람들이 기혈이 크게 뒤틀려 분분히 싸움을 멈추며 비틀거렸다.

하지만 비틀거리는 것은 공력이 약한 이곳 장원의 인물들뿐이었다.

무가내에 의해서 임독양맥이 소통된 자미룡과 냉운월, 무적전사들은 끄떡없었다.

또한 원래 공력이 높은 요마낭은 뉘 집 개가 짖느냐는 듯 황포인을 향해 칠검째를 쪼개어가고 있었다.

쉬이잉!

과연 이것이 한낱 쇠붙이인 검에서 나는 검명(劍鳴)인가 싶을 정도로 악마의 숨소리 같은 소리가 울리면서 요마낭의 검이 황포인의 몸통을 어깨에서 반대편 옆구리까지 비스듬히 잘라 버렸다.

황포인은 원래 약한 인물이 아니었다. 그러나 요마낭이 너무 강했다.

게다가 방금 터져 나온 외침에 기혈이 약하게 흔들렸으며, 그 외침이 사부의 것이라고 여겨 기쁜 마음이 들어 잠시 심기가 흔들렸었다.

그 순간에 요마낭의 검이 그의 몸통을 자른 것이다.

그때 무가내에게서 오 장쯤 떨어진 마당에 한 명의 노도인이 가볍게 내려섰다.

곤륜파 제자들의 복장인 검은색 도포에 역시 검은 도관을 머리에 쓰고, 오른손에는 한 자루 거대한 도를 움켜쥔 채 반백의 긴 수염을 휘날리고 있는 노도인.

별유십오인의 한 명인 운룡대신도였다.

그는 눈에서 번갯불을 뿜듯이 주위를 한차례 둘러보았다.

돌계단 위에서는 냉운월이 마지막 한 명의 심장을 검으로 찌르는 중이었다.

마당의 외곽에는 그때까지 살아남은 칠팔 명의 곤륜파 속가제자들이 필사적으로 저항을 하고 있었지만, 길게 잡아도 서너 호흡 안에 죽을 것이 뻔했다.

그것도 당경림과 석중명 등 무적군에서 가장 약한 세 명이 그들을 요리하고 있었다.

운룡대신도의 시선이 무가내와 균현, 설란요백을 빠르게 훑더니 다시 무가내에게서 멈추었다.

"네가 나를 찾았느냐?"

그가 그렇게 묻는 것은, 아까 무가내가 한 말을 다 들었다는 뜻이고, 이곳에서 벌어지는 일들에 대해서 이미 알고 있었다는 얘기다.

즉, 그는 자신을 '곤륜산의 구십 년 묵은 쥐새끼'라고 인정한 것이다.

무가내는 그를 보고 히죽 웃었다.

"후후… 드디어 나타났군, 늙은 쥐새끼."

그러나 운룡대신도는 그의 제자처럼 화를 내지 않았다. 그 대신 진중함을 보였다.

"너는 누구냐?"

그는 여러 면에서 제자보다 나았다. 최소한 상대가 누군지 묻는다는 것이 그랬다.

또한 무가내의 나이가 어리지만 그가 무리의 우두머리라는 사실을 간파한 것도 그랬다.

무가내는 건방지게 고개를 끄덕였다.

"그렇지. 최소한 내가 누군지, 무엇 때문에 널 죽이는지 알고는 죽어야 덜 억울하지. 그래야 죽이는 나도 조금쯤은 흥이 날 테고 말이야."

말을 하고 나서 무가내는 균현과 설란요백에게 가볍게 고개를 끄덕여 물러나라는 신호를 보냈다.

두 사람이 물러나고, 세 여자와 칠팔 명의 곤륜 속가제자들을 모두 죽인 무적전사들이 멀찍이 너른 포위망을 형성했다.

"너……."

무가내와 오 장의 거리를 두고 마주 선 운룡대신도는 그제야 비로소 무가내가 누군지 기억해 낸 듯했다.

"요즘 무림을 휘젓고 다닌다는 무적방주 혈풍신옥이라는 어린놈인가?"

무가내는 고개를 까딱했다.

"오냐."

안하무인의 극치였다.

"왜 너, 늙은 쥐새끼를 죽이려고 하는지도 물어봐라."

"무엇 때문이냐?"

지금 운룡대신도가 인내심을 발휘하는 것은 깊은 수양심 때문이 아니었다.

그도 귀가 있으니 혈풍신옥의 손에 죽어간 무현 진인이나 천중검협, 일검장천 주공명, 극신도황 구양중겸에 대한 소문을 들었다.

그들은 모두 정협맹 이십오맹숙이거나 중원삼십육태두에 속하는 거물들이었다.

그런 절정고수들을 죽인 혈풍신옥 앞이라서 은룡대신도는 적잖이 긴장하고 있는 것이다.

무가내는 건들거리는 것을 멈추고 운룡대신도를 마주 보면서 어깨를 활짝 펴고 우뚝 섰다.

"네놈이 이십여 년 전 별유선당의 비열한 패거리 중 한 명이기 때문이다."

"……."

순간 여태껏 평정심을 유지하고 있던 운룡대신도가 움찔 놀라며 가볍게 어깨를 떨었다.

"네놈이 그것을 어떻게……."

놀란 사람은 운룡대신도만이 아니었다.

설란요백은 놀라면서도 의아한 표정으로 급히 균현을 쳐다보았다.

그녀의 정보망은 정협맹주가 아침 식사로 무엇을 먹었는지조차 알아낼 정도로 탁월하지만, 별유선당에 대한 것은 금시초문이었다.

균현은 전음으로 간략하게 별유선당에 얽힌 일을 설란요백에게 설명해 주었다.

설명을 모두 듣고 난 설란요백의 놀라움은 컸다. 그제야 그녀는 무가내가 왜 무현 진인을 죽였으며 또 운룡대신도를 죽이려고 하는지 이유를 알게 되었다.

무가내가 사대종사의 복수를 하고 있다는 생각에 설란요백은 적잖이 감격했다.

운룡대신도는 잠깐 놀라더니 곧 침착함을 되찾았다. 그는 은연중에 공력을 끌어올리면서 묵직하게 입을 열었다.

"너는 사대종사와 무슨 관계냐?"

무가내는 그런 질문을 여러 차례 받았었다. 그때마다 그는 자신이 사대종사의 친구라고 대답했다.

"친구다."

그는 '친구' 외에 적당한 말을 찾지 못했다. 그는 사대종사의 공동제자도 아니고 혈연 관계도 아니다. 지금으로선 '친구'가 제일 무난했다.

운룡대신도는 나름대로 염두를 굴렸다. 무가내가 사대종사의 제자라면 구태여 '친구'라고 대답할 리가 없을 터이다.

하지만 백 세가 다 돼가는 사대종사와 무가내가 진짜 친구라는 말은 믿기가 어려웠다.

결국 운룡대신도는 무가내와 사대종사의 관계를 정확하게 짚어내지 못했다.

다만 무가내가 사대종사와 깊은 연관이 있으며, 그들의 무공을 전수받았을 것이라고 짐작하는 데 그쳤다.

운룡대신도는 강직한 성품이다.

그래서 자신이 했던 일에 대해서나 신봉하고 있는 것에 대해서는 절대 후회하지 않는다.

"악의 무리들이 악의 종자를 길러냈구나."

그는 하찮은 벌레를 대하듯 중얼거렸다.

그러나 무가내는 원래 '악'이라는 말을 좋아한다. 그것은 그에게 칭찬으로 들렸다.

그는 가볍게 고개를 끄덕였다.

"고맙다."

하지만 그 말이 운룡대신도에게까지 칭찬으로 들릴 리 만무했다.

"천하의 악을 없애는 것이 내 사명이다!"

순간 그는 우렁차게 외치면서 곧장 무가내를 향해 쏘아갔다. 더 이상 말이 필요없다고 판단한 것이다.

무가내는 우뚝 선 채 쏘아오는 운룡대신도를 주시했다.

설란요백은 바짝 긴장했다. 그녀는 무가내의 실력을 한 번도 직접 본 적이 없다.

반면에 운룡대신도가 얼마나 고강한 인물인지는 너무도 잘 알고 있었다.

그녀는 힐끗 균현을 쳐다보았다. 그런데 그는 팔짱을 낀 채 여간 태연한 표정이 아니었다.

오히려 곧 벌어질 멋진 광경을 놓치지 않으려는 듯 흥미가 득한 표정을 짓고 있었다.

그의 그런 모습이 긴장하고 있는 설란요백에게 어느 정도 위로가 돼주었다.

운룡대신도는 순식간에 사 장 거리를 좁혀와 허공 일 장 높이에서 무가내를 향해 수중의 대도를 그어 내렸다.

쿠아앗!

무시무시한 도기(刀氣)가 천공에서 내리꽂히는 뇌전처럼 뿜어져 나왔다.

그의 대도는 손잡이 부분이 삼분의 일을 차지하고, 반월처럼 휘어진 칼날의 길이가 무려 일곱 자에 달했다.

언월도(偃月刀)를 닮은 대도에서 뿜어진 도기는 무가내를 향해 급전직하 엄청난 위력과 속도로 쏘아갔다.

그 순간 설란요백은 운룡대신도의 도기가 무가내에게만 겨냥된 것이 아니라는 사실을 간파했다.

그의 도기는 무가내가 순간적으로 피할 수 있는 어떤 곳으로든 방향을 바꿀 수 있다.

즉, 일단 뿜어낸 공격의 방향을 자유자재로 바꿀 수 있는 변각도기(變角刀氣)의 초상승 수법인 것이다.

그 수법을 검기에 응용하면 변각검기(變角劍氣)가 된다.

설란요백은 말로만 듣던 변각도기를 설마 운룡대신도가 전개할 줄은 몰랐기에 놀라움이 컸다. 아니, 무가내에 대한 염려가 컸다.

그러나 무가내는 자신을 향해 내리꽂히고 있는 엄청난 위력의 도기를 보지 못했는지 태연자약하게 천천히 어깨의 석검을 뽑을 뿐이었다.

설란요백은 무가내의 입가에 떠올라 있는 흐릿한 미소를 발견했다.

여태까지 봐온 무가내의 모습이 아니었다. 소름 끼치도록 잔인한 미소였다.

그뿐 아니라 그의 두 눈에서 핏빛 혈광이 반 자나 길게 뿜어지고 있었다.

설란요백은 자신이 무가내의 수하면서도 왠지 모를 두려움에 가슴이 떨리는 것을 느꼈다.

'저것이 주군의 실제 모습인가?'

도기가 무가내의 머리 위 석 자 거리까지 쇄도하고 있을 때 운룡대신도의 입가에 득의한 승리의 미소가 머금어졌다.

그는 승리를 확신했다. 이 상황에서 무가내가 피한다는 것은 있을 수도 없는 일이었다.

그는 조금 전에 상대를 지나치게 과대평가했던 자신의 소심함이 조금 부끄러워졌다.

그때였다. 곧 도기에 적중되어 피투성이가 될 것이라고 믿어 의심하지 않았던 무가내의 모습이 순식간에 그 자리에서 사라져 버렸다.

"……!"

아니, 사라진 것이 아니라 어느새 운룡대신도의 코앞에 나타난 것이다.

'삼절마제의 섬신비!'

방금 무가내가 신형을 날려 운룡대신도를 향해 곧장 마주쳐 쏘아간 경신술을 알아본 설란요백은 내심 낮게 외쳤다.

'삼절마제보다 훨씬 뛰어나다!'

그녀가 경악하고 있을 때 무가내의 오른손에 쥐어진 석검이 칙칙한 빛을 뿌리며 운룡대신도의 얼굴을 향해 그어가고 있었다.

'이럴 수가……'

운룡대신도는 자신의 전면에 같은 높이로 마주 보고 떠 있는 무가내를 보면서 아연실색했다.

방금 전의 득의한 승리감 같은 것은 어느새 씻은 듯이 사라져 버렸다.

너무 가까워서 무가내의 입가에 떠오른 미소와 두 눈에서 이글거리며 뿜어지는 혈광이 손에 잡힐 듯 선명하게 보였다.

키이잇.

운룡대신도는 무가내의 석검이 얼굴을 향해 무서운 속도로 쏘아오는데도 자신이 할 수 있는 일이 아무것도 없다는 사실을 절감했다.

또한 자신의 무력함과 무현 진인 같은 절정고수가 어째서 당했는지를 동시에 깨달았다.

'너… 너무 빠르다!'

단지 그 사실만을 아련하게 느끼고 있을 뿐이었다.

그에게는 시간과 공간이 정지해 있었다. 다만 무가내의 석검만이 움직이고 있었다.

그리고 죽음의 그림자가 그를 뒤덮었다.

팍!

"흑!"

석검이 그의 왼쪽 눈을 깊숙이 찌르고 빠지자 푹 하고 시뻘건 피가 뿜어졌다.

그는 왼쪽 눈에 지독한 통증을 느꼈지만 자신이 아직 살아 있는 것을 느꼈다.

그리고 무가내가 충분히 자신을 죽일 수 있었는데 어째서 왼쪽 눈만 찔렀는지 의문이 생겼다.

같은 시각, 설란요백도 그런 의문을 품었다.

그때 허공을 올려다보고 있던 균현이 나직한 목소리로 일러주었다.

"이십 년 전, 별유선당의 함정에 빠졌을 때 삼절마제께서는 왼쪽 눈을 잃으셨소."

"아……."

설란요백은 나직한 탄성을 흘렸다. 그제야 그녀는 무가내가 운룡대신도를 죽일 수 있었는데도 왼쪽 눈만 찌른 사실을 이해했다.

말하자면 무가내는 사대종사의 복수를 하고 있는 것이다. 슬슬 갖고 놀면서 말이다.

새로운 사실을 알게 된 설란요백의 가슴이 또다시 잔잔한 감동으로 물결쳤다.

운룡대신도는 자신의 왼쪽 눈이 찔린 직후에 지상에 있는 균현이 한 말을 똑똑히 들었다.

이후 균현의 말이 다시 들려왔다.

"구주사황께서는 왼팔을, 만독신군께선 오른쪽 다리를, 요선마후께선 얼굴과 온몸이 난도질당하셨소."

순간 운룡대신도는 무가내의 의도를 짐작했다. 사대종사가 당한 그대로 되돌려주려는 것이었다.

생각이 거기에 미치자 그는 견디기 어려운 공포에 휩싸였다. 그까짓 눈이 뽑히고 사지가 잘라지는 것쯤이야 웃으면서 당할 수 있다.

그러나 자신의 사지육신이 차례대로 잘리는 것을 기다려야 한다는 것은 공포 그 자체였다.

설란요백은 요선마후의 얼굴과 온몸이 난도질당했다는 사실을 처음 알게 되었다.

그녀는 가슴이 짠해졌다. 요선마후에 대한 견디기 어려운 죄스러움과 연민이 엄습했다.

더불어 그런 그녀와 십칠 년 동안 동고동락하며 살아온 무가내가 더없이 고마웠다.

더구나 무가내는 요선마후를 비롯한 사대종사의 복수를 대신 해주고 있지 않은가.

설란요백은 자신의 몸이 가루가 되는 한이 있어도 무가내에게 충성을 다하리라 맹세를 거듭했다.

운룡대신도의 왼쪽 눈을 찌른 무가내는 둥실 허공으로 떠올랐다가 그의 왼팔을 겨누고 재차 석검을 그어 내렸다.

그와앗!

그러나 운룡대신도의 대도가 어느새 석검을 마주쳐 나오고 있었다.

마치 이번에는 무가내가 어떻게 공격해 올는지 다 안다는 듯한 반격이었다.

'아차……!'

지상의 균현은 방금 전에 자신이 실언했음을 깨닫고 후회가 밀려들었다.

그가 구주사황의 왼팔이 잘렸고, 만독신군의 오른쪽 다리가, 요선마후의 얼굴과 온몸이 난도질당했다고 말한 것을 필경 운룡대신도가 들었을 것이다.

그러니 그것은 다음번에는 무가내가 어디를 공격할 것인지를 미리 알려준 것이나 다름이 없었다.

무가내도 균현의 말을 들었으나 그냥 무심히 넘겨 버렸다. 그것이 바로 경륜의 차이였다.

후웅!

운룡대신도의 대도가 마지막 잦아드는 파공음을 남기면서 무가내의 석검을 살짝 비껴서 그의 목으로 정확하게 파고들고 있었다.

그것을 발견한 설란요백의 얼굴이 해쓱하게 질렸다.

아니, 그녀만이 아니라 요마낭의 얼굴은 아예 백지장처럼 새하얗게 변했다.

그녀들은 자신들의 눈으로 똑똑히 보고 있으면서도 그 사실을 믿을 수가 없었다.

무가내가 제아무리 신적인 절세무공을 지니고 있다고 해도 목을 파고드는 칼날을 어쩌지는 못할 것이다.

그것도 운룡대신도의 삼 갑자 반 내공이 고스란히 실려 있는 일격이다.

무가내가 금강불괴지신이라는 사실을 알고 있는 균현과 자미룡 등도 안색이 급변했다. 지금 이 순간은 그 사실을 잠시 잊어버린 것이다.

무가내는 대도가 자신의 목에 닿기 직전에 공력을 끌어올려 목에 집중시켰다.

그는 금강불괴지신이면서 동시에 불의의 급습을 당할 때에는 몸에서 자연적으로 호신강기가 펼쳐진다. 그런데 그는 그것에 공력을 더한 것이다.

쩌쩡!

그 순간 쇠와 쇠끼리 강력하게 부딪치는 금속성이 크게 터져 나왔다.

지상의 사람들은 무가내와 운룡대신도가 동시에 튕겨져 날아가는 광경을 발견했다.

그런데 무가내는 선 자세에서 몸이 바람개비처럼 빙글빙글 돌면서 날아가고 있었다.

반면에 운룡대신도는 얼굴에서 피를 뿜으면서 날아갔다.

설란요백과 요마낭은 도대체 어떻게 된 일인지 추측조차 할 수가 없었다.

무가내의 목이 멀쩡하고 피가 뿜어지지 않는 것을 보고 균현과 자미룡, 냉운월 등은 그제야 무가내가 금강불괴지신이라는 사실을 새삼스레 기억해 냈다.

콰콰!

운룡대신도는 쏜살같이 날아가다가 전각을 부수며 그 속에 처박혔다.

무가내는 허공으로 한참 날아가다가 멈추고는 이쪽으로 쏘아와 지상에 내려섰다.

그는 고개를 좌우로 까딱거리면서 손으로 목을 쓰다듬으며 중얼거렸다.

"에구… 목 아파라."

설란요백과 요마낭은 자신들의 눈을 의심하는 표정으로 그를 바라보았다.

그가 목이 아프다고 엄살을 부리는 것에 반해서 그의 목에는 긁힌 상처조차 없었다.

그때 균현이 빙그레 미소 지으며 설명해 주었다.

"주군께선 금강불괴지신이라오."

"아……."

설란요백과 요마낭의 입에서 동시에 신음과도 같은 탄성이 흘러나왔다.

지금 그녀들은 정신이 없는 상황이라서 제대로 놀라지도 못하고 있었다.

이후 무가내가 금강불괴지신이라는 사실은 다시 떠올리며 두고두고 놀라게 될 터이다.

우르르……

그때 전각 속에 파묻혔던 운룡대신도가 비틀거리면서 걸어나왔다.

그는 얼굴이 온통 피투성이였다. 입과 눈, 코, 귀에서 피를 철철 쏟아내고 있었다.

그의 대도가 무가내의 목에 적중되는 순간 엄청난 반탄력이 대도를 타고 쏟아져 들어와 그의 혈맥을 모조리 끊어버렸기 때문이다.

기회를 노려 무가내를 공격한 것이 그에게는 오히려 재앙이 돼버린 것이다.

그때 무가내가 운룡대신도를 향해 왼손을 뻗었다.

그러자 운룡대신도는 무가내를 향해 뒤뚱뒤뚱 몇 걸음 걸어오는가 싶다가 갑자기 허공을 붕 날아왔다.

그 광경을 보고 있던 사람들은 그가 스스로의 힘으로 나는 것이 아니라는 사실을 즉시 알아차렸다.

왜냐하면 허공에 엎드린 자세로 머리가 먼저 무가내를 향해 쏜살같이 쏘아오고 있었기 때문이다.

어떻게 된 영문인지 미처 깨닫지 못하고 있던 사람들은 무가내가 왼손을 위로 향하자 쏘아오던 운룡대신도가 그의 손 끝을 따라 허공으로 솟구치는 광경을 보고서야 비로소 그가 초상승의 허공섭물의 신기를 발휘하고 있다는 사실을 깨달을 수 있었다.

슈욱!

무가내는 운룡대신도를 지상에서 이 장 높이에 띄워놓은 후에 그를 향해 쏘아 올랐다.

운룡대신도는 허공에 우뚝 선 자세로 보이지 않는 무형의 줄에 꽁꽁 묶인 것처럼 꼼짝도 하지 못했다.

무가내는 운룡대신도를 마주 보고 반 장 거리에 우뚝 섰다.

"늙은 쥐새끼야, 기분이 어떠냐?"

무가내는 조용히 말문을 열었다. 아까처럼 이죽거리지도 않고, 조롱하는 듯한 표정도 아니었다.

"으으… 비열한 놈……!"

운룡대신도는 치를 떨며 중얼거렸다.

무가내의 눈에서 잔인한 빛이 흘러나왔다.

"내가 비열하다고?"

번쩍!

석검의 흐릿한 빛이 운룡대신도를 향해 세로로 뿌려졌다.

팍!

"큭!"

운룡대신도의 왼팔이 어깨에서부터 뚝 잘라져서 지상으로

떨어졌다.

팔이 잘려 나간 그의 어깨에서 분수처럼 피가 뿜어졌다.

"너희들 대신 대천신등과 싸워서 이긴 대마종과 사대종사를 별유선당으로 유인해서 함정에 빠뜨린 너희 쥐새끼들은 비열하지 않고, 금강불괴지신이라서 너의 칼에 죽지 않은 나는 비열하다 이거냐?"

"……."

운룡대신도는 아무 말도 하지 못했다. 왼팔이 잘린 고통 때문이 아니라 무가내의 말에 대꾸할 말을 찾지 못해서다.

더구나 그가 금강불괴지신이라는 말에 머릿속이 온통 흙탕물처럼 어지러워졌다.

그의 기억으로는 당금 무림에 금강불괴지신을 이룬 인물이 단 한 명도 없었다.

"무현 진인을 뒤따라가서 그의 설법을 잘 듣도록 해라. 그나마 그는 뉘우치는 기색이 있으니 멍청한 네 머리를 약간이나마 일깨워 줄 것이다."

팍!

"흐윽……!"

이번에는 운룡대신도의 오른 다리가 허벅지에서 뎅겅 잘라져 떨어졌다.

설란요백과 균현은 그 광경을 보면서 꽉 막혔던 가슴이 일시에 뻥 뚫리는 듯한 시원함을 맛보았다.

"이놈아, 어여쁜 우리 염 누님 얼굴에 칼질을 하고, 염 누님의 근사한 몸에 낙서를 할 때는 좋았었지?"

농담처럼 말하면서도 무가내의 눈에서는 살광이 줄줄이 폭사되고 있었다.

"지옥에 가거든 무현 진인하고 자리 잘 잡아둬라. 아주 크게 잡아놔야 할 것이다. 머지않아 태무천 이하 너희 정협맹의 쥐새끼들을 모조리 보내줄 테니까."

피범벅인 운룡대신도의 두 눈이 끔뻑거렸다. 그의 바람은 오직 빨리 죽여줬으면 하는 한 가지뿐이었다.

무가내는 느릿하게 검을 들어 올렸다.

"이제 네 몸을 난도질해 줄 초식은 염 누님의 요마사십팔절이라는 검법이다."

파파아아—

석검이 떨쳐지자 흐릿한 검광이 뿜어졌다가 다시 수십 갈래로 나누어져 운룡대신도의 온몸을 마구잡이 난도질했다.

설란요백은 과거에 요선마후가 요마사십팔절을 전개하는 광경을 보면서 압도당한 적이 있었으나, 지금 무가내가 전개한 것은 요선마후보다 훨씬 위력적이고 현란했다.

쿵! 후두두두두…….

운룡대신도의 대도가 수직으로 떨어져 땅에 꽂힌 주위에 낙엽보다 더 잘게 베어진 무수한 육편들이 지상으로 눈송이처럼 떨어졌다.

슛.

무가내는 석검을 어깨에 꽂으면서 설란요백 앞에 사뿐히 내려섰다.

그는 감동을 주체하지 못하는 그녀의 어깨에 손을 얹으며 빙그레 미소 지었다.

"할매, 작지만 내 선물이야."

"주… 주군……."

설란요백은 후르르 몸을 떨더니 급기야 무가내 앞에 엎어지듯 부복했다.

"감사합니다……!"

"어허, 작은 선물이래두. 앞으로 더 큰 선물을 많이 해줄 테니까 지금은 이 정도로 참어."

"그게 아닙니다!"

"아니믄?"

설란요백은 무가내의 발을 끌어안고 그의 발등에 입을 맞추며 눈물을 흘렸다.

"주군께서 현세에 강림하신 것이 너무도 감사할 따름입니다! 주군께서 존재하시는 것은 천하 사독요마인들의 크나큰 축복입니다!"

그 말에 무가내는 문득 가슴이 뭉클해졌다.

그러나 그는 내색하지 않고 설란요백의 어깨를 잡아 일으켜 주었다.

"자, 그만 울고 우리 술 마시러 가자. 응?"

"네… 주군……."

눈물을 그치지 못하고 있는 설란요백은 자신이 평생 두 번째로 운다는 사실을 깨닫지 못하고 있었다.

그녀가 처음 울었을 때는 대마종과 사대종사가 끝내 돌아오지 않았을 때였다.

그러나 그때는 절망의 눈물이었지만 지금은 더할 수 없는 기쁨의 눈물이었다.

"영차!"

"아……."

설란요백을 일으키던 무가내는 그녀가 놀랄 겨를도 없이 그녀를 등에 업어버렸다.

"주… 주… 주군… 이러시면……."

설란요백이 크게 당황해서 몸부림쳤지만 두 손바닥을 펼쳐서 그녀의 엉덩이를 떠받치고 있는 무가내의 힘을 당해낼 수는 없었다.

"자! 다들 술 마시러 가자!"

무가내는 앞장서서 전문 쪽으로 성큼성큼 걸어가며 명랑하게 외쳤다.

무가내는 걸어가면서 넌지시 중얼거렸다.

"할매, 앞으로도 업히고 싶으면 말만 해."

설란요백은 말없이 눈물만 흘리다가 무가내의 등에 뺨을

묻었다.

모두들 이 광경을 보고 있어도 부끄럽지 않았다. 다 늙은 노파가 어린 소년의 등에 업혔다고 흉을 봐도 상관없었다.

천하에 수하를 업어주는 주군이 어디에 있는가?

천하에 이처럼 어여쁜 주군이 또 어디에 있겠는가?

그녀는 오늘 같은 날은 죽어도 여한이 없다는 생각만 자꾸 나서 눈물이 그치지 않았다.

그녀는 이날까지 전대 대마종을 가장 존경했었다.

이제부터 그녀는 무가내를 두 번째로 존경하기로 결심했다.

'아아… 정말 멋지고 훌륭하신 분.'

아무도 모르게 감탄하는 사람이 한 명 더 있었다.

요마낭이었다.

그녀가 겪어본 무가내는 정말 종잡을 수 없는 남자였다.

하지만 한 가지 분명한 사실이 있다.

'최고의 남자야. 나는 이후 절대… 맹세코 저분의 여자가 되고 말겠어!'

第五十五章
요몽(妖夢)

군산 정협맹.

정협맹주의 집무실이며 정협맹의 수뇌부인 이십오맹숙의
집무실이 있는 정협총각(正俠總閣)의 넓은 대전.

평소와는 달리 그곳에 팽팽한 긴장감이 감돌고 있었다.

대전에는 사람들이 가득 들어차 있는데, 크게 두 패로 갈라
져 있었다.

한 패는 단상의 태사의에 앉아 있는 정협맹주와 이십오맹
숙이고, 다른 패는 정협맹주 전면 삼 장 거리에 우뚝 서 있는
옥검신룡 북궁연과 그 뒤쪽에 모여 있는 사십여 명의 청년들
이었다.

정협맹주 쪽의 인물들이 대부분 칠십 세에서 구십 세까지의 노인들이라면, 북궁연 쪽 사십여 명은 대부분 이삼십대의 젊은 청년들이었다.

정협맹주 쪽 노인들 얼굴에는 놀라움과 충격이, 북궁연 쪽 청년들의 얼굴에는 비장함이 감돌고 있었다.

대전 안에는 조금 전부터 시작된 열 호흡 정도의 긴 침묵이 이어지고 있는 중이다.

"연아, 너 방금… 뭐라고 말했느냐?"

한참 만에 정협맹주인 무적검절 태무천이 안색을 굳히며 북궁연을 응시했다.

북궁연은 우뚝 서서 두 손을 앞에 모은 자세였다. 그에게 있어서 태무천은 어디까지나 사부이다.

"사부님 이하 이십오맹숙께서 이제 그만 자리에서 물러나 주십사고 말씀드렸습니다."

북궁연은 열 호흡 전에 했던 말을 다시 한 번 공손한 어조로 말했다.

태무천은 열 호흡 만에 이처럼 엄청난 내용의 말을 속으로 소화시키고 평소와 다름없이 조용히 입을 열었다.

"네가 그렇게 말을 하는 데에는 반드시 연유가 있을 터인즉, 어디 그 연유를 한번 들어보자."

"하문하시니 감히 말씀을 드리겠습니다."

북궁연은 깊숙이 허리를 굽힌 후 미리 준비했던 것처럼 속에 있던 말을 꺼내기 시작했다.

"지금으로부터 이십여 년 전, 변황삼세와 새외사벌을 일통시킨 대천신등이 침공했을 때 중원무림은 풍전등화의 위기 상황이었습니다."

태무천은 가볍게 고개를 끄덕이는 것으로 북궁연의 다음 말을 종용했다.

북궁연의 정기 어린 맑은 목소리가 대전에 퍼져 나갔다.

"그래서 대천신등에 대항하기 위하여 불도진명계와 강호유림계, 즉 진명유림의 삼십육 개 방, 문파가 주축이 되어 정협맹이 탄생했습니다. 그러나 정협맹은 대천신등과 제일차 흔천대전을 벌인 결과 대패했습니다."

그것은 정협맹의 아픈 역사였다. 모두 알고 있지만 되도록 입에 올리지 않는 상처였다.

"하지만 중원무림을 대천신등에게 고스란히 바칠 수는 없었습니다. 그래서 무림으로 인정하지도 않던 사마총혈계에 구원을 청할 수밖에 없었습니다."

금기시되어 있는 아픈 역사이며 상처를, 북궁연은 건드리다 못해서 칼로 헤집고 있었다.

태무천은 변함이 없지만 이십오맹숙 거물들의 얼굴은 점차 찌푸려지고 있었다.

그러나 북궁연은 아랑곳하지 않았다.

"정협맹은 사마총혈계를 온갖 감언이설로 유혹했습니다.

대천신등과 싸워서 이기기만 하면 사마총혈계를 무림의 한 축으로 받아들이고, 사독요마를 구파일방처럼 인정하겠다고 먼저 약속을 했습니다."

이십오맹숙 중 누군가의 입에서 묵직한 신음이 새어 나왔다.

북궁연의 말이 계속 이어졌다.

"대마종은 사대종사와 사마총혈계 팔만 정예 고수를 이끌고 출전하여 처절하게 싸워 끝내 승리했으며, 대천신등을 중원에서 몰아냈습니다. 무림으로 인정하지도 않았던 그들이 무림을 구한 것이지요."

북궁연 뒤에 늘어서 있는 사십여 명 청년들의 표정이 비장함에서 비웃음으로 물들어갔다.

"그런데 그들은 약속했던 대가를 받아내지 못했습니다. 그들이 요구한 것도 아니고, 정협맹이 먼저 제의했던 대가였습니다. 그 대신 정협맹은 그들에게 다른 것을 주었습니다. 배신입니다. 실로 더럽고도 추악한 배신 말입니다."

북궁연의 목소리가 조금씩 커지고 높아졌다. 감정을 주체하지 못하고 있는 것이다.

"닥쳐라!"

"더 이상 지껄이면 즉참하겠다!"

이십오맹숙 중에 누군가 악에 받쳐서 외쳐 댔다.

북궁연의 입가에 참고 참았던 조소가 설핏 떠올랐다. 그는 조소를 입가에 매단 채 말을 이었다.

"대마종과 사대종사를 별유선당으로 꾀어 함정에 빠뜨려 죽이려고 했으며, 이후 탕마령을 발동하여 사마총혈계를 괴멸시키려 했습니다."

"네 이놈!"

급기야 이십오맹숙 중 세 명이 불같이 화를 내며 신형을 날려 북궁연을 향해 쏘아갔다.

차차차창!

순간 북궁연 뒤에 있던 사십여 명의 청년들이 일제히 무기를 뽑으며 앞으로 나섰다.

순간 쏘아가던 세 명의 맹숙은 즉시 바닥으로 내려섰다.

무기를 뽑아 들고 당장에라도 공격할 기세인 청년들을 보며 세 명의 맹숙은 만면에 어이없다는 표정을 떠올렸다.

북궁연은 노골적인 가소로움을 얼굴에 떠올리며 낭랑하게 외치듯 말했다.

"한 가지 사실을 미처 말씀드리지 못했군요! 우리는 정협맹 총단을 이미 접수했습니다! 현재 십부(十府)와 팔전(八殿)의 고수 만 천여 명이 이곳 정협총각을 겹겹이 포위하고 있습니다! 믿지 못하시겠다면 한번 시험해 봐도 좋습니다!"

이때만큼은 태무천도 표정이 변했다. 그는 움찔 가볍게 몸을 떨며 북궁연을 쏘아보았다.

일신에는 잡티 한 점 없는 백포를 입었고, 깔끔하게 상투를 묶은 머리카락이나 가슴 앞에 길게 늘어뜨린 수염 역시 눈처럼 흰색이었다.

불그레한 얼굴빛과 주름없는 얼굴을 보면 그의 나이를 가늠하기 어려웠다.

우직!

그때 태무천이 잡고 있던 태사의의 팔걸이가 힘없이 부서졌다. 감정이 격앙되었다는 뜻이다.

그것을 본 북궁연의 마음이 조금 편해졌다.

지금껏 사부가 평소와 다름이 없는 표정이어서 사실 마음이 불편했던 북궁연이다.

그러나 이제 사부도 평범한 인간처럼 감정을 드러낸다는 사실을 알게 된 것이 북궁연의 마지막 남은 하나의 장벽을 허물어주었다.

"결론만 말씀드리겠습니다. 이십 년 전에 대마종과 사대종사 이하 사마총혈계의 팔만 정예 고수가 구한 무림을, 앞에 앉아 계신 여러분들께서 망쳐 놓았습니다."

북궁연이 다시 말을 시작하자 사십여 청년들, 즉 정협맹 총단 십부의 대대주와 중대주들은 천천히 그의 뒤로 물러나 원래의 위치에 서며 무기를 거두었다.

"대마종과 사대종사를 배신하지 않았던들! 탕마령을 발동하여 사마총혈계를 소탕하지 않았던들! 무림은 지금처럼 썩지 않았을 것입니다!"

북궁연은 주먹을 움켜쥐고 허공에 대고 흔들었다.

자신이 생각해도 무림의 대선배들이라는 작자들은 역겹기 짝이 없는 존재였다. 그렇기에 말을 하면서 흥분을 삭이기가 어려웠다.

"제이차 흔천대전 이후, 사마총혈계와의 약속을 지키고, 그들과 함께 무림을 올바르게 경영했더라면 이 지경이 되지는 않았을 것입니다."

그는 다시 원래처럼 목소리를 낮추었다. 그의 깊은 수양심은 사부 태무천을 본받은 것이다. 그는 사부에게서 무공과 수양심만 본받았다.

"제가 처음 별유선당 사건에 대해서 알게 되었을 때 얼마나 큰 충격을 받았었는지……."

그는 감정을 억제하느라 잠시 말을 끊었다가 다시 이었다.

"어쨌든 저는 그 사실을 여기에 있는 대대주와 중대주들 모두에게 하나도 빠짐없이 말해주었습니다."

그는 더 이상 말하고 싶지 않았다. 원래는 이렇게까지 말하려던 것이 아니었다.

처음 몇 구절만 얘기하면 사부가 무언가 깨달을 것이라고 여겼었다.

아니, 사부는 이미 오래전에 깨달았을 것이다.

다만 자신의 깨달음을 실행에 옮길 자신이 없었거나 두려웠는지도 모른다.

북궁연은 똑바로 사부를 주시했다. 평소에는 눈조차 마주치지 못하던 사부였다.

"사부님, 용단을 내려주십시오."

태무천은 북궁연을 응시했다.

북궁연은 눈도 깜빡이지 않고 마주 응시했다. 그의 눈에 핏발이 곤두섰다.

그때 이십오맹숙의 몇 명이 꾸짖듯 소리쳤다.

"이제라도 물러나면 용서하겠다, 북궁연!"

"천하가 정협맹 손아귀에 있거늘! 기껏 이곳을 접수했다고 정협맹을 손에 넣은 줄 아느냐?"

북궁연의 시선이 그들에게 향했다. 그리고 그의 입에서 튀어나온 일갈.

"죽고 싶소?"

거침없는 말에 돌연 이십오맹숙들은 조용해졌다.

"아니, 굳이 우리가 손을 쓸 필요도 없소. 전대 대마종의 제자라는 소문이 자자한 혈풍신옥이 당신들을 차례차례 죽여줄 테니까."

이십오맹숙들은 더 조용해졌다.

아니, 죽은 무현 진인과 운룡대신도를 비롯한 몇몇을 제외하고 이곳에 있는 맹숙은 모두 십칠 명이었다. 그러니 십칠맹숙이라고 해야 옳았다.

그들은 무적방주 혈풍신옥이 이십오맹숙의 무현 진인과

중원삼십육태두의 천중검협, 극신도황 구양중겸, 일검장천 주공명을 죽인 사실을 잘 알고 있다.

그리고 혈풍신옥이 그들을 왜 죽였는지에 대해서도 대충 짐작하고 있었다.

그런데 혈풍신옥이 전대 대마종의 제자라는 것은 지금 북궁연에게서 처음 듣는 말이었다.

만약 혈풍신옥이 운룡대신도마저 죽였다는 소식을 접하게 된다면 십칠맹숙의 가슴은 더 답답해질 것이다.

"후후… 지금 이런 상황에서 대천신등이 다시 중원무림을 침공한다면 어찌 될 것 같소?"

아무도… 아무도 입을 열지 못했다.

태무천조차도 미간을 좁힌 채 착잡한 표정을 지었다. 한 번 감정을 드러낸 그는 그 후 자주 표정의 변화를 일으키고 있었다.

잠시 뜸을 들인 후 북궁연은 태무천을 보며 최후의 통첩을 보냈다.

"사부님. 저는, 아니, 우리는 정협맹을 쇄신하여 도탄에 빠진 무림을 구하고 싶습니다. 그러니 이제 사부님께서 용단을 내려주십시오."

이어서 그는 태무천을 향해 그 자리에 무릎을 꿇고 부복하며 이마를 바닥에 댔다.

그것은 아마도 그가 사부에게 올리는 마지막 절이 될 터이다.

그를 따라 사십여 명의 대대주와 중대주들도 부복했다.

천 마디 말보다 더 무게감있는 행동이었다.

*　　　　*　　　　*

무창성이 발칵 뒤집혔다.

운룡대신도가 죽은 지 불과 한 시진 후에 그의 죽음이 드러났다.

그러자 무창성에 적을 둔 수십 개 방, 문파에서 일제히 전서구가 날아올라 천하 각 지역으로 향했다.

이제 늦어도 내일 밤이면 운룡대신도의 죽음이 천하를 떠들썩하게 들었다가 놓을 것이다.

같은 시각.

무창성 선화루 안채에서는 흥겨운 대연회가 벌어지고 있었다.

넓은 방에는 열두 명의 사람들이 바닥에 빙 둘러앉아 술을 마시고 있는 중이다.

그들은 무가내와 은예상, 무적오군장 다섯 명, 자미룡, 냉운월, 요마낭, 요몽, 강조였다.

원래 선화루주 요몽은 어느 명문가의 대연회보다 더 훌륭한 주연을 준비해 두었다.

하지만 그것들은 무가내가 도착하자마자 균현의 지시에 의해서 모두 치워졌다.

그리고 그때부터 모두 바닥에 둘러앉아 마시기 시작했다.

설란요백과 요몽 등은 어리둥절한 표정으로 멀뚱히 서서 자리에 끼어들지 못했다.

무가내 등이 술을 마시는 광경은 흡사 저잣거리 서민들의 그것과 별반 다르지 않았기 때문에 설란요백 등은 놀라움을 금치 못했다.

무가내의 평소 술 마시는 습관에 대해서 전혀 모르던 그녀들이 당황하는 것은 당연했다.

그녀들은 요마낭이 바닥에 주저앉아 사람들과 섞여서 친숙하면서도 익숙하게 술잔을 비우고 있는 모습을 보며 더욱 마음이 심란해졌다.

"어이~! 뭣들 하나? 아무 데나 끼어 앉아서 마셔!"

한참 술 마시기에 열중하던 무가내가 그렇게 한마디 하고 나서야 설란요백과 요몽은 주섬주섬 어색하게 자리에 끼어들었다.

하지만 그녀들의 어색함은 그리 오래가지 않았다. 술자리에서만큼은 지위의 고하가 없었다.

또한 무슨 말을 해도 괜찮았으며, 어떤 행동을 하더라도 용납이 됐다.

서로 어깨동무를 하고, 침을 튀겨가면서 떠들어대는 모습
이 정말 십년지기들 같았다.

'과연… 주군이시다.'

설란요백은 격식을 갖춘 자리에 앉아 온갖 점잔을 빼면서
예의를 지키는 술자리보다 이렇게 술을 마시는 것이 사람들
끼리 가까워지는 데에 훨씬 효과적이라는 사실을 깨닫고는
속으로 그 말만 연발했다.

"주군, 잠깐 여쭐 말씀이 있습니다."

술이 여러 순배 돌고 난 후 설란요백이 조심스럽게 무가내
에게 말했다.

"웅? 뭔데?"

"실은 속하가 지난 이십여 년 동안 남몰래 양성한 고수들
이 있습니다."

"어… 그래? 얼마나?"

무가내는 술 마시기에 바빠서 건성으로 물었다.

"삼천 명입니다."

뚝!

그 말에 무가내는 입에 댔던 술잔을 떼고 놀란 얼굴로 설란
요백을 쳐다보았다.

"삼천?"

"네. 전부 요선계의 여자들로만 구성됐습니다. 주군께서도
아시다시피 요선마후의 무공을 익히기에는 여자들이 적합하

기 때문에……."

"응. 그건 그렇지."

"이십여 년 전에 속하 휘하에 있던 수하들이 천 명, 그녀들의 딸들이 천 명, 그리고 손녀들이 천 명. 그래서 모두 삼천 명입니다."

말하자면 삼천 명이 모두 가족으로 구성된 셈이다.

설란요백은 언젠가는 쓸모가 있을 것이라고 판단, 자신이 거느리던 수하들 중 천 명을 선발하여 강훈련을 시켰었다.

당시 설란요백의 수하들 평균 연령은 사오십대였으므로 대부분 가정을 갖고 있었다.

그래서 그녀들의 자식들 중에서 자질이 좋은 딸만을 추려서 천 명을 만들어 그 역시 강훈련을 시켰다.

이후 그 딸들이 혼인을 하여 다시 가정을 갖게 되자 또다시 천 명의 딸들을 선발, 세 번째 조직을 만든 것이다.

신기하기도 하고 기발한 얘기에 모두들 술 마시는 것을 잠시 멈추고 설란요백을 주시했다.

"속하는 그들을 요마삼군단(妖魔三軍團)이라고 이름 붙였습니다. 제일군단은 속하가 맡아왔으며, 이군단은 요몽이, 삼군단은 요마낭이 이끌어왔습니다."

그렇게 말하면서 그녀는 요몽과 요마낭을 가리켰다.

무가내는 고개를 끄덕였다.

"그러니까 할매군단의 단주는 요백 할매가, 딸내미군단의 단주는 요몽 아줌마가, 손녀군단 단주는 낭이라 그거지?"

"와핫핫핫!"

"하… 할매군단! 깔깔깔깔!"

그 말에 모두들 배꼽을 잡고 웃어댔다.

그때만큼은 설란요백과 요몽, 요마낭마저도 빙그레 미소를 지었다.

"속하가 드릴 말씀은… 요마삼군단을 어떻게 했으면 좋을지 주군께서 명령을 내려주시는 것이 좋을 듯합니다."

무가내는 잠시 생각하는 듯하다가 고개를 끄덕였다.

"그냥 따로 둬."

"네? 그게 무슨……."

설란요백과 요몽, 요마낭은 무가내가 요마삼군단을 무적방에 받아들이지 않겠다는 것으로 알아듣고는 깜짝 놀랐다.

세 여자는 동시에 무가내에게 무릎을 꿇고 머리를 조아리며 합창했다.

"주군! 부디 거두어주십시오!"

무가내는 그녀들이 오해했다는 것을 알고 손을 내저었다.

"아, 아냐! 그러니까 내 말은……."

은예상이 방그레 미소를 지으며 세 여자에게 설명했다.

"풍 랑께선 요마삼군단을 별동대(別動隊)로 삼으시겠다는 말씀이에요."

"그렇지! 별동대! 내 말이 바로 그거야! 하하하!"

무가내는 손바닥으로 무릎을 치며 웃었다.

"할매."

그는 웃음이 가시지 않은 얼굴로 설란요백을 불렀다.

"하명하십시오."

"할매는 요마군장이 됐고 낭이는 내 호위라서 꼼짝 못하게 됐으니까 봉 아줌마를 요마삼군단의 총단장(總團長)에 임명하는 것이 어떻겠어?"

요몽이 깜짝 놀라는 표정을 짓자 무가내는 그녀에게 고개를 끄덕여 보이며 말을 이었다.

"봉 아줌마는 선화루를 다른 사람에게 맡기고 이제부터는 요마삼군단 총단장의 신분으로 나와 함께 전하를 주유하사."

요몽은 황망한 표정을 지었으나 설란요백이 미소를 지으며 고개를 끄덕이자 곧 감격한 표정을 지으며 무가내를 향해 부복했다.

"속하 요몽, 목숨을 걸고 거두어주신 은혜에 보답하겠습니다."

"음. 우선 요마삼군단의 몇 사람을 내게 데리고 와봐. 실력이 어떤가 봐야겠어."

수만 많다고 능사가 아니다. 실력이 높아야 정예라고 할 수 있는 것이다.

설란요백과 요몽은 요마삼군단의 수준을 평가한 후에 임무를 주겠다는 무가내의 마음을 헤아렸다.

무가내는, 아니, 무적방은 무창에 와서 기대했던 것 이상의 큰 성과를 거두었다.

팔천억 냥의 금화, 예전 요선계 시절보다 더 방대하고 치밀한 규모의 정보망, 삼천 명의 요마삼군단, 그리고 설란요백과 요몽이라는 든든한 충신.

또한 사대종사를 병신으로 만든 원흉 중 한 명인 운룡대신도를 응징했다.

마지막으로 무엇보다 무가내의 마음을 흡족하게 한 소득이 하나 더 있었다.

요마낭이라는 귀여운 보석을 재발견했다는 사실이었다.

무가내는 이후 요마낭을 가까이에 두고 세심하게 주의를 기울일 생각이었다.

요마삼군단에 대한 보고가 일단락되자 사람들은 다시 왁자한 분위기로 마시기 시작했다.

이 술자리에는 지위의 고하도, 위계질서도 없었다. 그저 최소한의 예절만 유지하면 된다.

그리고 한 가지가 술자리 내내 충만해 있었다.

바로 화기애애함이었다.

"주군과 따로 주무신다고 말씀하셨습니까?"

요몽은 가볍게 놀란 얼굴로 은예상을 바라보며 조심스럽게 물었다.

"네."

은예상은 수줍게 얼굴을 붉히며 고개를 끄덕였다.

요몽은 아까 술자리가 시작되기 전에 무가내의 잠자리를 직접 손봐두었다.

물론 무가내와 은예상이 한 침상에서 자도록 했다. 두 사람을 부부라고 여겼기 때문에 당연한 준비였다.

그런데 술자리가 파한 후 무가내와 따로 자겠다는 전혀 예상하지 못한 은예상의 말을 듣게 된 것이다.

요몽이 물었을 때 균현은 무가내와 은예상이 아직 혼인은 하지 않았지만 부부나 다름이 없으며, 은예상을 대할 때에는 주모로서 소홀함이 없도록 하라고 말했었다.

"저… 혹시 두 분께서 싸우셨습니까?"

요몽은 무척 조심스럽게 물었다.

만약 두 사람이 싸웠다면 자신이 어떻게든 화해를 시켜주고 싶었다.

무가내만큼은 아니지만, 요몽은 은예상에게도 존경의 마음이 들었다.

은예상이 무가내의 부인이라는 이유도 있었지만, 은예상 한 사람만 놓고 봤을 때에도 마음속에서 저절로 흠모심이 솟구쳐 올랐다.

요몽은 오랫동안 선화루주로 있으면서 천하에서 미인이라고 손꼽히는 여자들을 숱하게 만나보고 또 거두었다.

그러나 그녀들은 절대 은예상에 비할 만한 상대가 못 된다.

은예상이 월광이라면 그녀들은 겨우 반딧불이 같은 존재에 지나지 않았다.

솔직히 요몽은 은예상을 보는 순간 미인을 보는 안계(眼界)가 대폭 넓어졌다.

천하에 이토록 완벽한 미인이 존재했나 싶었고, 과연 천하가 왜 그녀에게 천상옥봉이라는 절대적인 미의 아호를 헌상했는지 그제야 이해할 수 있었다.

그러나 은예상의 진가가 어찌 외적인 아름다움뿐이랴?

요몽은 은예상이 지닌 외적인 아름다움은 그녀의 내적 아름다움에 비해 크게 떨어진다는 사실을 그녀를 직접 겪어보고야 깨닫게 되었다.

은예상에게는 그 누구도 흉내를 내지 못할 우아함과 순결함, 선함, 자비로움, 풍부한 지식과 총명함이 내재되어 있었다.

요몽은 선화루를 운영하면서 산전수전 다 겪은 노련하기 짝이 없는 여인이다.

상대와 몇 마디 대화를 나누어보면 깡그리 파악할 만한 능력을 지녔다.

그런 그녀가 본 은예상은 한마디로 절대적인 외모와 마음과 지식을 갖춘 천하제일미가 틀림없었다.

요몽 역시 딸을 갖고 있는 어미라서 요마낭을 무가내의 여자로 만들고 싶은 욕심을 품고 있었다.

하지만 무가내의 정실부인은 은예상이 돼야 한다는 사실만큼은 인정했다.

그 정도로 은예상을 인정하고 있는 요몽이기에, 무가내와 은예상이 따로 잔다는 말은 충격일 수밖에 없었다.

"싸우긴요. 아니에요."

은예상은 깜짝 놀라며 고개를 살래살래 가로저었다.

하긴 요몽이 본 은예상은 무가내에게 절대복종하는 요조숙녀였다. 그런 그녀가 무가내와 싸울 리가 없다.

요몽은 염두를 굴렸다. 그렇다면 두 사람이 함께 자지 않는 데에는 다른 이유가 있을 터이다.

그때 퍼뜩 무엇인가 요몽의 뇌리를 스쳤다.

"혹시… 외람된 물음이지만, 주모께선 아직 주군과 동침을 하신 적이 없으십니까?"

그 말에 은예상은 어색한 미소만 지을 뿐 대답하지 않았다.

요몽은 그녀의 침묵을 긍정으로 받아들이고 적잖이 놀랐다.

무적방 사람들이 모두 부부로 여기고 있는 무가내와 은예상이 아직 부부지연을 맺지 않은 상태라니, 도저히 이해가 되지 않았다.

요몽은 내친김에 이 일을 어떻게든 자신의 힘으로 해결하고 싶다고 마음을 먹었다.

누구보다도 무가내와 은예상을 존경하기에 그런 마음은 더 간절했다.

"요몽 아주머니 말씀이 맞아요."

은예상은 아직도 무가내와 동침하지 못한 것이 자신의 죄라도 되는 듯 조그맣게 겨우 대답했다.

"실례입니다만, 주모께 무슨 결함이 있습니까?"

요몽의 물음은 집요했다. 꼭 두 사람을 맺어줘야겠다고 결심했기 때문에 그럴 수밖에 없었다.

그런데 뜻밖에 은예상이 고개를 끄덕였다.

요몽은 바짝 긴장했다.

"무…슨 결함을 갖고 계십니까?"

은예상은 한숨을 호로록 내쉬었다.

"하아……. 무엇인가 제게 결함이 있기 때문에 풍 랑께서 저를 거두지 않으시는 것이겠지요."

그 말은 곧 자신의 결함이 무엇인지 모르겠다는 뜻이고, 또 결함이 없다는 말로도 해석된다.

요몽은 일단 한시름 놓았다. 하지만 고삐를 늦추지 않았다.

"하오시면, 주모께선 주군과 합방을 하실 의향은 갖고 계신 거로군요?"

"……."

은예상은 대답하지 않았다.

아니, 못했다. 그녀는 그저 얼굴을 발갛게 물들은 채 푹 고개를 숙일 뿐이었다.

"알았습니다."

요몽은 비단금침이 깔려 있는 침상에 시선을 던지며 공손한 자세를 취했다.

"속하가 직접 주군께 말씀드리겠습니다."

그녀의 말에 은예상은 화들짝 놀랐다.

"아… 그러지 말아요."

은예상은 조심스럽게 방문 쪽으로 뒷걸음치는 요몽을 따라가며 손을 저었다.

요몽은 듣지 못한 척 그대로 물러나다가 방문 앞에 서서 한마디 일러두는 것을 잊지 않았다.

"참고로 말씀드립니다만, 주모의 잠자리는 따로 봐두지 않았습니다."

탁.

요몽이 나가고 방문이 닫혔는데도 은예상은 당황과 긴장으로 경직된 몸이 좀처럼 풀어지지 않았다.

'어떻게 해…….'

그녀는 오도카니 서서 속으로 그 말만 되풀이했다.

第五十六章
초야(初夜)

술자리가 파한 후 무가내는 줄곧 요마낭과 함께 있었다.

그는 술을 꽤 많이 마셨으나 공력으로 취기를 증발시킬 정도는 아니었다.

하지만 꽤 취한 요마낭은 무가내를 따라 이 방에 들어서고 나서 잠시 후 암암리에 공력을 끌어올려 체내의 술기운을 깡그리 배출시켜야만 했다.

사실 요마낭은 술 취한 무가내가 자기 혼자만 데리고 은밀하게 방으로 들어가자 잔뜩 긴장했었다.

그가 자신에게 짓궂은 행동을 할 것이라고 지레짐작을 했기 때문이다.

그러나 그녀의 예상은 철저하게 빗나갔다.

무가내는 그녀의 젖가슴이나 속곳 속을 일체 만지지 않았을뿐더러 방에 들어오자마자 의자에 단정한 자세로 앉더니 그녀에게 알고 있는 무공을 모두 펼쳐 보라고 엄숙한 표정으로 주문을 한 것이다.

요마낭은 극도로 긴장했다. 무가내는 그녀의 하늘이다. 그 하늘 앞에서 무공을 펼쳐 보여야 하는 것이기 때문에 긴장할 수밖에 없었다.

그가 무엇 때문에 그런 명령을 내렸는지는 짐작조차 할 수 없었다.

하지만 어쨌든 요마낭은 반 시진 남짓 동안 자신이 알고 있는 모든 무공을 최선을 다해 전개해 보였다.

그녀가 알고 있는 무공이라고 해봐야 요마탈혼검법과 한 가지 경공술, 보법이 전부였다. 그리고 그것들은 모두 요선마후의 성명무공이었다.

하지만 실내가 좁아서 경공술은 펼칠 수가 없었다.

요마낭의 요마탈혼은 어디 한 군데 흠 잡을 곳 없이 완벽한 경지에 올라서 있었다.

요선마후와 비교하면 그녀보다 공력이 모자랄 뿐이지, 오히려 초식의 전개 면에서는 요마낭이 월등하게 나왔다.

그럴 수밖에 없는 것이, 요마낭은 어렸을 때부터 오직 요마탈혼 한 가지 검법만 죽어라고 연마했기 때문에 작은 변화 하나까지도 완벽하게 통달해 있었던 것이다.

　동작을 멈춘 요마낭은 무공을 전개하기 전보다 더 긴장하여 실내 한가운데 오도카니 서서 두 손을 앞에 모은 채 무가내를 조심스럽게 바라보았다.

　"하아… 하아……."

　전력을 다해서 펼쳤기 때문에 얼굴에서 땀이 비 오듯 했으며, 가쁜 숨을 토해낼 때마다 봉긋한 가슴이 오르내렸다.

　무가내는 요마낭을 뚫어지게 응시하고 있었다. 그렇지만 사실 그는 시선만 그녀에게 고정시켰을 뿐 다른 생각에 골몰해 있는 중이었다.

　그런 사실을 모르는 요마낭은 자신의 무공 시범이 너무 형편없어서 그런 줄 알고 조마조마하여 소륵 두 눈에 눈물이 맺혀 버렸다.

　무가내의 침묵이 길어질수록 요마낭의 불안과 절망은 더욱 가중되었다.

　"낭아."

　이윽고 오랜 침묵을 깨고 무가내가 나직하고도 조용히 말문을 열었다.

　"네… 네?"

　너무 긴장했던 요마낭은 화들짝 놀라 대답을 하다가 그만 다리에 힘이 풀려 쓰러질 듯이 크게 휘청거렸다.

　운룡대신도의 속가제자를 죽일 때에는 지옥의 나찰 같았

던 그녀가 무가내 앞에서는 이처럼 연약하다니, 실로 극과 극의 양면성을 지니고 있는 그녀였다.

휘청거리는 짧은 순간에 그녀는 지금 이렇게 쓰러지면 너무 창피할 것 같다는 생각이 뇌리를 스쳤다.

하지만 몸은 이미 쓰러져 가고 있었기 때문에 어떻게 해볼 도리가 없었다.

스으.

그런데 그녀는 쓰러지지 않았다. 바닥에 주저앉듯 엉거주춤한 자세에서 그녀의 몸이 스르르 허공을 떠가고 있었다.

슛.

다음 순간 그녀의 엉덩이가 의자에 앉아 있는 무가내 무릎 위에 살포시 얹혀졌다.

쓰러지려는 그녀를 무가내가 허공섭물의 수법으로 끌어당겨 자신의 무릎에 앉힌 것이다.

요마낭은 한쪽 어깨를 무가내의 가슴에 대고 그의 무릎에 앉은 자세가 됐다.

그녀는 크게 놀라 눈을 동그랗게 뜨고 무가내를 쳐다보았다.

무가내는 빙그레 미소 지으며 그녀를 바라보고 있었다.

두 사람의 얼굴은 채 반 자 거리도 되지 않았다. 서로의 숨소리, 아니, 심장박동까지 생생하게 느껴졌다.

요마낭은 급히 고개를 푹 숙였다.

부끄러움이 아니었다. 부끄러우면 얼굴이 붉어지는데 지금 그녀의 안색은 오히려 창백했다.

너무 갑작스러운 일 때문에 공황상태에 빠져 버린 것이다.

무가내는 그녀의 몸이 뻣뻣하게 경직된데다 바들바들 떨고 있는 것을 느끼고 가볍게 어이없는 표정을 지었다.

그녀가 몹시 긴장하고 있다고 생각한 그는 그녀의 긴장을 좀 풀어줘야겠다고 생각했다.

슥.

"낭아."

그는 한 팔로 요마낭의 어깨를 감싸면서 다른 손으로 그녀의 떡잎처럼 희고 작은 손을 잡았다.

"……."

그런데 긴장이 풀어지기는커녕 아기가 경기를 하듯 화들짝 놀라더니 오히려 그녀의 몸이 더욱 딱딱하게 굳어버리는 것이 아닌가.

'이거야…….'

혹시 자신의 무릎에 앉혀서 그런가 싶은 생각이 들어서 그는 요마낭을 번쩍 들어서 맞은편 의자에 앉혔다.

"아……."

그러자 그녀는 소스라치게 놀라며 눈을 크게 뜨고 아주 잠깐 무가내를 바라보다가 다시 고개를 폭 숙였다.

"낭아."

"네⋯⋯."

무가내가 다시 부르자 그녀는 기어드는 듯한 목소리로 간신히 대답했다.

조그만 엉덩이를 의자에 얹은 채 바닥에 닿지도 않는 두 발과 어깨를 바들바들 떨고 있는 그녀를 보면서 무가내는 도무지 대책이 서지 않았다.

무릎에 앉히나 의자에 앉히나 반응은 똑같았다.

무가내는 바보가 아니다. 그녀가 주군인 자신의 앞이라서 긴장하고 있다는 사실을 깨달았다.

그러나 어쩔 수 없다고 생각했다. 이 상태로 말을 하는 수밖에 없었다.

"낭아, 그동안 내가 지켜본 바에 의하면 너는 매우 특출한 자질을 지니고 있는 것 같다."

그가 말을 하는 중에도 요마낭의 고개가 점점 더 숙여졌다. 조금만 더 숙이면 무릎에 닿을 듯했다.

"그래서 내가 네게 몇 가지 무공을 가르쳐 볼까 하는데, 네 생각은 어떠냐?"

무가내의 목소리는 진지했다.

하지만 요마낭은 대답하지 않았다. 그저 무릎에 닿을 듯이 계속 고개만 숙이고 있었다.

결국 무가내는 그녀가 너무 긴장한 나머지 자신의 말을 제대로 듣지 못하고 있다는 판단을 내렸다.

그가 본 요마낭의 자질은 최상이었다. 그렇지만 그녀가 요마탈혼 한 가지 무공만 익혔다는 것은 귀한 옥을 진흙 속에 묻어둔 것이나 다름이 없었다.

그래서 한시라도 빨리 그녀에게 무공을 가르쳐서 자질을 백분 활용하고 싶은 것이다.

그러나 이런 상태로는 무공을 가르치기는커녕 대화를 나누는 것조차 불가능했다.

그때 문득 한 가지 생각이 무가내의 뇌리를 스쳤다.

아무래도 긴장을 풀어주는 방법으로는 그것보다 나은 것이 없을 듯했다.

무가내는 요마낭의 검을 벗겨내고 그녀를 달랑 안아다가 다시 자신의 무릎에 앉혔다. 그녀의 몸은 빳빳해서 장작이나 다름이 없었다.

그는 조금 전하고는 자세를 달리했다. 그녀를 자신의 하체 안쪽에 깊숙이 끌어들여 앉히되 그녀의 등이 자신의 가슴에 밀착되게 했다.

장작개비가 바들바들 떨고 있는 느낌이 무가내에게 고스란히 전해졌다.

무가내는 아무 말도 하지 않았다. 그 대신 천천히 행동을 시작했다.

일단 그는 몸을 뒤로 약간 눕혔다. 등이 그의 가슴에 붙어 있는 요마낭의 몸도 눕혀졌다. 아니, 그의 몸 위에 누운 듯한 자세가 되었다.

슥.

그의 두 손이 요마낭의 상의 아래 속으로 미끄러져 들어갔
다.

"아······."

요마낭이 화들짝 놀라 몸을 움찔 떨었다.

무가내의 두 손은 그녀의 아랫배 맨살을 부드럽게 쓰다듬
다가 스르르 올라가 봉긋한 젖가슴을 두 개 다 가만히 움켜잡
았다.

"아······."

그녀가 다시 나직한 탄성을, 아니, 신음을 토해냈다. 그러
더니 극도로 경직됐던 몸이 조금 풀어지는 것 같았다.

요마낭은 체구가 조그맣고 가냘프지만 어린 나이인데도
꽤 성숙한 몸을 지니고 있었다.

그리 크지 않은, 그러나 작지도 않은 젖가슴은 매우 부드러
웠고 따스했다.

무가내는 한동안 묵묵히 두 손으로 요마낭의 젖가슴을 부
드럽게 주무르고 쓰다듬기만 했다.

"하아······."

그녀의 입에서 긴 신음이 흘러나왔다.

요마낭의 긴장이 많이 풀어졌다고 판단한 무가내는 이윽
고 상의에서 손을 빼면서 입을 열었다.

"자, 이제부터 내가 하는 얘기를 잘 들어라."

그랬더니 축 늘어져 있던 그녀의 온몸이 기다렸다는 듯이 장작처럼 빳빳하게 굳어졌다.

'뭐야, 이거?'

그는 어이없는 표정을 지으면서 물었다.

"낭아, 내가 방금 뭐라고 말했느냐?"

"아… 저는… 속하는… 자… 잘못했습니다… 아아……."

그녀는 횡설수설 어쩔 줄을 몰라 했다.

'끙!'

무가내는 속으로 신음을 토하면서 다시 손을 그녀의 상의 속으로 집어넣었다.

기다렸다는 듯이 요마낭의 몸의 경직이 풀어졌다.

그것은 그녀가 그러는 것이 아니라 몸이 그러는 것이었다. 그러니 무가내가 그녀를 꾸짖을 수도 없는 노릇이었다.

무가내는 어쩔 수 없이 그 상태에서 요마낭에게 호천무적공의 구결을 읊어주었다.

반신반의하면서 구결전수를 끝낸 무가내가 묻자 요마낭은 토씨 하나 틀리지 않고 호천무적공의 구결을 술술 읊었다.

신기하기 짝이 없는 일이었다.

그렇지만 앞으로 요마낭에게 무공 구결을 전수하거나 진지한 대화를 나눌 때에는 꼭 지금과 같은 의식을 치를 수밖에 없을 듯했다.

그렇지만 무가내도 그다지 싫지는 않았다.

아니, 솔직히 말하자면 매우 좋았다.

그는 호천무적공의 난해한 구결을 풀어서 설명하느라 그 때부터 무려 한 시진 동안이나 더 봉사를 해야만 했다.

"드릴 말씀이 있습니다."

방에 들어선 요몽은 한쪽의 방바닥에 앉아서 호천무적공 구결을 이해하느라 중얼중얼 되뇌고 있는 요마낭을 힐끗 보고 나서 의자에 앉아 있는 무가내에게 공손히 입을 열었다.

요마낭 때문에 꽤 지친 무가내는 가볍게 고개를 끄덕여 말해보라는 몸짓을 해 보였다.

"저 아이를 내보내도 되겠습니까?"

"안 돼. 궁금한 것이 있을 때마다 내가 대답해 줘야 하니까."

요몽의 요구에 무가내는 고개를 가로저었다.

요몽은 잠시 망설였다. 무가내가 무엇 때문에 은예상과 동침을 하지 않는지 그 이유를 듣고, 어떻게 해서든 두 사람을 한 몸으로 맺어줘야 하는데, 어린 요마낭이 그 얘기를 들을까 봐 염려하는 것이었다.

요몽은 거처 침실에 혼자 두고 온 은예상을 떠올리고는 얘기를 꺼내기로 결심했다.

"주군, 솔직하게 말씀해 주십시오."

요몽의 뜬금없는 말에 무가내는 뜨악한 표정을 지었다.

"뭘?"

"무슨 이유로 주모와 동침하지 않으시는 것입니까?"

그렇게 묻기까지는 대단한 용기가 필요했다. 무가내가 벌컥 화를 낼지도, 언짢게 여길지도 모르는 일이었다.

"어… 그거?"

그런데 뜻밖에도 그는 아무렇지도 않게 선선히 그 이유를 설명해 주었다.

"상아가 도망갈까 봐 그래."

"주모께서 도망을요?"

"응."

"어째서 그런 생각을 하십니까?"

"염 누님이 그랬어. 여자가 제 스스로 자빠지기 전에 남자가 자빠뜨리면 도망친다고."

"……."

요몽은 그 말을 이해하는 데 꽤 오랜 시간이 걸렸다. '자빠진다'가 정확히 무슨 뜻인지 몰랐기 때문이다.

"요마후께서 그러셨습니까?"

"그래."

"그럼 주군께선 주모께서 스스로 먼저 자빠지시면 동침을 하실 의향이 있으십니까?"

무가내는 눈을 동그랗게 떴다.

"의향이 다 뭐야? 상아가 스스로 자빠지기만 하면 나는 그저 감사할 따름이지!"

요몽은 무가내의 두 눈이 보석처럼 반짝이는 것을 발견하고 고개를 끄덕였다.

"알겠습니다."

그러고는 그녀는 쓰다 달다 말없이 나가 버렸다.

요마낭의 구결 이해가 조금 전부터 마구 엉키고 있었다.

그녀의 머릿속에는 오직 한 가지 생각이 꽉 차 있었다.

'나도 주군께 자빠지고 싶어……!'

"여깁니다. 편히 쉬세요."

그로부터 반 시진 후, 요몽은 무가내를 침소로 안내했다.

무가내가 먼저 방으로 들어가고 요마낭이 졸졸 따라 들어간 뒤에 요몽은 방문을 닫고 돌아섰다.

'이것으로 됐어!'

그녀는 내심 쾌재를 부르면서 자신의 거처로 향했다.

요마낭이 따라 들어갔지만 무가내와 은예상이 잘 때가 되면 알아서 나올 것이다. 그렇게까지 눈치 없는 아이가 아니니까 말이다.

은예상은 들어서는 무가내를 향해 공손히 예를 취하고 그를 탁자로 안내했다. 그곳에는 정갈한 요리와 술이 준비되어 있었다.

무가내는 은예상 곁에 앉아서 다소곳이 따라주는 술을 느긋하게 마시면서 요마낭이 구결에 대해서 묻는 것을 일일이 설명해 주었다.

반 시진쯤 후, 무가내는 이제 됐다 싶어 요마낭에게 한쪽 벽면을 가리키며 지시했다.

"저기 벽을 마주 보고 앉아서 이제부터는 호천무적공으로 운공조식을 해봐라."

호천무적공은 마도제이신공(魔道第二神功)이다.

사독요마의 무공을 익히고 전개하는 데에는 최상의 기초가 천마신위강이고 두 번째가 호천무적공이다.

무가내는 요마낭에게 앞으로 여러 절학들을 가르칠 계획이기 때문에 호천무적공을 전수하는 것이었다.

요마낭은 공손히 허리를 굽힌 후 무가내가 가리킨 벽으로 걸어가서 벽을 마주 보고 앉아 운공조식에 들어갔다.

이후 무가내와 은예상은 주거니 받거니 둘이서 오붓하게 술잔을 기울였다.

어느 정도 취기가 오른 은예상이 뺨이 발그레 물들어 평소보다 더 아름다워 보였다.

"저……."

그녀는 술의 힘을 빌려 용기를 내보았다.

"응?"

"사랑해요."

무가내는 고개를 끄덕였다.

"알고 있어."

"하지만 우리 사랑은 반쪽이에요."

"왜?"

무가내는 건성으로 물었다.

은예상은 조금 더 용기를 냈다.

"우리는 마음으로만 서로 사랑하고 있어요."

무가내는 씁쓸한 미소를 지었다.

"네가 내 곁을 떠나지 않으면 그것으로 족해."

은예상은 그가 왜 그런 말을 하는지 이제는 안다. 요몽이 말해주었기 때문이다.

그녀는 가만히 일어섰다. 그리고 무가내가 보는 앞에서 스스로 옷을 한 커플씩 벗기 시작했다.

"상아……."

무가내가 눈을 동그랗게 뜨고 놀라는 사이에 어느덧 그녀는 태어날 때 모습 그대로 전라의 몸이 되었다.

눈이 부시고 숨이 막혀 버릴 듯이 너무도 완벽한 나신이었다.

그동안 무가내는 수없이 그녀의 몸과 은밀한 부위를 만졌었지만 실오라기 한 올 걸치지 않은 나신을 보는 것은 이번이 두 번째다.

맨 처음 깊은 산속에서 그녀를 만났을 때에도 그녀는 알몸이었다.

　하지만 그때와 지금은 그 의미가 사뭇 달랐다.

　무가내는 자신도 모르게 엉거주춤 일어섰다.

　은예상은 몸을 가리려고 하지 않았다. 자신의 몸과 마음은 모두 무가내 것이기 때문에 부끄러웠지만 참을 수 있었다.

　"상아……."

　무가내는 홀린 듯한 시선으로 그녀를 쳐다보았다.

　은예상은 요몽의 충고를 떠올렸다. 그녀의 말이야말로 화룡점정(畵龍點睛) 같은 것이었다.

　"자빠지세요. 그리고 그것을 강조하세요."

　슥.

　은예상은 조심스럽게 침상으로 올라가서 우뚝 섰다.

　그리고 무가내가 지켜보는 가운데 뒤로 쓰러졌다.

　털썩!

　그리고 그녀는 누운 채 무가내를 바라보며 고혹적인 표정으로 또렷하게 말했다.

　"풍 랑, 소녀 스스로 자빠졌어요."

　순간 무가내는 머릿속에서 한꺼번에 만 개의 촛불이 켜진 것처럼 환하게 밝아지는 것을 느꼈다.

　"사… 상아……."

무가내는 이끌리듯 주춤주춤 침상으로 다가갔다.

빙염은 말했었다. 사랑하는 여자가 스스로 자빠질 때에만 동침을 할 수 있으며, 그래야 여자가 도망가지 않는다고.

무가내는 어느새 활활 옷을 벗고 알몸이 되어 침상으로 오르고 있었다.

누워 있는 은예상이 그를 향해 두 팔을 벌렸다.

무가내는 가녀리지만 풍만한 그녀의 몸 위에 자신의 몸을 포개어 엎드렸다.

그리고 두 사람은 서로의 몸을 힘주어 꼭 끌어안았다.

무가내의 몸이 더듬더듬 은예상의 나신을 쓰다듬기 시작했다.

뭇 여자들을 가지고 놀 때에는 능수능란했던 그가, 막상 대사를 치르는 데에는 서툴기 짝이 없었다.

거친 숨을 씨근씨근 몰아쉬면서 젖가슴을 너무 세게 움켜쥐어 은예상의 눈물이 쏙 빠지게 하는가 하면, 그녀의 목이고 유방이고 배고 허벅지를 쪽쪽 빨아대서 온통 시뻘건 자국을 새겨놓았다.

어쨌든 우여곡절 끝에 두 사람은 한 몸이 되어 서로의 몸속으로 녹아들었다.

무가내는 동정이었고 은예상은 숫처녀였다.

그런데 무가내는 한 번의 사정으로 끝나지 않았다. 그는 끝없이 은예상을 탐닉하면서 저돌적으로 밀어붙였다.

순결을 잃었을 때에는 고통만 느꼈던 은예상이었으나 두 번, 세 번 회가 거듭되자 차츰 쾌락을 느끼기 시작했다.

실내에는 두 가지 일이 벌어지고 있었다.

침상에서는 거센 사랑의 풍우(風雨)가 밤새 몰아치고 있었고, 침상에서 이 장 거리의 벽 앞에는 요마낭이 벽을 마주 본 자세로 운공조식에 깊이 빠져 있었다.

지척에서 밤새 씨근거리고 침상이 비명을 질러댔지만 운공조식에 깊이 심취한 요마낭은 까맣게 모르고 있었다.

만약 그녀가 조금이라도 의식이 있었더라면 모르긴 해도 무슨 일이 벌어졌을 것이다.

第五十七章
제이대 정협맹주

　요몽은 균현의 힘을 빌려서 무가내의 침실 근처에 아무도
접근하지 못하게 미리 조치를 취해두었다.

　만약 무가내와 은예상이 동침에 성공을 한다면, 무가내의
원기왕성함으로 봐서 밤새 한잠도 자지 않고 사랑을 나눌 것
이라고 예상했기 때문이다.

　그리고 마음 한편으로는 그 방에 함께 있는 자신의 딸 요마
낭이 못내 염려가 됐지만, 밤새 아무런 일도 벌어지지 않은
것을 알고는 무가내가 요마낭에게 적절한 조치를 취했을 것
이라는 생각이 들었다.

잠깐 잠에서 깬 무가내는 자신의 품에 포근히 안겨서 자고 있는 은예상을 바라보며 온화한 미소를 지었다.

분명히 어제와 다름이 없는 은예상인데, 어제보다 백 배는 더 사랑스럽게 보였다.

그는 그 이유가 자신과 그녀가 한 몸이 되었기 때문이라고 생각했다.

그는 길게 하품을 했다. 반 시진 남짓 자다가 깼기 때문에 몹시 졸렸다.

문득 그는 은예상의 풍만한 젖가슴 너머로 요마낭의 모습을 발견했다.

그녀는 벽 아래 앉아 있다가 그대로 쓰러진 자세로 잠이 들어 있었다.

무가내는 침상에서 내려와 요마낭에게 다가가 그 앞에 우뚝 섰다.

요마낭의 잠든 모습은 깨물어주고 싶을 정도로 귀여웠다.

그는 허리를 굽혀 요마낭을 조심스럽게 안아 들었다.

이어서 침상으로 가서 요마낭을 곤히 잠들어 있는 은예상 옆에 눕히고는 두 여자를 잠시 물끄러미 굽어보다가 자신은 조용히 방을 나왔다.

일대 비상이 걸렸다.

요몽이 선화루, 아니, 요마군이 보유하고 있는 정보망을 통해서 급보를 받았기 때문이다.

실내에는 무가내를 비롯한 무적방의 핵심 인물들이 모여 있고, 무가내 앞에 요몽이 긴장한 표정으로 서 있었다.

요몽은 무가내에게 예를 취한 후 약간 잠긴 듯한 목소리로 입을 열었다.

"방금 들어온 보고에 의하면."

그녀는 약간 뜸을 들인 후에 말을 이었다.

"정협맹에서 반란이 일어났다고 합니다."

그 말에 모두 크게 놀랐다.

웬만한 일로는 끄떡하지 않는 무가내마저도 움찔 표정이 변했다.

정협맹의 반란이라는 것은 지난 이십 년 동안 그 누구도 상상조차 해보지 못한 일이었다.

"태무천의 큰 제자 북궁연이 주동이 되고 정협맹 군산 총단의 핵심 세력인 십부의 대대주와 중대주, 소대주들이 전폭적으로 지지하여 총단을 장악한 후, 태무천과 이십오맹숙을 압박, 마침내 반란을 성공시켰다고 합니다."

모두가 놀라면서도 침묵을 지키고 있는 가운데 요몽은 손에 쥐고 있는 보고서를 들여다보고 나서 말을 이었다.

"북궁연과 일당은 태무천 이하 이십오… 아니, 총단 내에 있던 십칠맹숙들을 정협맹에서 영구 추방했습니다. 그리고 북궁연이 만장일치로 제이대 정협맹주의 자리에 올랐습니다."

너무 갑작스럽고 충격적인 일이라서 아무도 입을 여는 사람이 없었다.

"그리고 그동안 정협맹에서 추진하고 있던 모든 사업이 전면 중단됐으며, 정협맹 전체에 걸쳐서 대대적인 숙청에 돌입했다고 합니다."

"숙청?"

굳은 표정의 무가내가 처음으로 입을 열었다.

"정협맹에 소속된 자로서 조금이라도 죄를 지은 자는 지위고하를 막론하고 엄벌에 처하겠다고 선포했습니다."

문득 무가내는 정협맹이 보유하고 있는 삼십육 개 지부, 즉 삼십육태두와 그 아래 수천 개의 현본령들이 맨 밑바닥부터 꼭대기까지 상납의 고리로 질기게 연결되어 있다는 균현의 말이 떠올랐다.

"홋! 그렇다면 깡그리 잡아들여야겠군. 썩지 않은 놈이 없을 테니까."

"또한 정협맹은 이십 년 동안 존속되어 왔던 탕마령을 전면 중지했습니다."

탕마령을 중단하다니, 그것은 더 이상 사마총혈계를 괴롭히지 않겠다는 뜻이 아닌가.

좌중이 가볍게 술렁였다.

탕마령이야말로 지난 이십여 년 동안 사마총혈계의 숨통을 죄던 쇠사슬이었다.

실제 탕마령 발동 직후 사마총혈계가 괴멸당했고 수십만 명의 사독요마 고수들이 목숨을 잃었다.

또한 반대급부로써 탕마령은 정협맹의 정통성을 이어주던 생명선이라고 할 수 있었다.

탕마령으로 천하의 사독요마를 척결하여 정의를 수호한다는 기치 아래 정협맹이 존속해 왔기 때문이다.

그런데 그것을 포기한 것이었다.

정협맹이, 아니, 정협맹의 새로운 수뇌부가 탕마령을 전면 중지했다는 것은 실로 충격이었다.

중인은 요몽이 긴장한 얼굴로 마른침을 삼키는 것을 보고 다시금 긴장했다.

그녀가 이제부터 탕마령 중단보다 더 충격적인 말을 할 것이라고 예상했기 때문이다.

그리고 그 예상은 적중했다.

요몽의 가늘게 떨리면서 착 가라앉은 목소리가 좌중을 잔잔하게 흔들었다.

"정협맹은… 이십여 년 전에 제이차 혼천대전으로 중원무림을 구한 대업적을 이룬 것이 사마총혈계였다고… 전격 발표했습니다."

뒤이어 심연처럼 무거운 정적이 실내에 자욱하게 깔렸다. 아니, 내리눌렀다.

모두들 귀를 의심했다. 지금 듣고 있는 이 말이 정말 현실에서 듣는 말인가. 믿어지지 않는 표정을 지었다.

더욱 떨리는 요몽의 말이 이어졌다. 그리고 중인은 여태까지보다 더욱 충격에 휩싸였다.

"더불어… 사마총혈계를 무림의 한 축계로 인정하고… 사, 독, 요, 마를 구파일방과 같은 반열의 대방파로 인정… 또한… 전대 대마종과 사대종사를… 무림을 구원한 대영웅으로 추앙한다고… 합니다……."

그녀의 마지막 말은 흐느낌 때문에 알아듣기 어려웠다.

수십만 사독요마인들이 쌍수를 들어 환영하고 덩실덩실 춤이라도 출 감격적인 사건이었다.

그렇지만 좌중은 사람들의 숨소리만 들릴 정도로 고요했다.

그리고 모두의 얼굴에는 너무 충격적인 일이라서 쉽사리 믿어지지 않는다는 표정이 가득 떠올라 있었다.

반 각의 시간이 지났지만 아무도 입을 열지 않았다.

다만 모두의 시선이 무가내에게 집중됐다.

사마총혈계의 영원한 숙적 정협맹이 스스로 백기를 들었다.

그것은 무적방의 목표를 재조정해야 함을 의미했다.

그래서 모두들 무가내의 첫마디를 기다리고 있는 것이다.

지금 무가내의 모습은, 그리고 표정은 평소와는 극명하게 달랐다.

태사의에 깊숙이 몸을 묻고 있는 그의 모습은 깊은 심연처럼 무겁고 어둡게 가라앉아 있었다.

그때 그가 오랜 침묵을 깨고 입을 열었다.

"정협맹의 발표에 대해서 다른 의견이 있는지 들어보겠다."

모두 긴장하여 무가내를 주시했다.

균현이 조심스럽게 입을 열었다.

"속하의 소견은 이렇습니다."

그는 머릿속으로 생각을 정리하면서 말을 이었다.

"요마군의 정보이므로 북궁연이 반란을 일으켜서 정협맹의 이대 맹주가 됐다는 사실은 사실로 인정하고 싶습니다."

그는 설란요백과 요몽을 잠깐 쳐다보았다..예전에도 요선계의 정보는 정확하기로 정평이 나 있었다. 그래서 정협맹의 반란을 믿는 것이다.

"그러나 정협맹이 발표한 것들에 대해서는 더 두고 봐야 할 것 같습니다."

모두의 침묵이 그의 다음 말을 재촉했다.

"원래 정협맹은 교활한 놈들입니다. 이십여 년 전에도 이런 식으로 음모를 꾸몄습니다. 거기에 걸려든 사마총혈계는 일패도지(一敗塗地)의 처참한 대가를 치렀습니다."

설란요백이 미미하게 고개를 끄덕였다. 과거 정협맹의 배신으로 뼈아픈 대가를 치른 일이 새삼스럽게 생각난 것이다.

"그런 놈들이므로 이번에도 음모가 아니라고 장담할 수 없습니다. 선불리 행동했다가는 이십 년 전의 전철을 밟게 될 것입니다."

그것으로 균현은 말을 끝냈다. 그의 의견은 무가내를 비롯한 중인에게 분명하게 전달됐다. 그리고 그의 말은 충분히 일리가 있었다.

이번에는 설란요백이 공손히 입을 열었다.

"정보에 의하면, 이번 정협맹 반란의 핵심 인물은 태무천의 두 제자인 북궁연과 적멸가인, 그리고 풍, 운, 광, 삼정감단(三正監團)의 단주라고 합니다."

무가내는 그들 다섯 명 중에서 적멸가인 한정과 풍정감단 단주 유성검 화영을 만난 적이 있었다.

적멸가인에게는 전사이체령 수법을 걸어놓았고, 천중검협과 함께 항주성 황룡표국에 왔던 화영은 죽일 수 있었는데도 목숨을 살려주었다.

무가내는 그 두 명에게 그다지 나쁜 감정을 갖고 있지 않고 있었다.

"북궁연 이하 그들 다섯 명을 한마디로 평하자면, 정파의 후기지수 중에서 가장 출중하며 정의감이나 협의로 무장된 골수 정파인(正派人)입니다."

중인은 거기까지 듣고 설란요백이 무슨 말을 하려는지 대충 짐작했다.

하지만 무가내는 그녀의 말을 끝까지 듣고 싶었다. 자신의 경험이 부족하고 지식이 얕으므로 측근의 의견을 충분히 수렴한 후에 결정을 내리려는 것이었다.

"그러므로 속하는 그들의 발표가 거짓이 아닐 것이라고 생각합니다."

그녀가 입을 다문 후에 아무도 자신의 의견을 말하는 사람이 없었다.

무가내는 잠시 기다리면서 골똘하게 생각에 잠겼다.

이윽고 그는 고개를 들고 짧게 입을 열었다.

"균현."

균현은 즉시 깊숙이 허리를 굽혔다.

"하명하십시오."

굽힌 균현의 등 위로 무가내의 조용한 말이 흘러내렸다.

"처음에 우리가 무적방을 세울 때의 목표가 무엇이었지?"

"천하제패입니다."

듣기만 해도 가슴이 설레는 말이다.

무가내는 가볍게 고개를 끄덕였다.

"나는 그 목표를 포기하거나 바꿀 이유를 찾지 못했다."

모두의 얼굴이 상기됐다.

무가내의 마지막 말이 쐐기를 박았다.

"변한 것은 없다. 천하를 발아래 둘 때까지 우리는 전진을 멈추지 않을 것이다."

균현과 설란요백을 비롯한 모두들 서 있던 자리에서 무너지듯이 무가내를 향해 무릎을 꿇고 부복하며 웅혼하게 외쳤다.

"명을 받듭니다!"

제이대 정협맹의 발표는 실로 충격적이다.

이십여 년 전에 제이차 흔천대전으로 중원무림을 구한 것이 대마종과 사대종사 이하 사마총혈계였다는 사실이 만천하에 알려졌다.

불도진명계와 강호유림계와 함께 사마총혈계도 무림의 한 축계로 인정이 됐다.

사, 독, 요, 마가 무림의 영원한 기둥인 구파일방과 같은 반열에 오르게 된 것이다.

이 정도면 사마총혈계로서는 충분히 만족할 만하다.

별유선당 사건이나 탕마령으로 인해서 피해를 본 사독요마들은 정협맹하고는 상관없이 원수들을 찾아가서 복수를 하면 될 일이다.

그렇다면 무적방은 중원의 어디 적당한 곳에 자리를 잡고 점차 세력을 확장하면서 안주해도 괜찮을 터이다.

무가내가 그런 결정을 내리면 모두들 군말없이 따를 것이다.

하지만 무가내는 초심(初心)을 잃지 않았다. 그것이 모두를 크게 격동시켰다.

은예상을 제외한 모두들 부복한 채 격동으로 가늘게 몸을 떨고 있었다.

"일어나라."

이윽고 무가내가 나직하고도 위엄있는 어조로 명령하자 모두 조심스럽게 일어나 시립했다.

모두의 눈에 무가내의 모습은 산악처럼 거대해 보였다.

그는 굳은 표정으로 나직하게 입을 열었다.

"정협맹 내에서 반란이 일어났든 나지 않았든, 그들의 발표가 사실이든 아니든 상관하지 않겠다."

그것은 그가 균현과 설란요백의 의견을 들어본 후에 내린 결론이었다.

"그것이 모두 사실이라고 해도, 나는 그 정도로 놈들을 용서하고 싶지 않다."

그 말에 모두들 너무도 처절했던 과거를 회상했다.

"그따위 알량한 선심을 발표했다고 해서 죽은 사마총혈계 형제들이 다시 살아서 돌아오진 않는다."

모두의 가슴에서 뜨거운 무엇이 꿈틀거렸다.

무가내는 멋진 말을 할 줄은 모르지만, 자신의 심중에 있는 말을 솔직담백하게 꺼낼 줄은 안다.

"또한 모두를 굴복시켜 천하 위에 당당하게 우뚝 서고 싶은 마음이 아직 식지 않았다."

모두들 자신도 모르게 몸에 힘이 들어갔고, 눈을 부릅뜨면서 주먹을 움켜쥐었다.

무가내는 자르듯이 결론을 내렸다.

"살아 있는 한 천하제패를 이루고야 말겠다."

자신도 모르는 사이에 그의 몸에서 파도 같은 극강의 기도가 뿜어지고 있었다.

태산 같았던 그의 모습이 천신(天神)처럼 보였다.

모두들 가슴속이 격탕치는 것을 느끼면서 무가내를 쳐다보았다.

그때 천신이 느릿하게 몸을 일으키더니 입구 쪽으로 성큼성큼 걸음을 옮겼다.

"밥 먹으러 가자."

                    *   *   *

다각다각.

두 필의 말이 곧게 뻗은 관도를 가고 있었다.

앞쪽 말은 먹물에 담갔다가 꺼낸 듯 검은 흑마(黑馬)였으며, 마상에는 무가내와 은예상이 함께 타고 있었다.

무가내는 평소 좋아하는 색인 흑의 경장에 흑색의 짧은 겉옷을, 여필종부인 은예상도 깔끔한 흑의에 역시 흑색의 긴 치마를 입었다.

마상의 앞쪽에는 은예상이 앉았다. 그녀는 상체를 약간 뒤로 뉘여서 무가내의 품에 편안하게 안겨 있었다.

두 사람은 닷새 전, 무창 선화루에서 처음 동침을 한 이후 말 그대로 자신들이 한 몸이 된 것을 실감했다.

원래도 모든 사람들이 부러워할 정도로 금슬이 좋은 두 사람이었으나 한 몸이 된 후에는 예전에 서로 사랑했던 것이 하찮게 여겨질 만큼 깊은 사랑을 하게 되었다.

오늘로서 무창을 출발한 지 닷새째다.

무가내는 사람들의 눈에 띄지 않고 또 호젓하게 유람하는 기분을 맛보려고 단출하게 은예상과 요마낭만 데리고 길을 나섰다.

그렇다고 모두 뚝 떼어놓은 것은 아니다. 그의 측근들은 무가내에게서 그리 멀지 않은 곳에서 소규모로 나누어 같은 방향으로 이동하고 있는 중이다.

그러므로 무가내의 명령 한마디면 강조가 이끄는 무적전사나 호위인 자미룡, 냉운월은 열 호흡 안에, 무적오군장은 길어야 반 시진 이내에 모두 집결할 수 있었다.

무가내와 은예상이 탄 흑마는 설란요백이 내준 명마 중의 명마였다.

특히 은예상이 흑마를 몹시 예뻐해서 이름을 흑뢰(黑雷)라고 직접 지어주었다. 달리는 것이 마치 뇌전저럼 빠르기 때문이었다.

지난 닷새 동안 두 사람은 흑뢰를 타고 길을 가면서 그동안 밀린 공부를 했다.

앞에 앉은 은예상이 서책을 읽고 또 강론(講論)을 하면 무가내는 진지한 자세로 들었다.

은예상이 이따금 날카로운 질문을 할라 치면, 무가내는 더듬거리면서도 곧잘 대답을 했다.

깨가 쏟아지도록 사랑을 나누며 아기자기하게 길을 가고 있는 두 사람하고는 달리, 뒤따르는 요마낭은 쓸쓸하기 짝이 없는 모습이었다.

예전의 요마낭은 북풍한설이 몰아치는 산꼭대기에 혼자 세워놔도 일 년 열두 달 꼼짝하지 않고 서 있을 만큼 강인한 정신력의 소유자였다.

설란요백이 그녀를 그처럼 혹독하게 길렀기 때문이다.

하지만 무가내의 손길을, 아니, 무가내를 한 사람의 남자로 받아들인 이후부터 그녀는 크게 변했다. 완전히 다른 여자가 되어버린 것이다.

무가내가 호천무적공을 전수해 주고 또 은예상과 첫 동침을 한 그날 밤 이후, 무가내는 요마낭을 한 번도 가까이, 아니, 만져 주지 않았다.

무창을 출발한 이후 닷새 동안 객잔에 묵을 때에도 무가내는 방을 두 개 얻어 요마낭을 혼자 자게 했다.

어리지만 이미 무가내에 의해서 성에 눈을 떴으며, 그를 자신의 유일한 남자라고 굳게 굳게 믿고 있는 요마낭은 옆방에서 들려오는 온갖 소리를 들으면서 밤잠을 설쳐야만 했다.

그냥 그녀가 어떤 임무를 받고 혼자서 먼 길을 가는 중이라면 백 번, 천 번 참고 견딜 수 있었다.

그렇지만 그녀의 눈앞에서 무가내와 은예상이 꼭 붙어서 더 이상 다정할 수 없는 행복한 모습을 보는 것처럼 지독한 고문은 없을 것이다.

하지만 요마낭은 은예상에게 질투를 느끼지는 않았다. 어디까지나 그녀는 요마낭의 주모일 뿐이다. 질투를 할 대상이 아닌 것이다.

그런데 솔직히 부러웠다. 너무 부러워서 왈칵 눈물이 쏟아질 지경이다.

'이 무슨… 나는 주군의 수하일 뿐이야!'

한동안 망연자실 무가내의 너른 등과 그에게 안겨서 행복해하는 은예상을 바라보고 있던 요마낭은 한순간 퍼뜩 정신을 차리며 자신을 꾸짖었다.

'정신 차려라, 요마낭!'

그녀는 허리를 꼿꼿하게 세우고 눈을 부릅떴다.

그러나 채 열 걸음도 가기 전에 그녀의 자세가 무너졌다.

어느새 두 눈에서는 무가내를 향한 그리움이 절절하게 넘쳐흘렀다.

그러는 중에 그녀의 머리는 의지와는 달리 꼼수를 궁리하고 있었다.

그리고 오래지 않아서 지금 상황에 딱 맞는 꼼수를 생각해 냈다.

히히힝!

요마낭이 탄 말이 갑자기 구슬프게 울면서 앞으로 고꾸라져 쓰러졌고, 그녀는 신형을 날려 관도에 가볍게 내려섰다.

무가내는 말을 멈추고 뒤돌아보았다.

"낭아, 무슨 일이냐?"

객잔을 출발하고 나서 세 시진 만에 그가 요마낭에게 처음 한 말이다.

요마낭은 쓰러진 채 버둥거리는 말 옆에 쪼그리고 앉아 금방이라도 눈물을 흘릴 듯 안타깝게 쓰다듬으며 하소연했다.

"저도 모르겠어요. 말이 갑자기 다리를 절뚝이더니 쓰러져 버렸어요!"

"허… 어쩐다?"

말에 대해서 모르기는 무가내나 은예상이나 마찬가지다. 요마낭은 그 점을 노린 것이다.

말을 일으켜 보려고 한참을 애쓰던 요마낭은 이윽고 길게 한숨을 토해내며 포기했다.

그녀는 마침 다른 방향으로 가는 행인을 붙잡고 사정을 설명해 주었다.

행인은 쓰러져 있는 말을 어떻게 하냐면서 난색을 표했다.

얘기가 길어지자 무가내는 다시 말을 몰면서 가던 방향으로 천천히 가기 시작했다.

요마낭은 무가내가 웬만큼 멀어지는 것을 확인하고 얼른 말의 왼쪽 앞발 허벅지 부분을 쓰다듬으며 점했던 몇 군데 혈도를 풀어주었다.

그러자 말이 힘차게 벌떡 일어섰다.

요마낭은 어리둥절한 표정을 짓고 있는 행인의 손에 말고삐를 쥐어주고는 급히 무가내의 뒤를 따라갔다.

무가내는 옆으로 다가와서 말의 속도에 맞추어 걷듯이 뛰고 있는 요마낭을 힐끗 쳐다볼 뿐 가타부타 말을 하지 않았다.

요마낭도 굳이 설명하려 하지 않고 묵묵히 걸음을 옮기기만 했다.

무가내는 요마낭이 걷든지 말든지 개의치 않고 하던 공부를 계속했다.

그렇지만 요마낭에게는 공부라기보다 오순도순 깨가 쏟아지는 사랑놀이로만 보였다.

그렇게 한참을 걷는데도 무가내는 요마낭에게 눈길조차 주지 않았다.

이렇게 되면 요마낭이 일껏 말까지 포기한 보람이 없었다.

그때 은예상이 요마낭을 굽어보며 안쓰러운 표정을 지었다.

"이 말은 튼튼하니까 풍 랑 뒤에 함께 타고 가요."

요마낭은 내심으로 기뻐했으나 한 번쯤 사양하는 것이 좋다고 생각했다.

"저는 괜찮습니다, 주모."

은예상은 자그마한 체구의 요마낭이 타박타박 걷는 것이 안쓰러웠는지 이번에는 무가내에게 부탁했다.

"풍 랑, 좌호위에게 말에 타라고 하세요."

무가내는 마지못해서 눈을 아래로 깔며 요마낭을 굽어보았다.

"낭아, 같이 타고 가겠느냐?"

요마낭은 그의 목소리에서 매우 마뜩찮은 기색을 느꼈기 때문에 마음이 심란해졌다.

"아니, 괜찮습니다. 속하는 걷겠습니다."

"그럼 그래라. 걷는 것이 건강에 좋지."

요마낭은 무가내가 갑자기 왜 변했는지 이해할 수가 없었다.

어쩌면 그는 처음부터 요마낭 따위에게는 관심이 없었는지도 모른다.

아니, 필경 그랬을 것이다. 그가 처음에 그녀를 무릎에 앉히고 속곳 속에 손을 넣었던 것은 할머니 설란요백을 불러내려는 것이 목적이었다.

그리고 두 번째에는 그녀가 너무 긴장하고 있어서 단지 긴장을 풀어주기 위해서 속곳 속에 손을 넣었다.

그리고 보니까 둘 다 목적이 있었을 뿐이지, 딱히 요마낭이 마음에 들어서 그랬던 것은 아닌 듯했다.

'바보! 이 바보!'

뒤늦게 그 사실을 깨달은 요마낭은 그것도 모르고 주제넘게 주군을 사모했던 자신이 너무 바보 같아서 이대로 콱 죽어 버리고만 싶었다.

그렇지만 그녀는 이미 주군을 깊이 사랑하고 있었다. 하루라도 그를 못 보면 죽을 것만 같았다.

그것을 되돌릴 방법은 없다. 되돌릴 수만 있다면 그렇게 하겠지만……

아니, 되돌리고 싶지 않았다.

"낭아."

막 눈물이 나려고 할 때 무가내가 그녀를 불렀다.

"네… 네?"

요마낭은 그를 쳐다보지 않은 채 대답했다. 쳐다보면 눈물이 쏟아질 것 같았다. 그처럼 굳건하던 자신이 왜 이처럼 나약해졌는지 모를 일이었다.

"마지막으로 묻겠다. 정말 말에 타지 않고 걸어서 가겠느냐?"

요마낭은 번쩍 정신이 들었다. 주제넘어도 좋고, 되돌릴 수 없어도 좋았다.

"타겠습니다!"

척!

씩씩한 대답과 함께 그녀는 몸을 날려 무가내 뒤에 사뿐히 내려앉았다.

어쨌든 요마낭의 앙큼한 계략은 성공을 거두었다.

"싸움이 벌어졌다!"

"대풍방(大風幇) 고수들이 수상한 자들과 싸우고 있다!"

무가내가 탄 말이 악양을 백여 리쯤 남겨둔 곳에 있는 임상현(臨湘縣)에 들어서고 있을 때 거리 여기저기에서 큰 외침이 터져 나왔다.

차차차창!

"죽어랏!"

"흐악!"

"와악!"

무가내가 가고 있는 방향 앞쪽 거리 한복판에서 무기끼리 부딪치는 소리와 기합 소리, 비명 소리가 한데 뒤섞여 요란하게 들려왔다.

조금 더 가자 거리 한복판에 겹겹이 둘러싼 구경꾼들이 보였고, 그 안쪽에서 요란한 소리가 터져 나오고 있었다.

무가내와 은예상, 요마낭은 마상에서 그쪽을 쳐다보았다.

말 위에서는 구경꾼 머리 너머 안쪽의 광경이 일목요연하게 보였다.

싸움은 거의 끝나가는 중이었다. 땅바닥에는 스물한 명의 경장고수들이 쓰러져 죽어 있었다.

십팔 명의 황의경장고수와 세 명의 갈의경장고수의 시체였다.

또한 두 명의 갈의경장고수가 부상을 입은 상태에서 가까스로 버티고 있었으며, 겹겹이 포위한 삼십여 명의 황의경장고수들이 소나기처럼 공격을 퍼부어대고 있었다.

말하자면 갈의경장고수 다섯 명이 오십여 명의 황의경장고수들을 상대로 싸워서 십팔 명을 죽이고 자신들은 세 명이 죽은 것이다.

마지막 남은 두 명의 갈의경장고수들은 사력을 다해서 싸웠지만 황의경장고수가 던진 올가미밧줄에 붙잡혀서 꼼짝할 수 없는 신세가 돼버렸다.

싸움은 끝났다. 바닥에는 시체와 피가 낭자했으며 피 냄새가 진동했다.

갈의경장고수들은 스스로 체내의 심맥을 터뜨려서 자결하려고 했으나 그것을 눈치 챈 황의경장고수들이 혈도를 제압하는 바람에 뜻을 이루지 못했다.

두 명의 갈의경장고수는 붙잡힌 상태에서도 이를 갈며 핏발이 곤두선 눈으로 기세등등했다.

거리 저쪽에서 연락을 받은 황의경장고수 이십여 명이 먼지를 일으키면서 달려오고 있는 광경이 보였다.

구경꾼들의 떠드는 소리에 의하면 황의경장고수들은 이곳 임상현에서 가장 큰 방파인 대풍방의 수하들이라고 한다.

또한 갈의경장고수들이 대풍방을 염탐하다 발각되어 도주하다가 싸움이 벌어졌다는 것이다.

황의경장고수, 즉 대풍방 고수들은 두 명의 갈의경장고수를 밧줄로 꽁꽁 묶은 후 끌고 가기 시작했다.

잠시 멈췄던 무가내는 다시 출발했다. 자신과는 상관이 없는 일이었기 때문이다.

그때 비틀거리면서 걷고 있던 갈의경장고수 중 한 명과 무가내의 시선이 잠깐 마주쳤다.

순간 갈의경장고수가 크게 놀라는 표정을 지었다.

하지만 그는 뒤따라오는 황의경장고수의 발길질에 맥없이 앞으로 고꾸라졌다가 강제로 일으켜져서 다시 비틀비틀 걷기 시작했다.

갈의경장고수는 혈도가 제압되어 말도 못하고 단지 걷는 것만이 가능했기 때문에 무가내를 뒤돌아볼 수조차 없었다.

그의 얼굴에 안타까움이 물들었다.

그때 그의 머리를 웅웅 울리는 잔잔한 목소리가 들려왔다.

"나를 아느냐?"

갈의경장고수는 반색하면서 보일 듯 말 듯 고개를 끄덕였다.

그에게 말을 전한 것은 전음입밀의 수법이 아니라 불가의 혜광심어처럼 생각을 전하는 상승수법이었다.

"너는 무적방의 수하냐?"

조금 멀어진 갈의경장고수가 고개를 끄덕이는 것이 마상의 무가내에게 똑똑히 보였다.

무적방 수하들은 항주성 무적방을 출발하면서 원래의 복장 대신 평범한 경장으로 갈아입었었다.

"낭아."

무가내의 뒤에 올라탄 후 그를 붙잡지도 못한 채 줄곧 꼿꼿한 자세를 유지하고 있던 요마낭은 무가내의 나직한 부름에 정신이 번쩍 들었다.

"네?"

이럴 때는 충직한 수하답게 '하명하십시오' 라고 해야 하는데 역시 그녀는 무가내 앞에서만큼은 정신을 놓고 있었다. 마치 오라비의 부름에 대답하는 듯했다.

하지만 그것을 뭐라고 할 무가내가 아니다.

무가내가 턱으로 끌려가는 갈의경장고수를 가리키면서 조용히 중얼거렸다.

"끌려가는 두 명을 구해오너라."

요마낭은 대답하지 않았다. 그녀의 몸은 이미 마상을 떠나 갈의경장고수를 향해 한줄기 바람처럼 쏘아가고 있었다.

스경.

거리 한복판을 온통 차지한 채 무리를 지어 기세등등하게 이동하던 대풍방 고수들은 숫돌에 칼을 가는 듯한 음향이 머리 위에서 흐르는 것을 듣고 분분히 위를 쳐다보았다.

쉬이잉—

그 순간 거센 검풍이 위에서 아래로 몰아쳤다.

"우웃!"

"뭐, 뭐냐?"

대풍방 고수들이 급히 고개를 숙여 외면하면서 한마디씩 떠들어댔다.

"큭!"

"끅!"

그때 답답한 신음이 한군데에서 와르르 터져 나왔다.

대풍방 고수들이 정신을 차리고 급히 쳐다보니까 두 명의 갈의경장고수 옆에 피처럼 붉은 홍의 경장을 입은 한 명의 어린 소녀가 우뚝 서 있고, 그 옆 바닥에 대풍방 고수 다섯 명이 어지럽게 쓰러져 있었다.

죽은 대풍방 고수 다섯 명은 하나같이 목이 뎅겅 잘려진 끔찍한 모습이었다. 또한 그들의 잘라진 목에서 피가 콸콸 뿜어져 나왔다.

소녀 요마낭은 자신의 키만큼 큰 검으로 갈의경장고수를 묶은 밧줄을 간단하게 툭툭 잘라주고 두 사람의 제압된 혈도를 풀어주었다. 마치 주위에 아무도 없다는 듯 안하무인격인 행동이었다.

"가자."

이어서 그녀는 두 사람을 이끌고 그 자리를 떠나려고 했다.

처음에 무가내와 시선이 마주쳤던 갈의경장고수는 요마낭이 무가내가 보냈을 것이라고 직감했다.

그는 어리둥절한 표정을 짓고 있는 동료에게 귓속말로 빠르게 뭐라고 설명해 주었다. 그러자 동료의 얼굴이 환하게 밝아졌다.

"이년! 멈춰라!"

"뭐 하는 년인데 수작을 부리는 것이냐?"

잠시 귀신에게 홀린 듯한 표정을 짓고 있던 대풍방 고수들이 정신을 차리고 우르르 요마낭의 앞을 막아서며 악다구니를 써댔다.

요마낭의 초승달처럼 귀여운 아미가 상큼 찌푸려졌다. 사람들이 다 그렇겠지만, 그녀는 누가 자신을 욕하는 것을 병적으로 싫어한다.

키이잉.

발끈한 그녀가 긴 검을 나무젓가락처럼 가볍게 휘둘러 공격해 가자 대풍방 고수들은 화들짝 놀라서 감히 대응할 엄두를 내지 못했다.

"캐액!"

"큭!"

단말마의 비명과 함께 세 명의 대풍방 고수 목이 잘려져 허공으로 둥실 떠올랐다.

소스라치게 놀란 대풍방 고수들이 주춤거리는 사이에 요마낭의 검이 또 한 차례 번뜩이더니 다시 세 명의 목을 간단하게 날려 버렸다.

대풍방 고수들의 얼굴이 하얗게 질렸다. 그들은 지금껏 요마낭 같은 고수를 본 적이 없었다.

언제나 그렇듯이, 피가 뚝뚝 떨어지는 긴 검을 움켜쥔 채 우뚝 서 있는 요마낭의 모습은 지옥의 나찰 그 자체였다.

대풍방 고수들은 사색이 되어 주춤주춤 물러났다. 그러다가 자신들이 사십여 명이나 된다는 사실을 깨달았다.

힘없고 가련한 자들은 항상 다수 속에서 위안과 힘을 얻는다.

물러나던 그들은 동료들과 눈빛을 교환하더니 갑자기 와아! 함성을 지르면서 요마낭에게 달려들었다.

두 명의 갈의경장고수는 급히 땅에 떨어져 있는 검을 집어들었다. 자신들도 싸우려는 것이다.

그때 두 사람은 요마낭의 입가에 흐릿한 미소가 떠오르는 것을 발견했다.

같은 편인 그들이 보기에도 모골이 송연해질 정도로 잔인한 미소였다.

스으.

요마낭은 느릿하게 검을 들어 올렸다.

호천무적공을 익힌 후부터 미약하기는 하지만 남다른 힘을 느끼고 있는 그녀였다.

　　"앉아라."

　　그때 요마낭이 두 명의 갈의경장고수에게 나직이 중얼거렸다. 두 사람은 즉시 그 자리에서 웅크리고 앉았다.

　　직후 요마낭의 검에서 요마탈혼이 펼쳐졌다.

　　그녀의 긴 검은 대풍방 고수들이 소나기처럼 어지럽게 찌르고 베어오는 수십 자루 검들과 한 번도 맞부딪치지 않으면서 그들의 목만 정확하게 골라서 잘랐다.

　　어떤 경우에는 자르지 않고 목을 찌를 때도 있었다. 하지만 검신이 워낙 폭이 넓어서 단지 찌르는 것만으로도 목이 잘려나갔다.

　　대풍방 고수들은 사생결단으로 공격했으나 아무도 요마낭의 옷자락조차 건드리지 못했다.

　　하나의 검법에는 공격 초식과 방어 초식이 적절하게 배합되어 있는 것이 상식이다.

　　그렇지만 요마탈혼은 공격 초식으로만 이루어져 있었다. 허를 노려서 먼저 공격하여 상대를 죽인다. 그러면 굳이 방어 초식이 필요가 없다.

　　그렇기 때문에 요마낭의 검은 적의 검과 한 번도 맞부딪치지 않는 것이다.

　　언뜻 보면 요마낭의 가녀린 몸이 크고 긴 검에 이끌려서 허공을 마구 날아다니는 것처럼 보였다.

쉬이잉! 슝! 서긍!

한겨울에 계곡 사이를 흐르는 북풍 같은 소리를 내면서 그녀의 검은 거칠 것 없이 대풍방 고수들을 마구잡이로 도륙하고 있었다.

열 호흡 정도 지났을 때 서 있는 사람은 요마낭 하나뿐이었다.

철컥!

"가자."

그녀는 검을 어깨에 꽂으며 무가내 쪽으로 걸음을 옮겼다.

뒤늦게 정신을 차린 두 명의 갈의경장고수는 화들짝 놀라 벌떡 일어났다.

그들은 주변을 둘러보다가 너무도 끔찍한 광경에 후드득 몸을 떨었다.

싸움이라면 이골이 날 정도의 백전노장인 그들이지만, 오십여 명이 한결같이 목이 잘려 몸과 머리가 따로 나뒹굴어 있는 참혹한 광경 앞에서는 저절로 이가 마주치고 오금이 저릴 수밖에 없었다.

第五十八章
작은 음녀(淫女)

"**잘**했다."

무가내는 흑뢰 앞에 서 있는 요마낭을 굽어보며 고개를 끄덕였다.

"헤에……."

칭찬을 들은 요마낭의 얼굴이 능금처럼 붉어졌다. 그녀는 눈을 어디에 둘지 몰라 고개를 푹 숙이는데, 입에서는 천진난만한 소리가 흘러나왔다.

그 옆에 서 있던 두 명의 갈의경장고수는 그녀가 방금 전에 오십여 명의 대풍방 고수 목을 자른 그 지옥나찰이 맞는지 의심스러운 표정을 지었다.

무가내는 두 명의 갈의경장고수를 굽어보았다.

"너희는 누구냐?"

화들짝 놀란 두 사람은 급급히 그 자리에 부복했다.

"방주를 뵈옵니다!"

그중 삼십여 세 정도에 범강장달이처럼 생긴 한 명이 떨리는 어조로 아뢰었다.

"속하는 구주군 구주오령 소속 제팔조장(第八組長) 곽필(郭弼)입니다."

"여기엔 무슨 일로 왔느냐?"

"오령주의 명령으로 대풍방을 염탐하러 왔다가 발각되어 도주하다가 싸움이 벌어져서 그만… 수하 셋을 잃었습니다. 벌을 내려주십시오!"

팔조장 곽필은 이마를 땅바닥에 세게 찧었다.

지금 무가내는 사해방으로 가는 중이었다. 은예상의 가문인 숭검문을 멸문시키고 그녀의 부모를 무참히 죽인 조진우가 사해방의 소방주다.

무가내는 조진우와 사해방을 피로 씻어 은예상의 원한을 갚아주려는 것이다.

그전에 무적방 혈검군과 구주군, 만신군은 사해방이 거느리고 있는 호남성 각 지역의 사십팔 개 지부들을 철저하게 괴멸시킬 계획을 세웠다.

무가내는 대풍보가 사해방의 임상현 지부이고, 그래서 대풍보를 공격하기 전에 휘하의 일 개 조를 보내 염탐을 시킨 것이라고 짐작했다.

무가내는 팔조장 곽필을 굽어보며 가볍게 눈살을 찌푸렸다.

"벌이라니, 당치도 않다. 어서 일어나라."

팔조장과 또 한 명은 비칠대면서 힘겹게 일어섰다.

"다쳤구나."

무가내는 두 사람의 상처를 자세히 살펴보았다. 각기 십여 군데씩 베고 찔렸으나 그리 큰 부상은 아니었다.

두 사람은 황송해서 어쩔 줄을 몰라 하며 전전긍긍했다.

무적방주는 보통 방파의 방주하고는 근본적으로 다르다.

정협맹의 이십오맹숙이나 중원삼십육태두를 마을 강아지처럼 다루다가 간단하게 죽이고, 사독요마사십인 같은 거물들이 그 앞에서는 숨도 크게 쉬지 못하고 설설 기는, 사독요마의 태양이고 절대자인 것이다.

그런 무가내가 자신들처럼 하찮은 존재의 상처까지 살펴주자 팔조장 등은 몸둘 바를 몰라 했다.

"강조."

문득 무가내는 한쪽 방향을 향해 조용히 중얼거렸다.

잠시 후 거리 맞은편 전각 너머에서 몇 개의 인영이 나타나 이쪽으로 바람처럼 쏘아오더니 무가내 앞쪽 바닥에 무릎을 꿇었다.

"하명하십시오, 주군."

나란히 부복한 사람은 강조와 기개세, 자미룡, 냉운월 네 사람이었다.

원래 강조를 부르면 강조와 기개세 두 사람이 달려와야 하는데 자미룡과 냉운월까지 묻어서 왔다.

"진아, 운월, 너희는 왜 왔느냐?"

자미룡이 고개를 들고 무가내를 우러러보며 의아한 표정을 지었다.

"아! 속하들을 부르신 것이 아니었나요?"

"나는 강조와 기개세를 불렀다."

자미룡은 곧 삐칠 듯한 표정을 지었다.

"그럼… 돌아갈까요?"

무가내는 가볍게 어이없는 표정을 지었다가 고개를 저었다.

"아니다. 이왕 왔으니 너희도 거들어라."

"네!"

자미룡과 냉운월은 원기왕성하게 합창으로 대답한 후에 서로를 바라보며 의미있는 눈짓을 교환했다.

그녀들은 음지에서 그림자처럼 이동하는 것보다 무가내 곁에서 함께 행동하고 싶었다.

그래서 무가내가 강조를 불렀을 때 함께 묻어온 것이다. 물론 자미룡의 의견이었다.

팔조장 곽필과 그의 수하는 강조와 자미룡, 냉운월 등을 보고 잔뜩 긴장해서 어깨를 제대로 펴지 못했다.

지금 두 사람 주위에 있는 사람들은 하나같이 무적방주의 최측근들이었다.

전 요마전주였다가 방주의 우호위가 된 냉운월.

전 구룡방 칠방주였으며 무적삼전사였다가 방주의 중호위가 된 자미룡.

전 혈마곡주였다가 무적이전사가 된 강조와 무적삼전사인 기개세.

무적방 내에서 그들을 모르는 사람은 아무도 없었다. 그들이야말로 무적방 최고의 핵심 인물들이기 때문이다.

그때 무가내가 곽필을 가리키며 강조에게 명령했다.

"강조, 두 사람을 치료해 주고 대풍방을 전멸시켜라."

"존명!"

그 한마디로 대풍방은 오늘로서 무림에서 사라질 것이다.

곽필 등 두 사람은 조금 전까지만 해도 자신들을 죽음으로 몰아넣으려고 했던 대풍방을 무가내가 전멸시키라고 명령하자 크게 감격하여 눈물이 핑 돌았다.

"기개세."

"하명하십시오."

무가내는 거리에 널려 있는 시체 쪽을 쳐다보았다.

"우리 형제들의 시체를 수습하여 후하게 장사를 지내줘라."

"존명!"

곽필 등은 머리가 멍해졌다. 꿈을 꾸는 것만 같았다.

방주가 일개 조장과 그보다 더 하급 고수를 직접 치료해 줄 것과 죽은 세 명의 동료를 장사 지내주라고 지시할 줄은 조금도 예상하지 못했었다.

더구나 그는 그들을 '형제'라고 불렀다. 곽필 등은 눈물이 솟구치고 몸이 떨리는 것을 어쩌지 못했다.

"가자."

강조와 기개세는 각자 곽필과 그의 수하의 팔을 잡더니 허공으로 신형을 날려 잠깐 사이에 무가내의 시야에서 사라졌다.

"저희는 뭘 하죠?"

자미룡이 기대 어린 표정으로 무가내에게 물었다.

무가내는 강조와 기개세가 사라진 방향을 턱으로 가리켰다.

"조금 전에 내가 한 말 못 들었느냐?"

"무슨……."

"거들라고 했잖느냐?"

"그러셨죠."

"어서 강조를 따라가서 거들어라."

자미룡과 냉운월은 풀이 팍 죽어서 부러운 표정으로 요마낭을 쳐다보았다.

요마낭은 짐짓 모른 체 다른 곳을 보았다. 그러면서 그녀는 한 가지 사실을 깨달았다.

무가내를 직접 곁에서 수행하고 있는 자신이 얼마나 행복한 존재인가를.

그래서 그와 함께 말을 타지 못한다고 툴툴댔던 자신에 대해서 반성하는 마음이 생겼다.

"가자, 낭아."

무가내가 말고삐를 잡으며 말했다.

그러자 요마낭은 훌쩍 신형을 날려 무가내 뒤에 사뿐히 내려앉았다.

방금 전에 반성하던 마음 같은 것은 어느새 멀찌감치 사라져 버렸다.

자미룡과 냉운월이 발걸음을 떼어놓지 못하고 부러운 듯 요마낭을 바라보았다.

그러자 요마낭은 으쓱하는 기분에 조금 욕심이 생겼다.

그녀는 두 팔로 무가내의 허리를 바짝 끌어안으면서 자신의 몸을 밀착시켰다.

자미룡의 눈이 동그랗게 커지더니 이내 샐쭉해졌다.

같은 호위인데도 요마낭이 어리다고 깔보고 궂은 일만 시키던 자미룡과 냉운월이었다.

요마낭은 무가내 등에 뺨을 대고 몹시 기분이 좋은 듯한 표정을 지으면서 두 여자를 살펴보았다.

자미룡과 냉운월은 입에서 침을 흘릴 정도로 부러운 표정을 지으며 요마낭을 바라보고 있었다.

　석중명과 깊이 사귀고 있는 냉운월은 충격이 덜했지만, 무가내를 목숨처럼 사모하고 있는 자미룡은 아예 절망에 빠져 버렸다.

　다각다각.

　개선장군 요마낭을 태운 흑뢰는 말발굽 소리를 간단없이 울리며 멀어져 갔다.

　무가내 일행은 악양 오십여 리 못 미친 성능기(城陵磯)라는 마을에서 그날 밤을 보내기로 했다.

　현보다는 작고 촌보다는 큰 장강 강가의 아담한 마을이었다.

　쿠쿠쿠쿵!

　'허억!'

　정수리의 백회혈(百會穴)에서 위 잇몸의 은교혈(齦交穴)까지 막혀 있던 아홉 개 혈도가 연이어 뚫리면서 체내에서 뇌성벽력 같은 굉음이 터지자 요마낭은 소스라치게 놀랐다.

　그 바람에 혈맥을 타고 흐르던 공력이 마구 흐트러지면서 몸이 세차게 흔들렸다.

　"뭘 하느냐? 정신을 차리고 공력을 이끌어라!"

　순간 그녀의 머릿속이 웅웅 울리면서 무가내의 호통이 전해졌다.

그녀는 화들짝 놀라 바짝 정신을 차리고 흐트러지고 있는 공력을 다시 원래의 위치에 모으려고 안간힘을 썼다.

그녀의 원래 공력 백 년에 무가내가 주입시킨 이백 년 공력 까지 합쳐서 무려 삼백 년이라는 엄청난 공력이었다.

무가내는 지금 요마낭의 임독양맥을 소통시켜 주고 있는 중이었다. 아니, 방금 임독양맥이 뚫렸다.

그는 요마낭의 뒤에 앉아서 쌍장을 그녀의 등 명문혈에 밀 착시켜 강물처럼 공력을 주입시키고 있었다.

그의 앞에 가부좌의 자세로 앉은 요마낭은 전전긍긍했다.

한 번 흐트러지기 시작한 삼백 년 공력이 여간해서는 다시 모아지지 않았다.

이대로 공력을 수습하지 못한다면 그녀는 물론 무가내까 지도 주화입마에 들어 폐인이 되거나 심하면 죽을 수밖에 없 는 급박한 상황이었다.

하지만 그녀는 이 급박한 순간에 자신의 안위보다는 무가 내를 더 걱정했다.

그래서 무가내의 이백 년 공력을 분리해서 그에게 되돌려 보내려고 시도했다.

공력을 회수하고 그녀의 등에서 쌍장을 떼면 그는 무사할 수 있기 때문이다.

무가내는 그녀의 의도를 즉시 알아차리곤 문득 기특한 마 음이 들었다.

사람이란 평상시에 온갖 맹세와 입에 발린 말을 하지만, 막상 위급한 상황이 닥치면 우선 자신부터 챙기게 마련이다.

　구태여 길게 생각할 여지도 없다. 그러는 것이 인간의 본능이기 때문이다.

　그런데 이런 위급한 상황에 자신이야 어떻게 되든 무가내의 안위를 우선시하는 요마낭의 갸륵한 마음에 무가내는 작은 감동을 느꼈다.

　그러나 말은 전혀 다르게 튀어나갔다.

　"밥통! 포기하기는 이르다!"

　무가내의 호통이 요마낭의 머릿속에서 웅웅거리는가 싶더니 어떻게 할 사이도 없이 그녀는 체내에 있는 삼백 년 공력의 통제력을 잃어버리고 말았다.

　그녀는 크게 당황했다. 공력의 통제력을 잃었으니 이제 두 사람 다 주화입마에 들 것이 뻔했다.

　그러나 그것이 기우라는 사실을 그녀는 곧 깨달았다.

　흐트러졌던 공력이 삽시간에 단전으로 모아졌다. 이어서 음부와 항문 사이의 회음혈로 거세게 몰려갔다.

　통제력을 잃은 그녀 대신 무가내가 공력을 이끌고 있었다.

　삼백 년 공력은 거침없이 임맥으로 치고 오르더니 다음 순간 독맥으로 쏟아졌다가 잠시 후 회음혈을 거쳐 단전에 차분히 모아졌다.

　'아아…….'

요마낭은 속으로 기쁨의 탄성을 터뜨렸다.

무림인이라면 꿈에서조차 갈망하는 임독양맥의 소통을 마침내 그녀가 이룬 것이다.

하지만 그것보다는 무가내가 무사하다는 사실이 그녀를 더욱 안도하게 만들었다.

아니, 그저 안도하는 것이 아니라 눈물이 날 만큼 고마웠다.

그런 감정을 느낀 요마낭은 자신이 정말로 무가내를 사랑하고 있다는 사실을 새삼 절감했다.

"낭아, 지금부터 세 차례 운공조식을 해라."

무가내는 이백 년 공력을 거두고 요마낭의 명문혈에서 손을 떼며 조용히 일러주었다.

무가내는 일어서서 요마낭을 굽어보았다.

그는 측근은 물론 무적전사들까지 모두 임독양맥을 소통시켜 주었지만 요마낭처럼 빠르고도 쉽게 해준 사람은 아무도 없었다.

금만등의 경지에 이른 무가내가 임독양맥을 소통시켜 준다고 해도 최소한 반 시진 이상이 소요되는데, 요마낭은 일각밖에 걸리지 않은 것이다. 그것은 그녀의 자질이 그만큼 훌륭하다는 증거였다.

이곳은 객잔 안 요마낭의 방이다. 무가내는 자미룡과 냉운월에게 은예상을 보호하라고 이르고 요마낭의 임독양맥을 소통시켜 주러 온 것이다.

"아아……."

약 반 시진에 걸쳐서 세 차례 운공조식을 끝내고 일어선 요마낭은 조금 전에는 느끼지 못했던 임독양맥의 소통이라는 기쁨을 뒤늦게 만끽했다.

그녀는 졸지에 백 년 공력이 이백 년 가까이 증진됐다.

백 년 공력으로도 무림에서 적수를 찾기 어려웠는데 이백 년 공력이라니…….

상상만 해도 가슴이 뛰었다.

무가내는 요마낭이 운공조식을 하는 동안 침상에 걸터앉아 묵묵히 어떤 생각에 골몰해 있었다.

예전의 그는 생각없이 행동만 했었는데, 지금은 행동하기 전에 꼭 많이 생각하는 습관이 생겼다.

무적방이라는 대가족의 우두머리가 되고 나서부터 생긴 습관이었다.

요마낭은 무가내를 바라보았다.

그는 생각을 정리하고 빙그레 온화한 미소를 지으면서 그녀를 마주 바라보고 있었다.

'저렇게 멋지고 좋은 분을 원망했었다니…….'

가슴이 싸아… 해지면서 눈물이 소르르 솟구쳤다.

얼마 전까지만 해도 그녀는 스스로 오욕칠정이 없는 사람이라고 생각했다.

그런데 지금은 툭하면 눈물을 흘리는가 하면, 좋아하며 미워하고 애잔해하며 슬픈 감정들을 보통 사람들보다 더 잘 느끼고 있었다.

그렇지만 그녀는 예전보다 지금이 좋았다. 훨씬 좋았다.

기쁘면 웃고, 슬프면 울고, 너무 기쁘면 더 우는 지금의 요마낭이 좋았다.

"으아앙~!"

요마낭은 어린아이처럼 울음을 터뜨리며 무가내에게 달려가 품에 뛰어들었다.

"어허! 이 녀석……!"

그녀의 마음은 여과없이 그대로 무가내의 마음에 전해졌다.

한 점의 가식이라곤 없는, 해맑은 사람들끼리만 말없이 마음이 전해지는 법이다.

"그만 울어라. 인석… 읍!"

무가내는 요마낭의 등을 토닥이면서 말하다가 갑자기 숨막히는 소리를 냈다.

요마낭이 갑자기 고개를 번쩍 들더니 기습적으로 그에게 입을 맞췄기 때문이다.

"읍… 읍…….."

무가내는 버둥거리다가 요마낭이 밀치는 바람에 그녀를 안은 채 침상에 쓰러졌다.

요마낭은 처음에 울음이 터져서 그냥 무가내의 품에 안기기만 하려고 그랬었다.

그런데 막상 안기고 보니 자신도 모르게 그에게 입을 맞추고 말았다.

입을 맞추고 그의 혀를 힘껏 빨아 당기다 보니까 거센 불길처럼 욕정이 일어났다.

태어나서 처음 하는 입맞춤이고, 그저 본능이 시키는 대로만 하고 있는 그녀였다.

며칠 전이었다면 이런 일은 꿈도 꾸지 못했을 것이다.

하지만 무가내가 몸을 만져서 여자로 만든 이후부터 그녀는 흥분과 욕정이라는 것을 느낄 줄 아는 여자가 됐다.

무가내는 처음에는 당황했지만 곧 그녀를 끌어안으며 입술을 빨았다.

요마낭의 얼굴은 무가내 얼굴의 절반밖에 안 될 만큼 작다.

그 얼굴에 있는 입이니 과연 얼마나 작겠는가.

그녀의 입은 아예 통째로 무가내의 큰 입속으로 빨려 들어가 버렸다.

요마낭의 작고 아담한 체구는 무가내의 커다란 몸 위에서 어쩔 줄을 모르고 헤엄을 치듯 바동거렸다.

온몸이 불타는 듯 뜨겁게 달아오르고 있는데 어떻게 해야 하는지 방법을 모르기 때문이다.

하지만 방법을 몰라도 상관이 없었다. 본능에 맡기면 된다.

다음 순간 요마낭의 손이 무가내의 괴춤 안으로 미끄러지듯 스며들었다.

"……!"

무가내의 몸이 굳어졌다.

그러나 요마낭은 아랑곳하지 않고 본능에 충실했다.

"저는 주군의 여자가 되고 싶어요……."

그녀는 어느새 자신의 옷을 활활 벗고는 무가내의 바지를 벗기고 있었다.

무가내가 어떻게 해주기를 기다릴 수가 없었다. 그가 해주지 않을까 봐 걱정이 되기도 했다.

그녀의 뜨거운 몸이 의지와 이성하고는 상관없이 마음대로 움직이기 시작했다.

무슨 일이 벌어지고 있는지도 몰랐다. 그저 온몸을 태울 듯한 이 불덩이를 한시바삐 껐으면 좋겠다는 생각뿐이고, 목이 타들어가는 듯한 갈증을 해소하기만을 바랄 뿐이었다.

그때 그녀의 하체에 극심한 고통이 찾아들었다.

확!

그때 무가내가 두 손으로 요마낭의 양어깨를 잡고 번쩍 들어 올렸다.

"……?"

요마낭은 허공에 뜬 상태에서 어리둥절한 얼굴로 무가내를 돌아보았다.

무가내는 짐짓 굳은 표정을 지으면서 요마낭을 침상에 내려놓고 일어섰다.

"그만 됐다."

"어째서요?"

요마낭은 발딱 일어나 앉았다. 그녀의 얼굴은 노을처럼 붉었고, 젖가슴 위에 오디 같은 작은 유두가 단단해져서 흔들렸다.

그리고 허벅지에는 점점이 피가 묻어 있었다. 순결을 상징하는 앵혈이었다.

'어째서요?'라는 요마낭의 물음에 무가내는 적당한 대답을 찾지 못하고 둘러댔다.

"나는… 오늘은 하고 싶지 않다."

사실 그는 요마낭을 귀여운 여동생쯤으로 여기고 있었다.

그가 며칠 전에 요마낭의 몸을 만진 것은 그녀를 여자로 여겼기 때문이 아니다.

그는 여자의 몸을 만지고 희롱하는 것이 무슨 의미인지 아직도 정확하게 모르고 있었다.

즉, 여자에 대해서만큼은 무책임하다는 것이다.

하지만 그런 그도 몸을 섞는 것, 남녀가 하나가 되는 것만큼은 결코 함부로 하지 않는다.

무가내는 급히 옷을 주워 입고 요마낭에게도 옷을 입히려고 했다.

"자, 오늘 밤은 할 일이 더 있으니까 어서 옷을 입자."

"싫어요."

요마낭은 막무가내였다. 막무가내라면 무가내의 전유물 같은 것인데, 그녀는 한술 더 떴다.

원래 무가내는 윗사람으로서 아랫사람을 강압하지 못하는 성격이다.

그것이 그의 약점이었다. 요마낭처럼 막무가내로 칭얼거리면 꼼짝을 못하는 것이다. 더구나 여자가 그러는 데에는 더 약하다.

무가내는 몸부림치는 요마낭을 붙잡고 씨름을 하다시피 겨우 옷을 입혔다.

그는 여자의 몸을 다루는 재주와 수법은 천하에서 첫손가락에 꼽힐 정도지만, 여자의 마음을 다루는 데에는 하수 중의 하수였다.

"낭아, 나는 오늘 너에게 벌모세수와 환골탈태를 시켜주려고 한다."

무가내는 요마낭과 침상에 나란히 걸터앉아서 달래듯 입을 열었다.

그녀의 임독양맥이 너무 쉽게 소통되는 것을 보고 이 기회에 벌모세수와 환골탈태까지 시켜주려는 것이었다.

평소 같으면 기뻐서 펄펄 날뛸 일이지만 흥분으로 정신이 거의 마비되어 있는 요마낭 귀에는 그다지 좋은 일로 들리지 않았다.

한동안 가만히 있던 그녀는 이윽고 포기했다. 하지만 완전히 포기하지는 않았다.

그녀는 곱게, 아니, 요염하게 무가내를 흘겼다.

"다음에 꼭… 알았죠?"

무가내는 떨떠름한 얼굴로 마지못한 듯 대답했다.

"아… 알았다."

한 시진 후에 무가내는 자신의 방으로 돌아가고 요마낭은 혼자 남게 되었다.

그리고 그녀는 억울하고 분해서 조그만 주먹으로 자신의 가슴을 콩콩 두드렸다.

무가내가 자신의 방으로 돌아가서 얼마 있지 않아 그와 은예상의 거친 숨소리와 육체끼리 격렬하게 부딪치는 소리가 끊이지 않고 들려왔기 때문이다.

'흥! 오늘은 하고 싶지 않다고?'

요마낭은 코가 떨어지도록 냉소하면서 입술을 깨물고 또 깨물었다.

'다음에는 절대 순순히 물러나지 않을 거야!'

第五十九章
이방인(異邦人)

사건은 그 다음날 이른 아침에 일어났다.

어젯밤의 일로 기분이 별로 좋지 않은 상태인 요마낭은 일찌감치 주루인 아래층으로 내려와 차를 마시고 있었다.

주루 밖에는 겨울비가 주룩주룩 내렸다.

그녀는 뜨거운 찻잔을 두 손으로 감싸 쥐고 조금씩 후룩후룩 마시면서 열어놓은 창을 통해 밖을 내다보았다.

그녀가 뜨거운 차를 마시면서 기분이 조금 풀어지려고 할 때 일단의 무리가 주루로 들어섰다.

한겨울에 비까지 내리는데도 들어선 사람들은 얇은 남색의 장포 차림이었다. 거기에다 겉에 기름을 먹인 우비(雨備)

를 걸쳤을 뿐이다.

주루에는 요마낭 한 사람뿐이었다. 들어선 사람은 네 명이었는데, 통로를 지나면서 그중 한 명이 우비를 벗다가 빗물이 요마낭 쪽으로 후드득 떨어졌다.

그 바람에 그녀는 제법 많이 물에 젖었으며 마시던 찻잔에도 빗물이 들어가서 마시지 못하게 됐다.

그렇다고 해도 빗물을 떨어뜨린 사람이 정중하게 사과를 했으면 참을 수 있었다. 요마낭은 함부로 화를 내는 성격이 아니었다.

그런데 남의인들은 뒤돌아보지도 않고 요마낭의 뒤쪽 창가 자리에 자리를 잡고 앉아 요리를 주문하는 것이었다.

만약 어젯밤 일이 아니었으면 그냥 참고 넘어갔을 것이다. 하지만 그녀는 차를 마시면서 겨우 마음이 가라앉고 있는 중이었다.

그녀는 발딱 일어나 남의인들에게 다가갔다. 그들은 두 명씩 서로 마주 보는 자세로 앉아 있었다.

그런데 꼿꼿하게 앉은 채 침묵을 지키고 있던 그들은 자신들 옆에 와서 멈춰 선 요마낭에게 눈길조차 주지 않았다.

요마낭은 그들을 한 명씩 날카롭게 살펴보았다.

그제야 그녀는 남의인들의 모습이 어딘가 조금 특이하다는 생각이 들었다.

아니, 모습이 특이한 게 아니다. 그들은 거리에서 흔히 볼 수 있는 복장을 하고 있었다.

한두 가지 특징이 있다면, 네 명 모두 손가락만 내놓은 두 툼한 가죽 장갑을 끼고 있으며, 곧 식사를 할 텐데도 그것을 벗지 않고 있다는 사실이었다.

그리고 어깨에 한 자루씩의 도와 검은 가죽으로 만든 발 낭(鉢囊:큰 주머니)을 메고 있었다.

하지만 그것들은 남의인들이 짓고 있는 어둡고도 무심한 표정과 몸에서 은은하게 풍기는 기이한 느낌에 비하면 별로 특이한 것이 아니었다.

그들이 지니고 있는 느낌은 뭐라고 설명하기가 어려웠다.

그러나 한 가지 분명한 것은, 결코 좋은 느낌이 아니라는 사실이었다.

요마낭은 꼭 사과를 받아야지만 직성이 풀릴 것 같았다. 그녀는 두 손을 허리에 얹고 조용하지만 꾸짖는 어조로 입을 열었다.

"이봐, 사람에게 빗물이 튀게 했으면 사과라도 해야지."

그러자 요마낭 왼쪽에 있던 자가 힐끗 그녀를 쳐다보았다. 그는 그녀에게 물을 뿌린 자가 아니었다.

하지만 그자는 아주 잠깐 그녀를 힐끗 보았을 뿐 다시 원래처럼 정면을 주시했다.

요마낭의 고운 아미가 상큼 치켜 올라갔다. 처음에 남의인들이 물을 뿌렸을 때에는 어지간하면 참을 수 있었으나 그들의 안하무인격인 행동 때문에 점점 더 부아가 치밀었다.

그녀는 덜렁거리는 성격이 아니다. 또한 상대를 얕잡아보는 실수 같은 것은 범하지 않는다.

그녀는 공력을 끌어올려 온몸에 골고루 분배시킨 후에 자신에게 물을 뿌린 자, 즉 오른쪽 창가에 앉은 자의 앞에 놓여 있는 뜨거운 엽차 잔을 집어 들자마자 그에게 뿌렸다.

펄펄 끓는 차를 막 따른 것이라서 닿으면 살갗이 익어버리고 말 것이다.

그렇지만 그자는 엽차 물을 몸이나 옷에 한 방울도 묻히지 않았다.

그자는 앉아 있던 자리에서 수직으로 반 장가량 번개같이 솟구쳤다가 제자리에 가볍게 내려앉았다.

그 동작이 워낙 순식간에 일어나서 마치 엽차 물이 그를 통과해 버린 것 같은 착각이 들 정도였다.

예고도 없이 두 자밖에 안 되는 거리에서 뿌려지는 찻물을 간단하게 피하다니, 대단한 실력이었다.

요마낭은 슬쩍 아미를 좁혔다. 남의인들이 평범하지 않을 것이라고 짐작은 했지만 예상했던 것보다 더 고강한 자들이 분명했다.

파라락!

그때 허공에서 무엇인가 와르르 쏟아져 내렸다.

요마낭과 남의인들의 시선이 동시에 허공으로 향했다.

허공에서 쏟아지고 있는 것들은 십여 개의 두루마리였다. 그런데 그중에 하나가 좍 펼쳐지고 있었다.

방금 허공으로 솟구쳤던 남의인의 등에 메고 있는 발낭에서 나온 물건이 분명했다.

그자가 워낙 빠르게 솟구쳤다가 하강하는 바람에 헐겁게 여몄던 발낭의 주둥이가 열리면서 안의 내용물들이 밖으로 쏟아져 나온 것이다.

요마낭의 시선이 허공중에서 펼쳐진 두루마리로 향했다.

그것은 한 장의 지도였다.

산과 강, 평야 등이 자세히 그려진 사이사이에 붉은색으로 몇 개의 위치가 표시되었고 그 옆에 작은 글씨가 몇 줄 섞여 있었다.

파아…….

순간 네 명의 남의인이 일제히 허공으로 솟구쳐 올랐다.

요마낭은 그들이 두루마리를 회수하려는 것이라고 판단, 또한 뭔가 수상쩍다는 생각이 번쩍 뇌리를 스쳤다.

펼쳐진 하나의 두루마리가 지도라면 나머지 다른 것들도 지도일 가능성이 높다.

이자들이 대체 누구기에 지도를 저렇게 많이 지니고 다닌단 말인가, 라는 의문이 일었다.

하지만 네 명의 남의인이 이미 허공으로 솟구쳐서 두루마리들을 번개 같은 솜씨로 거두어들이고 있는 중이라서 요마낭이 지금 솟구친다면 늦고 말 것이다.

창!

순간 그녀는 번쩍 검을 뽑는 것과 동시에 아직 회수하지 못한 마지막 하나의 두루마리를 검의 옆면으로 가볍게 쳐서 한쪽으로 날아가게 했다.

남의인 중 한 명이 날아가는 두루마리를 향해 허공중에서 방향을 꺾어 쏜살같이 쏘아갔다.

솟구친 몸을 다시 수평으로 이동하는 것은 일류고수들만이 가능한 상승의 경공술이다.

그런데 그런 기술이 남의인에게서 아무렇지도 않게 펼쳐지고 있었다.

요마낭은 자신이 쳐낸 두루마리를 남의인이 막 잡으려고 하는 것을 보았다.

슉.

그러나 남의인은 두루마리를 잡지 못했다. 그가 막 잡으려는 순간 두루마리가 느닷없이 방향을 꺾어 다른 쪽으로 쏜살같이 쏘아가는 것이 아닌가.

척!

하나의 손이 두루마리를 가볍게 잡았다.

이층에서 계단으로 내려오고 있던 무가내의 손에 두루마리를 쥐어져 있었다.

요마낭이 검으로 두루마리 한 개를 쳐냈을 때 그는 계단에서 내려오고 있는 중이었다.

그리고는 허공섭물의 수법으로 그 두루마리를 손에 넣은 것이었다.

휘익!

두루마리를 잡으려던 남의인은 허공중에서 오른발 발끝으로 왼 발등을 가볍게 찍으며 곧장 무가내에게 쏘아갔다.

쏘아가면서 자신이 회수하여 왼팔로 그러안고 있던 세 개의 두루마리를 막 바닥에 내려서고 있는 다른 세 명의 남의인에게 내던졌다.

창!

그리고는 어깨의 도를 뽑는 것과 동시에 곧장 무가내의 상체를 맹렬하게 베어갔다.

무가내 옆에는 은예상이 나란히 서 있었지만 조금도 놀라지 않았다.

그리고 무가내는 굳이 그녀를 보호하려고 하지도 않았다. 그만큼 그녀는 무가내를 믿고 있었기 때문이다.

슈카아악!

남의인의 도는 무가내의 얼굴과 상체의 다섯 군데 급소를 한꺼번에 노리면서 거센 도풍(刀風)을 일으키며 짓쳐 왔다.

무가내는 그것이 한 번도 본 적이 없는 낯선 초식이라는 사실을 한눈에 간파했다.

그는 중원에 나온 이후 많은 싸움을 해봤기 때문에 어린 나이에도 경험이 풍부했다.

남의인이 고강하기는 했지만 무적전사 평균 수준보다는 많이 약하다고 무가내는 평가했다.

그러나 무림의 수준으로 봤을 때에는 결코 약한 것이 아니다. 오히려 일류고수보다 최소한 한 수 정도 더 고강한 수준이었다.

남의인의 공격이 가까이에 이르기도 전에 대단한 예기(銳氣)가 느껴졌다.

평범한 사람이었다면 그 예기에 옷과 살갗이 갈가리 찢어졌을 것이다.

하지만 남의인의 예기는 무가내의 몸 주위에 상시 펼쳐져 있는 호신강기를 통과하지 못했다.

다섯 개의 위력적인 변화를 일으키는 도는 그저 일직선으로 베어오는 것이 아니다.

눈에 보이지는 않지만 갈지자를 긋기도 하고, 작은 회전을 그어 와류(渦流)를 일으키기도 했다.

그런데 무가내는 거기를 향해 손을 불쑥 뻗었다.

그것을 보고 남의인은 흠칫 가볍게 놀랐다.

남의인은 방금 전에 무가내가 허공섭물을 발휘하여 두루마리를 끌어당기는 것을 보고 그가 절정고수일 것이라고 예상었다.

그러나 예상과 현실은 다르다.

남의인이 직접 눈으로 보는 무가내는 채 이십 세도 되지 않은 소년의 모습이고, 전력을 다해서 전개한 초식을 향해 손을 뻗고 있었다.

 무가내가 절정고수일 것이라고 예상은 했으나 육안으로 보는 광경은 그저 철없는 일개 소년이 무모하게 맨손을 뻗는 것으로 여겨질 뿐이었다.

 사람이란 예상보다는 자신의 눈을 더 믿는 편이고, 그런 점에서 남의인도 다르지 않았다.

 그는 자신의 도가 무가내의 팔을 도막도막 자를 것이라고 생각했다.

 그의 초식은 이미 전개되고 있는 상황이고, 그 속으로 무가내가 팔을 뻗었으니 더 이상 생각해 볼 것도 없었다.

 스파아아…….

 그리고 남의인이 보고 있는 가운데 무가내의 팔이 정말로 도막도막 여러 개로 잘라지고 있었다.

 비록 찰나지만 남의인은 자신이 무가내를 너무 과대평가했다고 생각했다.

 콱!

 "끅!"

 그런데 다음 순간 남의인은 무엇인가 쇠로 만든 단단한 집게 같은 것이 자신의 목을 거세게 움켜잡는 것을 느끼며 답답한 신음을 흘렸다.

튀어나올 듯이 툭 불거진 남의인의 눈동자가 급히 아래로 향했다.

순간 그의 얼굴이 경악으로 물들었다. 방금 전에 도막 낸 무가내의 손이 자신의 목을 움켜잡고 있는 것을 발견했기 때문이다.

그의 얼굴에 불신의 표정이 가득 떠올랐다. 이어서 재빨리 눈동자가 무가내를 향했다.

그리고는 그가 팔을 뻗어 천천히 잡아당기는 동작을 취하는 것을 발견했다.

남의인과 무가내의 거리는 반 장쯤 됐다. 그것은 무가내의 팔 길이가 무려 반 장이나 된다는 뜻이었다. 말도 안 되는 일이다.

그의 팔이 잘라지지 않은 것은 물론이고, 괴이한 사술을 전개하는 것이 분명했다.

"끄으…… 이…게 무슨……."

남의인은 무가내에게 느릿하게 끌려가면서 비틀린 신음을 흘려냈다.

허공섭물은 무형지기를 발출하여 사물을 끌어당기는 것이지만 지금 남의인의 목을 잡고 있는 것은 분명히 사람의 손이었다.

더구나 무가내의 팔이 길게 늘어난 것도 아니고, 그의 팔은 분명히 뻗고 있는데 반 장 앞에 또 하나의 손이 남의인의 목을 움켜잡고 있는 것이었다.

끌려가면서 남의인은 발작적으로 무가내를 향해 수중의 도를 맹렬하게 휘둘렀다.

쫘드득!

순간 무가내가 손에 슬쩍 힘을 주자 남의인의 목이 꽃대를 꺾듯이 간단하게 부러져 버렸다.

우지끈!

무가내가 손을 거두니 그의 넉 자 앞 허공에서 남의인의 목을 조르고 있던 또 하나의 손이 사라지고, 그의 몸은 주루 바닥으로 묵직하게 떨어져 탁자를 박살 냈다.

무가내의 오른팔은 허공을 향해 뻗은 상태에서 손으로 무엇인가를 잡고 비트는 자세를 취하고 있었는데, 그의 손에서 두어 자쯤 앞쪽 허공에 또 하나의 그의 손이 역시 무엇인가를 잡고 비트는 자세를 취하고 있었다.

그 수법은 결코 사술이 아니다. 손에서 무형지기를 발출하여 원하는 거리와 위치에 또 하나의 손을 만들어내는 상승의 수법인 것이다.

이어서 무가내는 한 손에 두루마리를 쥐고 천천히 계단을 내려갔고, 은예상은 그의 팔을 잡고 함께 내려갔다.

남의인 한 명이 무가내를 공격하다가 죽은 것은 눈 한 번 깜빡이는 찰나지간에 일어난 일이었다.

세 명의 남의인이 허공에서 두루마리를 모두 회수하고 바닥에 내려선 직후에 목 부러진 남의인이 떨어진 것이다.

그들은 회수한 두루마리를 미처 발낭에 넣을 여유도 없이 긴장된 표정으로 무가내를 주시했다. 하지만 섣불리 공격하지는 않았다.

아니, 못했다. 워낙 창졸간에 일이 벌어져서 제대로 사태를 파악하지 못했지만 본능적으로 무가내가 절정고수라고 직감했기 때문이었다.

무가내는 아무 일도 없었다는 듯 탁자로 가서 앉았고, 그 옆에 은예상이 나란히 앉았다.

다른 사람이 없을 때에는 은예상은 언제나 무가내 곁에 앉는 습관이 있었다.

"우선 따뜻한 차 두 잔 주세요."

은예상은 잔뜩 겁에 질려서 주방 쪽에 숨어 있는 주루 주인과 점소이 쪽을 보면서 조용히 주문했다.

그러나 그들은 화들짝 놀라며 주방 안으로 도망치듯이 숨어버렸다.

요마낭이 주방을 보며 낮은 어조로 꾸짖었다.

"가장 맛있는 차를 당장 내오너라!"

주방 안에서 차를 준비하는 소리가 나기 시작할 때 무가내가 요마낭을 보며 빙그레 미소 지으며 물었다.

"낭아, 무슨 일이냐?"

요마낭은 세 명의 남의인을 주시하며 거두절미하고 딱 부러지게 대답했다.

"저놈들, 수상합니다."

남의인들은 망설이는 모습이었다. 당장에라도 도망칠 수도 있겠지만 두루마리 하나를 무가내에게 뺏겼기 때문에 그것에 미련이 있는 듯했다.

그들은 회수한 두루마리를 조심스럽게 자신들의 발낭에 나누어 넣으면서 사태를 지켜보았다.

그때 점소이가 바들바들 떨면서 무가내에게 차를 가져왔다.

그는 잔뜩 겁먹은 얼굴로 눈치를 살피느라 두 잔의 차를 따르면서 반은 쏟았다.

후룩.

무가내가 한 모금의 차를 마실 때 은예상은 두루마리를 펼쳐서 자세히 살펴보았다.

약 다섯 호흡의 시간이 지나자 그녀는 두루마리를 접으면서 입을 열었다.

"이것은 악양 동쪽 백여 리 일대의 지형과 그 지역 내에 있는 방, 문파들의 위치. 세력 분포를 자세히 기록한 일종의 군사지도 같은 것이에요."

그녀가 한눈에 두루마리의 내용을 간파하자 남의인들의 표정이 가볍게 변했다.

"그것이 왜 필요하지?"

무가내가 차의 향기를 음미하듯 지그시 눈을 감고 묻자 은예상은 찻잔으로 손을 뻗으며 대답했다.

"이런 것은 보통 전쟁을 준비하는 자들이 사전에 조사하는 것이에요."

"전쟁이라……."

무가내는 찻잔을 손에 쥐고 남의인들을 쳐다보았다.

"저놈들은 군사 같지 않은데?"

"또한 중원인 같지도 않군요."

은예상이 덧붙였다. 그녀는 남의인들의 복장이 어딘가 어색하다고 여긴 것이다.

"흠… 중원인이 아닌데 전쟁 준비를 하고 있다?"

은예상은 무가내의 결정을 도왔다.

"변황이나 새외의 세력이겠지요."

남의인들은 정확하게 추리를 해내는 은예상을 보면서 바짝 긴장하며 이미 공력을 끌어올려 대비하고 있었다.

무가내는 가볍게 고개를 끄덕였다.

"한 놈은 살려서 제압해라. 나머지는 죽여도 된다."

휘익!

차창!

순간 요마낭이 움직이기도 전에 남의인 두 명은 무가내에게, 한 명은 요마낭에게 빠르게 쏘아오며 도를 뽑았다.

그 순간 이층 낭하에서 자미룡과 냉운월이 쏘아 내렸고, 주루의 창을 통해서 강조와 기개세가 들이닥쳐 곧장 남의인들에게 덮쳐 갔다.

쐐애액! 쉬쉬쉭! 파아아!

졸지에 주루 내에는 삭풍보다 더 날카로운 파공음이 가득 난무했다.

하지만 무기끼리 부딪치는 소리는 한차례도 나지 않았다.

무가내의 측근들은 물론이지만, 남의인들 역시 평범한 고수가 아니라는 증거였다.

싸움이 시작되자마자 냉운월과 기개세는 손을 거두고 한쪽으로 물러났다.

굳이 자신들까지 가세하지 않아도 된다고 판단한 것이다.

남의인 두 명은 다섯 호흡 이내에 자미룡과 강조에게 목이 잘려서 죽었다.

그리고 남은 한 명은 요마낭에게 혈도가 제압되어 통나무처럼 뻣뻣하게 바닥에 나뒹굴었다.

무가내는 남은 차를 마저 마시고 나서 명령했다.

"그놈을 심문해라."

그러자 중인의 시선이 일제히 자미룡에게 집중되었다. 그녀가 일전에 무적방에 잠입하여 무가내를 암살하려고 했던 자들 중 한 명을 고문하여 실토를 받아낸 일을 잘 알고 있었기 때문이다.

자미룡은 기다렸다는 듯이 명랑한 얼굴로 대답했다.

"주군을 오래 기다리시게 하지는 않겠어요."

이어서 제압된 자를 끌고 어디론가 사라졌다.

강조와 기개세는 죽은 남의인 두 명의 시체를 들고 주루 밖으로 나갔다.

"이봐. 여기……."

무가내는 아침 식사를 주문하려다가 문득 은예상을 쳐다보고는 말을 흐렸다.

그녀가 입을 꼭 다문 채 가만히 눈을 감고 있는 모습을 발견한 때문이다.

은예상은 무가내와 함께 행동하면서 사람들이 죽는 광경, 특히 잔인한 광경들을 여러 차례 목격했었다.

무가내는 은예상이 있는 곳에서는 살인을 자제하려고 애썼지만 그럴 수 없는 상황이 가끔 벌어진다. 조금 전 같은 상황이 그러했다.

은예상은 자신이 무가내의 여자가 되기 위해서는 그런 것들을 아무렇지 않게 봐 넘겨야 한다고 스스로에게 다짐하면서 강해지려고 애써왔지만 말처럼 쉽지 않았다. 연약하고 선한 본성이 그리 쉽게 바뀌지는 않는 것이다.

무가내는 몸을 일으켰다.

"출발한다."

은예상을 위해서 식사는 다른 곳에서 할 생각이었다.

눈을 감고 있던 은예상은 깜짝 놀라서 눈을 뜨고는 서 있는 무가내를 올려다보았다.

그녀는 빙그레 미소 지으면서 자신을 굽어보고 있는 무가내를 보며 그의 의중을 짐작했다.

그녀의 가슴에 잔잔한 기쁨이 물결쳤다. 무가내에게 예전에는 없던 것, 즉 배려라는 것이 생기고 있다는 사실이 그녀를 기쁘게 만들었다.

그날 늦은 오후에 무가내 일행은 드디어 악양에 도착했다.

그들은 악양 번화가의 대로변 어느 주루의 이층 방 하나를 빌려 들어갔다.

실내의 커다란 둥근 탁자에는 무가내와 은예상이 나란히 앉아 있었다.

그리고 뒤에는 요마낭과 냉운월이 섰으며, 앞에는 요몽이 시립해 서 있었다.

자미룡은 남의인을 심문하느라 참석하지 못했다.

무가내는 요몽에게 지시했다.

"요몽 아줌마, 지금 요마삼군단을 사용할 수 있나?"

요몽은 즉시 허리를 굽혔다.

"상시 준비되어 있습니다."

"응. 운월, 그 세 곳이 어디라고 했었지?"

무가내 뒤에 서 있는 냉운월은 그의 물음을 즉시 이해했다.

"사해방 휘하의 철검보(鐵劍堡)와 동광방(東光幇), 그리고

총혈계 휘하의 혈인부(血刃府)입니다."

무가내는 고개를 끄덕였다.

"들었지? 그 세 방파를 쓸어버려. 하지만 혈인부 우두머리
는 살려서 내게 데려와 줘."

요몽은 깊숙이 허리를 굽혔다.

"존명!"

무가내는 나가려는 요몽을 불렀다.

"요몽 아줌마, 밥은 먹고 가."

"네?"

무가내는 돌아보는 요몽을 보며 빙그레 미소 지었다.

"다 함께 밥 먹자는 거야."

그의 말이 떨어지자마자 요마낭이 번개같이 그의 비어 있
는 오른쪽 자리에 냉큼 앉았다.

그리고는 태연하게 모친을 부르며 자신의 오른쪽 자리를
가리켰다.

"어머니, 이리 오세요."

요몽은 요마낭의 버릇없는 행동에 크게 당황해서 어쩔 줄
몰라 했다.

하지만 무가내가 있는 자리라서 어쩌지 못하고 눈으로만
그녀를 흘겼다.

그렇지만 요마낭은 못 본 체하며 오히려 무가내 쪽으로 더
바짝 붙어 앉았다.

자미룡과 냉운월은 번번히 요마낭에게 선수를 뺏기는 것이 이력이 난 듯 힐끗 그녀를 한번 쏘아본 후 각자 자리를 잡고 앉았다.

요리를 주문하고 난 후 무가내는 냉운월에게 지시했다.

"운월. 혈검군, 구주군, 만독군 군장을 불러라."

"네."

냉운월은 앉은 채 가볍게 고개만 까딱거렸다.

그 모습을 본 요몽은 못마땅한 듯 눈살을 찌푸렸다.

무가내는 이어 요몽에게 지시했다.

"자정에 사해방을 칠 테니 요마군은 사해방을 철저히 감시하고 있어야겠어."

"명을 받듭니다."

냉운월과는 달리 요몽은 자리에서 벌떡 일어나 공손히 허리를 굽혔다.

요마낭이나 자미룡, 냉운월. 소위 무가내의 최측근들은 공식적인 자리에서는 무가내를 주군으로서 대하지만, 사석에서는 마치 정인(情人)처럼 대하는 것이 습관이 되어 있었다.

이미 자리에 앉아서 식사를 하고 있으니 지금은 사석이라고 생각하는 것이다.

그것을 모르고 있는 요몽은 그녀들의 무례함이 마뜩찮을 수밖에 없었다.

식사를 하는 도중에 무가내는 가끔씩 깊은 생각에 잠기는 모습을 보였다.

늘 생각보다는 행동이 앞서는 그에게 그런 모습은 보기 드
문 것이었다.

하지만 측근들은 그가 그러는 것이 무엇인가 중요한 결정
을 내리기 전의 모습이라는 것을 알고 있었다.

그리고 근래 들어서 그는 그런 모습을 자주 보이고 있었다.

第六十章
잔혈부(殘血斧)

대마종
大麻宗

무가내의 손이 움직임을 뚝 멈추었다.

그의 오른손은 요마낭의 상의 속에서 움직임을 멈춘 상태다.

그러면서도 그는 입으로는 계속해서 요마사십팔절의 구결을 중얼거리고 있었다.

뒷모습을 보인 채 그의 무릎 위에 눕듯이 앉아 있던 요마낭은 구결을 외우느라 귀를 곤두세우고 눈을 초롱초롱 빛내고 있었다.

무가내는 자신이 만지는 것을 멈추었는데도 그녀가 더 이상 긴장하지 않는다는 사실을 알았다. 그러면서도 그녀는 머리로는 구결을 외우면서 몸은 무가내에게 내맡긴 채 내숭을 떨고 있었다.

무가내는 그녀의 상의 속에서 슬그머니 손을 뺐다.

물론 구결을 읊어주는 것은 멈추지 않았다.

"……!"

문득 요마낭의 몸이 가볍게 굳어지는 듯했다.

그러더니 그녀는 곧 고개를 살래살래 가로저으면서 갑자기 우는소리를 했다.

"아아… 왜 그런지 갑자기 구결이 외워지지 않아요. 대체 왜 그런 거죠?"

순진한 무가내는 고개를 갸웃거렸다.

"글쎄……."

"갑자기 몸에 변화가 일어난 것 같아요. 잘 외워지던 구결이 갑자기 안 외워질 리가 없어요. 몸이 딱딱해지고 머릿속이 마구 헝클어졌어요."

"그래?"

무가내는 그 원인이 그녀를 만지는 것을 멈추었기 때문이라고 판단했다.

그래서 그는 급히 손을 다시 그녀의 상의 속으로 집어넣으며 구결을 읊어주기 시작했다.

요마낭은 짐짓 긴장하는 것처럼 보이기 위해서 약간 경직시켰던 몸을 다시 무가내의 가슴에 눕히면서 입가에 흐릿한 회심의 미소를 지었다.

그러면서 이제는 대담하게 주문까지 했다.

"좀 더 세게.

"으…응."

무가내는 어색하게 대답했다.

요마낭은 순진하기 짝이 없는 무가내가 귀여워서 죽을 지경이었다.

사실 그녀는 무가내에게 무공을 배우는 첫날만 긴장을 했지 그 후부터는 일체 긴장하지 않았다.

그리고 매일 무가내가 구결을 전수해 주기를 학수고대했다.

그녀가 지켜야 하는 것은, 자신이 더 이상 긴장하지 않는다는 사실을 무가내에게 들키지 않는 것뿐이었다.

그리고 그가 불러주는 구결을 잘 들으며 외우고 있다는 뜻으로 가끔씩 고개를 끄덕여 주면 된다.

무가내는 모르는 사람에게는 인정사정없지만 아는 사람, 특히 측근에게는 매우 너그럽게 대해준다.

더구나 최측근이라고 할 수 있는 몇몇 사람에겐 꼼짝도 하지 못한다고 말할 정도였다.

무적방을 개파한 이후 그가 측근들, 심지어 최하위 수하들조차 꾸짖는 것을 본 사람은 아무도 없었다.

그 이유는 아마도 그가 정에 굶주렸기 때문일 것이다.

악양 동정호 호변에는 성내 최고급의 기루들이 처마를 맞댄 채 줄지어 늘어서 있었다.

그 기루들 중에서도 첫손가락 꼽히는 기루가 바로 태가루(太佳樓)다.

태가루는 비록 기루지만 악양의 명물인 악양루(岳陽樓)와 더불어 악양쌍루(岳陽雙樓)라고 불릴 만큼 유명하다.

평소에 고관대작이나 대부호들조차도 예약하기가 하늘의 별 따기만큼 어렵다는 태가루의 칠층, 즉 태가칠선당(太佳七仙堂)이라고 불리는 곳이 오늘은 영업을 하지 않았다.

한 사람의 귀빈을 접대하기 위해서였다. 그리고 그 귀빈은 무가내였다.

이십여 년 전의 요선계만큼은 아니지만, 선화루는 현재 천하 곳곳에 오십여 개의 기루를 거느리고 있었다.

그리고 그 기루들은 하나같이 그 지역에서 최고의 명성을 날리고 있었다.

악양 태가루는 선화루가 거느리고 있는 기루 중 하나였다.

늦은 오후에 악양성 내 평범한 주루에서 무가내와 함께 이른 저녁 식사를 먹은 요몽은 자신의 태만함을 크게 뉘우치고 또 꾸짖었다.

악양에는 선화루, 아니, 요마군이 거느리고 있는 태가루가 있는데 자신이 소홀한 바람에 무가내를 평범한 주루에 들게

했기 때문이다.

그녀는 요마삼군단으로 사해방 휘하인 철검보와 동광방, 그리고 총혈계 휘하의 혈인부를 치라는 무가내의 지시를 받고 주루를 나오는 즉시 수하에게 명하여 무가내를 태가루로 모시도록 한 것이었다.

태가루 칠층 태가칠선당에는 방이 일곱 개가 있으며, 각 방에는 태가루, 아니, 호남성 최고의 미기(美妓)들이 배치되어 있었다.

태가칠선당을 다 터버리면 하나의 커다란 방이 된다. 지금 무가내 한 사람을 모시기 위해서 일곱 개의 방을 다 튼 상태였다.

십여 년 전, 황태자가 악양에 유람을 왔다가 태가루에 들렀을 때 태가칠선당의 일곱 개 방을 다 튼 적이 딱 한 번 있을 뿐이었다.

그때 황태자는 일곱 개 방을 하나로 텄다고 하여 '태가일선당(太佳一仙堂)'이 됐다고 기뻐했었다.

그래서 그때부터 태가칠선당을 다 트게 되면 '태가일선당'이라고 부르기로 했으며, 아쉽게도 이후에는 그런 일이 한 번도 없었다.

태가일선당의 자랑은 동정호 쪽의 벽과 창을 통째로 들어올려 노대(露臺:발코니)를 만들어 그곳에서 바라보는 호수의 야경을 꼽을 수 있었다.

"좋다!"

호수에서 불어오는 시원한 바람에 온몸을 내맡긴 채 무가 내는 벌써 여러 차례 그 소리를 내뱉고 있었다.

그곳에는 커다란 탁자에 진미가효가 가득 차려져 있고, 둘 레에 무가내의 측근들이 호수 쪽을 빼고 늘어앉아서 동정호 의 야경을 구경하고 있었다.

무가내 좌우에는 은예상과 요마낭이 자리 잡았고, 요마낭 옆에는 냉운월이, 은예상 옆에는 균현을 비롯한 삼군장이 앉 아 있었다.

그 유명한 태가칠선당의 미기들, 즉 태가칠미(太佳七美)는 이 자리에 참석하지 못했다.

요마낭이 원천적으로 봉쇄했기 때문이었다. 그녀는 무가 내 옆에 은예상과 자신을 제외한 다른 여자가 앉는 것을 싫어 하게 된 것이다.

한겨울 차가운 바람이 불어오고 있지만 은예상은 조금도 추위를 느끼지 못했다.

무가내가 임독양맥을 소통시켜 주었고, 그 후에 한 가지 심 법을 가르쳐 주었기 때문이다.

임독양맥이 소통되어 그녀의 선천적인 고질병이 완치되었 을 뿐만 아니라 무병장수하게 되었다.

지난 반년여 동안 꾸준히 운공조식을 한 그녀는 약간의 공 력마저 생겼다.

그래서 얼마 전부터 무가내에게 한 가지 검법을 배우고 있는 중이었다.

무가내는 삼군장을 불러놓고는 동정호 야경을 구경하는 일에 푹 빠져 있었다.

그런데 조금 전까지만 해도 '좋다!'를 연발하며 흡족해하던 그는 지금 이상한 표정을 짓고 있었다. 슬픈 것 같기도 하고 애잔함 같기도 한 야릇한 표정이었다.

그러나 무공 수련과 싸움에만 이골이 난 측근들은 아무도 그의 그런 표정이 무엇을 뜻하는지 짐작하지 못했다.

다만 은예상만이 그가 그리움에 젖어 있다는 사실을 느끼고 있을 따름이었다.

한걸음 더 나아가서, 은예상은 무가내가 오악도에 두고 온 네 마물, 즉 사대종사를 그리워하고 있는 것은 아닌가, 조심스럽게 짐작해 보았다.

실내에 오랫동안 정적이 흐르고 있었지만 아무도 숨소리조차 크게 내지 못했다.

근래 무가내에게 귀여움을 독차지하고 있는 요마낭마저도 바짝 긴장한 표정으로 무가내의 옆얼굴을 뚫어지게 주시하고 있었다.

무가내가 무슨 생각을 하고 있는지는 모르지만, 그의 마음이 모두에게 전해져서 좌중은 무겁게 가라앉았다.

쪼르르……

무가내가 쉬지 않고 마시는 빈 잔에 은예상이 술을 따르는 소리만 괴괴한 적막을 깰 뿐이었다.

"빌어먹을! 이건 말도 안 돼!"

그때 갑자기 무가내가 주먹을 휘두르며 갑자기 낮게 외쳤다.

"왜 갑자기 그 늙은이들이 생각… 어?"

그는 이맛살을 찌푸리며 언성을 높이다가 모두들 자신을 빤히 주시하고 있는 것을 발견하고는 가볍게 놀라는 표정을 지었다.

"어… 여기 웬일들이야?"

그는 깊은 상념에 빠져 있느라 이곳에 사람들이 모여 있는 줄도 모르고 있었던 것이다.

은예상이 부드럽게 미소 지으면서 무가내의 팔을 잡고 일깨워 주었다.

"풍 랑께서 삼군장을 부르셨어요."

"아! 그랬었지!"

그제야 생각났다는 듯 그는 가볍게 제 이마를 쳤다.

"자! 다들 한 잔씩 하고 나서 얘기들 하자구!"

그는 조금 전의 감정을 떨쳐 내기라도 하려는 듯 설레발을 떨면서 모두에게 손수 술을 따랐다.

"마시자!"

그가 외치며 잔을 비우자 모두들 조심스럽게 술잔을 입에 갖다 댔다.

그는 잔을 입에서 떼며 힐끗 호수를 쳐다보았다.

조금 전에는 끝없이 펼쳐진 물의 세계와 잔잔한 수면을 보면서 철썩이는 파도 소리를 듣고 있자니 자신도 모르게 오악도 생각이 나버렸다.

그리고 자연스럽게 네 마물의 얼굴이 차례차례 떠오른 것이다.

하지만 그런 생각을 하는 동안 자신이 어떤 표정을 짓고 어떤 감정에 사로잡혔는지에 대해서는 모르고 있었다.

"오늘 밤 자정에 사해방을 친다."

술이 열 순배쯤 돌고 난 뒤에 무가내가 손등으로 입을 문지르며 이윽고 입을 열었다.

"좋은 생각이 있으면 말들 해봐."

그는 은예상에게 꽤 많은 공부를 배워 좋은 문장과 말들을 많이 알게 되었지만 말투는 예전이나 거의 변함이 없었다. 배운 문장과 말을 입 밖으로 꺼내는 습관이 되어 있지 않았기 때문이다.

삼군장. 즉, 균현과 양신웅, 오도겸은 수시로 요마군으로부터 많은 정보를 보고받고 있었다.

그러므로 당연히 사해방에 대한 방대하면서도 정확한 보고를 시시각각 받아왔고, 그것에 대해서 나름대로 분석도 끝난 상태였다.

균현이 조심스럽게 자신의 의견을 밝혔다.

"주군, 이번에는 무적군을 배제하고 저희 삼군에서 선발한 수하들만으로 사해방을 공격하고 싶습니다."

무적방은 항주성을 떠나 이곳까지 오는 동안 꽤 많은, 그리고 큰 싸움들을 치렀었다.

그러나 정말 중요한 싸움은 언제나 무적군 차지였다. 그렇기 때문에 공도 당연히 무적군에게 돌아갔다.

그래서 균현은 이번 사해방 공격에 혈검군과 구주군, 만신군 삼군이 맡고 싶다고 말한 것이다.

물론 그는 혈검군 단독으로 사해방을 전멸시킬 자신이 있었지만, 공을 세우는 것보다는 삼군의 화합을 먼저 생각해서 양보했다.

무가내는 팔짱을 끼고 조용히 입을 열었다.

"사해방은 제법 실력있는 고수가 천오백 명이나 있다. 또한 시간을 끌다가는 사해방이 거느리고 있는 수십 개 방, 문파들이 벌떼처럼 들이닥칠 거야."

그 역시 사해방에 대해서 자세히 파악하고 있었다는 사실을 그의 말이 입증하고 있었다.

"더구나 악양 바로 앞 동정호 군산에는 정협맹 총단이 있어. 여차하면 그놈들까지 몰려올 거야. 그래도 자네들만으로 자신있겠어?"

이럴 때의 그는 더 이상 아무것도 모르는 것처럼 함부로 날뛰는 천방지축이 아니었다.

그가 일부러 이런 모습을 보이려고 애쓰는 것은 아니지만, 이럴 때의 그는 당당한 주군의 모습이었다.

삼군장은 잠시 동안 아무도 대답하지 않았다.

악양은 정협맹의 앞마당이나 다름이 없는 곳이고, 사해방의 안방 한복판이다.

그런 지역에서 사해방을 완벽하게 전멸시키려면 혈검군, 구주군, 만신군 삼군이 총동원하면 간단할 터이다.

그러나 그렇게 하면 많은 인원이 사해방을 공격하러 이동하는 중에 즉시 정협맹이나 사해방의 눈에 띄고 말 것이다.

그렇다고 시간이 촉박한데 그 많은 인원을 최소 단위로 쏘개서 이동시키다가는 날이 새고 말 터이다.

그러므로 삼군의 최정예 고수를 선발, 소수 정예로 공격할 수밖에 없는 것이다.

이미 그것에 대해서 심사숙고한 삼군장이지만, 무가내의 말을 듣고 아연 긴장할 수밖에 없었다.

만약 사해방 공격이 실패하게 되면, 정협맹에 대한 대계(大計)에 큰 차질을 빚게 될 터이다.

뿐만 아니라 연쇄 작용으로 천하를 쟁패하려는 계획마저도 차질을 빚게 될지도 모른다.

균현과 양신웅, 오도겸은 진중한 표정으로 서로의 얼굴을 쳐다보았다.

그리고는 잠시 후에 결연한 표정을 지으면서 보일 듯 말 듯 고개를 끄덕였다.

이윽고 세 사람은 똑같이 무가내를 향해 고개를 숙였다. 그리고 균현이 말했다.

"맡겨주십시오."

무가내는 미소를 지으면서 가볍게 고개를 끄덕였다.

"좋아. 해봐."

균현이 조심스럽게 물었다.

"어디까지 하면 되겠습니까?"

"조진우라는 놈하고 그 아비만 남겨놔."

"알겠습니다."

삼군장은 일어나 공손히 절을 하고 나서 그 자리에서 물러났다.

그때가 술시(戌時:밤 8시)였다.

자미룡이 풀이 죽은 모습으로 무가내를 찾아왔다.

"지독한 놈이에요. 아무리 고문을 해도 입도 벙긋하지 않았어요."

그녀는 질렸다는 듯 고개를 살래살래 가로저었다. 자신이 심문하러 끌고 갔던 남의인을 말하는 것이었다.

"그놈은 결국… 죽어버렸어요."

그녀는 힘없이 중얼거리며 무가내의 눈치를 살폈다.

중요할지도 모르는 자를 심하게 고문하다가 죽였으니 자신이 생각해도 어이가 없었다.

그러나 무가내는 대수롭지 않은 듯 미소를 지으며 손을 저었다.

"괜찮으니까 신경 쓰지 마라."

이어서 은예상의 어깨를 가볍게 두드렸다.

"그 대신 상아가 놈들이 갖고 있던 지도들을 잘 살펴봐 줘. 이상한 놈들이 그런 지도를 갖고 다니다니, 뭔가 구린 냄새가 나."

"네."

은예상은 방그레 미소 지었다.

자미룡은 미안한 듯 얼굴을 붉히며 은예상에게 고개를 숙여 보였다.

"미안해요, 언니."

그녀는 은예상을 '언니'라고 부르는 유일한 여자였다. 무가내 측근의 여자들은 나이를 별로 따지지 않았다.

"괜찮아요. 내게도 할 일이 생겨서 오히려 좋은걸요?"

은예상의 말에 자미룡은 그제야 조금 얼굴을 폈다.

무가내는 시간도 보낼 겸 그곳에서 술을 마시는 한편 요마낭과 자미룡, 냉운월 세 사람에게 한 가지 무공을 가르쳐 주기로 했다.

삼절마제의 성명절학 중 하나인 보법 귀영미리보(鬼影迷離

步)였다.

세 여자는 발바닥에서 불이 나도록 정신없이 보법 연마에 여념이 없었다.

더구나 그녀들은 무가내가 보는 앞이고, 또 경쟁심 때문에 아예 사활을 건 듯 전력을 다했다.

그러나 불과 한 시진쯤 지나자 세 여자의 차이가 확연하게 드러나기 시작했다.

역시 요마낭의 진전이 제일 빨랐다. 그리고 보법을 밟는 발의 위치가 정확했다.

무가내가 요마낭의 자질을 발견한 눈은 과연 옳았다. 그녀는 한 시진밖에 지나지 않았는데 이미 귀영미리보를 어설프게나마 흉내 내고 있었다.

물론 아무리 요마낭이라고 해도 귀영미리보를 능숙하게 전개하려면 최소한 일 년 정도 걸릴 것이다.

그다음이 자미룡이었다. 요마낭 정도는 아니지만 그녀가 보통 사람들보다 훨씬 출중한 자질을 지녔다는 사실을 무가내는 진작부터 알고 있었다.

맨 꼴찌는 역시 냉운월이었다. 그녀의 자질이나 총명함은 안타깝게도 보통 사람보다 약간 나은 정도에 불과했다.

그래서 세 여자 중에서 노력은 가장 많이 하면서도 성과는 최하를 밑돌았다.

하지만 무가내는 냉운월을 안쓰럽게 보거나 그녀만 따로

가르치지 않았다.

요마낭이나 자미룡이 갖고 있지 않은 것을 그녀가 지니고 있다는 사실을 알고 있기 때문이었다.

그것은 매우 뛰어난 '노력하는 자세' 였다.

물론 요마낭이나 자미룡도 대단한 노력파지만 냉운월에 비할 바는 못 됐다.

선천적인 자질이나 총명함이 중요하긴 하지만 그보다 더 필요한 것이 '노력' 이라는 사실을 잘 알고 있는 무가내였다.

그래서 냉운월이 요마낭과 자미룡에게 비교될 것이라는 사실을 알면서도 그녀에게 귀영미리보를 가르친 것이다.

이른바 '비교열세' 는 그녀에게 좋은 채찍이 될 터이다.

또 하나, 요마낭과 자미룡은 교만함이 없었다. 그래서 동료를 주눅 들게 하거나 원성을 듣지 않는다.

아니, 예전에는 교만함 같은 것이 있었다. 그러던 것이 무가내와 친밀하게 생활하는 동안 사라진 것이다.

무가내는 가족으로 여기는 사람들에게는 절대 교만하거나 건방진 행동을 하지 않는다. 그것을 그녀들이 배웠기 때문이다.

요몽이 태가일선당에 도착한 것은 그로부터 반 시진 후, 임시(壬時:밤 11시) 무렵이었다.

그녀는 마혈이 제압된 한 명의 혈포중년인을 끌고 와서 무가내 앞에 꿇렸다.

마혈이 제압됐기 때문에 무릎을 꿇을 수밖에·없는 혈포중
년인이지만 무가내를 쏘아보는 눈빛만큼은 결코 굴복을 하지
않고 있었다.

"하명하신 세 방파는 모두 괴멸시켰습니다. 이놈은 혈인부
주인 잔혈부(殘血斧)입니다."

요몽의 보고에 무가내는 고개를 끄덕이며 잠시 잔혈도를
굽어보았다.

사십대 초반의 나이에 눈을 덮는 덥수룩한 더벅머리, 한 마
리의 곰이 앉아 있는 것 같은 거대한 체구. 그러나 몸 전체가
바윗덩이 같은 단단한 근육이었다.

손 하나를 펼치면 무가내의 머리통을 움켜잡을 수 있을 만
큼 컸다.

부리부리한 눈에 커다란 주먹코와 주먹이 하나 통째로 들
어갈 만큼 큰 입.

일견하기에도, 장비를 죽였다는 범강이나 장달처럼 생긴
용맹한 외모였다.

무가내가 말없이 잔혈부를 굽어보고 있는 이유는, 그의 외
모가 마음에 들었기 때문이다.

그리고 외모보다 더 마음에 드는 것은 그의 불꽃처럼 이글
거리는 지독한 눈빛이었다.

이윽고 무가내는 뒷짐을 지고 잔혈부 앞에 우뚝 서며 말문

을 열었다.

"너는 왜 나를 죽이려고 했느냐?"

그가 철검보와 동광방, 혈인부를 모두 전멸시키되 혈인부주를 잡아오라고 한 이유는 혈인부가 사마총혈계 휘하이기 때문이었다.

왜 혈인부가 자신을 죽이려고 한 것인지 그것이 못내 궁금했었다.

잔혈부는 커다란 입을 꾹 다문 채 이글거리는 눈빛으로 무가내를 쏘아보기만 할 뿐 대답하지 않았다.

무가내는 그의 입을 꼭 열게 하고 싶었다.

"사해방의 개가 될 정도로 나를 죽이고 싶었느냐?"

순간 잔혈부의 송충이 같은 짙은 눈썹이 꿈틀 꺾였다.

"너를 죽이러 내가 직접 가지 못한 것이 한스러울 뿐이다! 개수작 말고 어서 죽여라!"

범종을 울리듯 우렁우렁한 목소리였다. 공력을 사용하지 않았는데도 실내가 울릴 정도였다.

저만치에서 귀영미리보를 연습하고 있던 세 여자가 깜짝 놀라서 이쪽을 쳐다보았다.

잔혈부 뒤에 서 있던 요몽은 그의 무례한 태도에 당장에라도 손을 쓸 듯한 표정을 짓고 있었다.

잔혈부는 그 말을 끝으로 질끈 눈을 감아버렸다.

그 이후로 무가내가 몇 마디 더 물었지만 그는 끝까지 입을 열지 않았다.

요몽은 무가내가 잔혈부를 죽일 것이라고 짐작하여 그가 명령을 내리기만 기다렸다.

그러나 무가내의 입에서 전혀 뜻밖의 말이 흘러나왔다.

"혈도를 풀어줘."

"주군……."

요몽은 크게 놀라서 말을 잇지 못하고 무가내를 바라보았다.

잔혈부도 놀라 눈을 뜨고 무가내를 쳐다보았다.

무가내는 요몽이 놀라서 가만히 서 있자 직접 손을 뻗어 세줄기 지풍을 날렸다.

파파팍.

지풍은 잔혈부의 어깨와 목덜미, 턱에 적중되면서 그의 마혈을 풀어주었다.

잔혈부는 튕기듯이 벌떡 일어섰다.

창!

요몽은 그가 무가내를 공격할 것이라고 여겨 즉시 어깨의 검을 뽑았다.

하지만 무가내가 손을 뻗어 멈추라는 무언의 명령을 하자 다음 행동을 취하지는 않았다.

잔혈부는 우뚝 선 채 불타는 듯한 눈빛으로 무가내를 쏘아보았으나 섣불리 공격하지는 않았다.

무가내는 다시 뒷짐을 지고 잔혈부를 쳐다보면서 담담한
어조로 말했다.

　"너는 죽이기에 아까운 놈인 것 같다. 당분간 내 곁에 머물
러라."

　그 말에 잔혈부뿐만 아니라 요몽과 다른 세 여자도 크게 놀
랐다.

　원래 종잡을 수 없는 주군이기는 하지만, 방금 그가 내린
결정은 대체 무슨 속셈인지 아예 짐작조차 하지 못하게 만드
는 것이었다.

　"무슨 수작이냐?"

　잔혈부는 눈썹을 꿈틀거리면서 무가내를 쏘아보다가 비뚤
린 듯한 굵은 목소리를 토해냈다.

　"별다른 뜻은 없다. 너라는 놈을 곁에 두고 지켜보겠다는
것이다. 그러는 동안에 너도 나를 지켜보도록 해라. 내가 진
짜 네 손에 죽어야 할 만큼 나쁜 놈인지 말이다."

　"……."

　이 방에 들어온 이후 잔혈부의 표정이 가장 크게 변했다.

　그때부터 그는 더 이상 무가내에게 적의를 드러내지 않았
다.

　그 대신 돌처럼 굳은 얼굴과 번뜩이는 눈빛으로 무가내를
쏘아보았다.

　무가내는 요몽에게 다시 지시했다.

"요몽 아줌마, 이놈에게 무기를 돌려줘."

"주군······."

요몽은 할 말을 잃다 못해서 아예 자신이 꿈을 꾸고 있는 것이 아닌지 의심이 들 지경이었다.

자신을 죽이겠다고 서슬이 퍼레서 날뛰는 놈을 곁에 두는 것으로도 모자라서 무기까지 주라니, 미치지 않고서야 어찌 그럴 수 있단 말인가?

그러나 주군의 명은 천명(天命)이다.

요몽은 이 상황에서 무가내가 장난을 하는 것이라고는 생각하지 않았다.

그녀는 밖에 나갔다가 잠시 후에 돌아왔다. 그녀는 가지고 온 한 자루 도끼를 묵묵히 잔혈부에게 건네주었다.

잔혈부는 도끼를 두 손으로 쥔 채 굳은 얼굴로 묵묵히 무가내를 주시했다.

그의 별호와 같은 이름을 갖고 있는 성명무기 잔혈부는 보통의 도끼하고는 모양이나 크기가 많이 달랐다.

일단 크기가 보통 도끼보다 세 배 이상 컸다.

그리고 도끼날이나 손잡이가 온통 피 칠을 한 것처럼 붉은 색이었다.

또한 도끼날이 외날이 아니라 양날이었으며, 꼭대기는 칼날처럼 한 뼘 정도 날카롭게 튀어나와 있었다.

그리고 손잡이 부분은 손이 미끄러지지 않도록 올록볼록

요철(凹凸) 모양이었다.

　무게만도 대략 육칠십 근은 나갈 듯했다. 잔혈부 같은 거구에게 어울리는 무기였다.

　무가내는 의자에 앉아서 조용히 지켜보고 있는 은예상에게 다가가 그녀의 손을 잡고 일으켰다.

　"준비됐지?"

　"네."

　은예상은 화사하게 미소 지으며 사운거리는 음성으로 대답했다.

第六十一章
은예상의 원수를 갚다

균현은 원래 삼백오십 명이었던 혈검군의 수를 얼마 전에 오히려 삼백 명으로 줄였다. 소수 정예화하기 위해서다.

혈검군은 도합 삼군이 있으며, 모두 삼절마제의 성명무공으로 무장되었고, 그중 혈검일군(血劍一軍)이 제일 강하다.

균현은 이번 사해방 급습에 혈검삼군 각 군장과 혈검일군 백 명을 선발했다.

구주군은 총 칠백 명으로 구성되었으며, 구주사황의 성명무공을 연마했고, 각 백 명씩 일곱 개의 령, 즉 구주칠령(九州七令)을 보유했다.

구주군장 양신웅은 이번 공격에 구주총령장과 구주칠령까

지 일곱 명의 영장(令長)을 위시해서 구주일령 백 명을 최종 선발했다.

만독신군의 독술 독공, 제령수어법을 익힌 만신군의 수는 무적오군 중에서 가장 적은 이백 명으로, 오십 명씩 만신사대(萬神四隊)로 이루어졌다.

만신군주 오도겸은 수석대주와 만신사대의 각 대주, 그리고 만신일대 오십 명을 선발했다.

그래서 삼군장을 비롯한 이백육십구 명이 자정을 기해 일시에 사해방을 급습했다.

사해방은 두 시진 전에 전멸당한 철검보와 동광방, 혈인부에 대한 소식을 그때까지 듣지 못한 상태였다.

요마삼군단이 세 방파의 고수들을 잔혈부만 남겨놓고 깡그리 죽였기 때문이다.

세 방파의 전멸은 동이 트면 드러나겠지만, 사해방 사람들은 그 소식을 끝내 듣지 못하게 됐다.

자정에서 한 시진이 지난 축시(丑時:새벽 2시), 사해방 천오백여 명은 전멸했다.

사해방 공격의 포문은 제일 먼저 만신군이 열었다.

오도겸 이하 오십오 명의 만신군 고수들은 사해방 요소요소에 열다섯 종류의 독을 풀었다.

약 일각 동안 독이 충분히 퍼지기를 기다린 후 해독약을 복용한 혈검군과 구주군, 만신군 고수들이 사해방 사방에서 일시에 들이닥쳤다.

물론 사전에 사해방 내부에 대해서 철저히 조사하고 분석했기 때문에 그들 이백육십구 명은 소규모로 나누어 각자 맡은 부서를 향해 곧장 공격해 갔다.

최초에 푼 열다섯 종류 독으로 사해방 고수 사백여 명이 중독되어 죽거나 무기력한 상태에 빠졌다.

이후 들이닥친 무적방 삼군의 고수들이 반 시진 만에 오백여 명을 주살했다.

남은 수는 육백여 명.

그런데 거기에서 문제가 발생했다. 남은 육백여 명은 사해방 최정예 고수들이었던 것이다.

무적방 삼군이 그들 육백여 명을 모두 죽일 수는 있겠으나 그렇게 될 때까지는 오랜 시간이 걸릴 터이다.

급습이란 말 그대로 촌각을 다투는 공격이다. 그런데 몇 시진씩 잡아먹는다면 급습을 하는 이유가 사라져 버린다.

또한 오랜 시간이 걸려서 육백여 명을 모두 죽인다고 해도 이쪽 피해 역시 만만치 않을 것이다.

더구나 사해방 고수들은 필사적으로 저항하는 데 반해서, 무적방 삼군은 시간에 쫓기는 바람에 마음이 조급해져서 제대로 공격이 이루어지지 않았다.

잠시가 지났을 때에는 오히려 무적삼군이 포위돼 버리고 마는 사태가 벌어졌다.

여기저기에서 죽는 사람과 부상자가 속출하는 것을 보면서 균현을 비롯한 삼군장은 심장이 터질 것처럼 분노했다.

그 순간 그들의 머릿속에 무가내의 모습이 떠올랐다.

무가내는 이들이 사해방을 공격하겠다고 나섰을 때 신중할 것을 당부했었다.

그런데도 삼군장은 자신들에게 맡겨달라고 고집을 부렸다.

그 결과 이런 상황이 초래된 것이다.

삼군장이 가슴을 치면서 후회하고, 삼군의 고수들이 우왕좌왕하고 있을 때 느닷없이 사방에서 사백여 명에 달하는 고수들이 어둠 속의 그림자처럼 몰려와 사해방 고수들의 배후를 공격하기 시작했다.

그들 사백여 명은 무적방 삼군의 고수들이었다.

균현과 양신웅, 오도겸이 이끄는 삼군의 이백육십구 명이 본진을 출발한 직후, 서둘러 삼군에서 사백여 명이 선발됐으며, 그렇게 급조된 제이진(第二陣)은 제일진이 떠난 지 반 시진 후에 본진을 출발했다.

이진을 선발하고 그들로 하여금 일진을 돕도록 지시한 사람은 무가내였다.

그는 일진만으로 빠른 시간 안에 사해방을 전멸시키는 데에는 좀 무리가 있을 것이라고 판단했다.

그래서 이진을 선발, 사해방으로 보내면서 '지켜보고 있다가 일진이 위급한 상황에 처할 때만 도우라' 고 지시했다.

무가내의 대비책은 제대로 적중했다. 결과적으로 그의 판단이 '사해방 전멸 계획' 을 성공시켰다.

그러면서 순전히 삼군의 능력만으로 사해방을 전멸시켰다는 효과도 얻어냈다.

여하튼, 삼군 일진과 이진은 두 시진 만에 사해방을 전멸시키는 데 성공했다.

무가내의 명령대로 사해방주 사해일신도(四海一神刀) 조광탁(趙匡卓)과 광천패도 조진우 두 사람만 남겨두었다.

그들 두 명은 무적방 삼군 백여 명의 고수들에게 겹겹이 포위된 상태에서 균현과 양신웅을 상대로 싸우고 있었다.

균현은 사해일신도 조광탁과 싸우면서도 시종 여유있는 상황이었다.

예전 같았으면 그는 조광탁의 반수 정도 하수였기 때문에 백 초식 이내에 패했을 것이다.

하지만 지금은 임독양맥이 소통되어 공력이 거의 두 배로 증진되었고, 삼절마제의 절학으로 무장된 상태라서 오히려 조광탁보다 한 수 위의 실력을 지니고 있었기에, 만약 전력을 다한다면 이십 초식 이내에 조광탁을 제압할 수 있을 것이다.

조진우가 강호의 후기지수 중 최고라는 강포십패 중 한 명이지만, 공력이 백사오십 년에 달하고 구주사황의 절학을 두루 겸비한 양신웅의 상대는 되지 못했다.

양신웅 역시 예전 황룡표국의 총표두 시절이었다면 조진우의 오 초식도 버텨내지 못했을 것이다.

조광탁과 조진우 부자는 전력을 다하는데도 좀처럼 열세에서 벗어나지 못하자 극도로 초조해졌다.

더구나 상대가 자신들을 죽이지도 않고 슬슬 데리고 노는 것 같은 기분을 느끼고 수치심 때문에 얼굴이 시뻘겋게 달아올라 있었다.

조광탁은 정협맹 중원삼십육태두 중 일인으로서 지난 이십여 년 동안 호남무림의 절대자로 군림해 왔다.

아니, 흔천대전이 일어나기 십오 년 전부터 호남무림에서 적수를 찾아보질 못했으므로 장장 삼십오 년 동안 절대자의 지위를 누려왔다고 해도 지나친 말이 아니었다.

그러나 조광탁은 자신이 싸우고 있는 상대가 누군지, 사해방을 전멸시킨 고수들이 어떤 세력인지 현재까지도 전혀 모르고 있는 상태였다.

아닌 밤중에 홍두깨라고, 막 잠자리에 들려다가 급습을 당해 이 지경에 처한 것이다.

그러나 조진우는 짐작 가는 바가 전혀 없는 것이 아니었다.

그는 몇 달 전에 은예상을 잡으러 항주성에 갔다가 그녀가 무적방주 혈풍신옥의 여자가 된 것을 목격하고 거의 이성을 잃다시피 했었다.

그는 어떻게 하면 은예상을 납치할 수 있을지 궁리를 거듭하다가 계책 하나를 이끌어냈다.

　그것은 예전 구룡방 휘하에 있던 절강무림 방, 문파들을 규합하여 무적방을 공격하게 하고, 그 틈에 은예상을 납치하는 것이었다.

　그리고 그는 그 계책을 실행에 옮겨 결국 은예상을 납치했다. 그때까지는 그의 계책이 멋들어지게 성공하는 것처럼 보였다.

　그러나 은예상을 겁탈하기 직전에 혈풍신옥의 치밀하면서도 악착같은 추격에 덜미가 잡혀 애꾸가 된 채 구사일생 목숨을 건져 도주했었다.

　천신만고 끝에 사해방에 돌아온 조진우는 그 지경이 돼서도 은예상을 포기하지 않았다. 또한 혈풍신옥에 대한 복수심을 불태웠다.

　무슨 수를 써서라도 혈풍신옥을 죽이고 은예상을 되찾아 오고 싶었다.

　그렇지만 그는 혈풍신옥의 소름 끼치도록 무서운 실력을 직접 생생하게 체험했었다.

　그래서 한편으로는 혈풍신옥이 자신을 죽이러 올지도 모른다는 불안감에 떨기도 했었다.

　지금 그는 사해방을 전멸시키고 자신과 부친을 포위하고 있는 자들이 혈풍신옥의 수하들, 즉 무적방 고수들일지도 모른다는 생각을 하고 있었다.

그리고 그의 그런 불안은 곧 현실로 드러났다.

한창 싸우던 균현과 양신웅이 갑자기 훌쩍 신형을 날려 뒤로 물러났다.

조광탁과 조진우 부자는 포위망 안쪽에 덩그러니 둘만 남게 되었다.

바로 그때 그들의 전면 허공에서 가볍게 옷자락 펄럭이는 소리가 들려왔다.

조광탁 부자가 급히 고개를 들자 허공중에 나란히 선 두 사람이 전면 오 장 높이에서 자신들 쪽으로 비스듬히 다가오고 있는 모습이 보였다.

남자는 준수하기 짝이 없는 소년으로, 일신에는 먹빛 같은 흑의에 겉에는 핏빛 붉은 활수포(闊袖袍:소매가 넓은 웃옷)를 걸쳤으며, 이마에는 천룡이 수놓아진 영웅건을 두르고 있었다.

특히 눈에 띄는 것은 그의 활수포에 수놓아진 그림이었다.

활수표의 앞면에는 새카만 흑표가, 양쪽 어깨에는 각기 푸른 독사와 황금색의 독취(禿鷲:독수리)가 살아서 꿈틀거리듯이 수놓아져 있었다.

여자는 십육칠 세의 소녀이며, 일신에는 눈처럼 흰 비단옷과 치마를 입었는데, 천하에 짝을 찾아볼 수 없을 만큼 아름답고 눈부신 미모의 소유자였다.

두 사람은 바로 무가내와 은예상이었다.

그들은 발은 물론이고 몸을 전혀 움직이지도 않는데 스르르 미끄러지듯이 하강하고 있었다.

다정하게 손을 잡고 봄바람처럼 훈훈한 미소를 머금은 두 사람은 이윽고 조광탁 부자 이 장 앞에 사뿐히 내려섰다.

조금 전에 두 사람을 발견한 조진우는 대경실색을 감추지 못하고 있었다.

그가 두 사람을 보면서 느끼는 감정은 한 가지뿐이었다.

두려움. 아니, 공포였다.

무가내에 대한 원한이나 은예상을 연모하는 마음 따윈 공포심 앞에서 맥을 추지 못하고 깡그리 사라져 버렸다.

균현 등 삼군장 이하 백 명의 삼군 고수들이 무가내와 은예상을 향해 일제히 깊숙이 허리를 굽혀 예를 취했다.

무가내는 가볍게 손을 젓자 모두 허리를 펴고 쥐고 있던 무기를 거두었다.

마침내 은예상은 가문의 철천지원수이며 자신을 겁탈하려고 했던 악적 조진우를 불과 이 장이라는 가까운 거리에서 마주 대하게 되었다.

칠 개월 전, 가문 숭검문이 멸문하던 때의 참혹했던 광경이 그녀의 눈앞에 생생하게 떠올랐다.

비명에 돌아가신 부모님, 살려달라고 처절하게 울부짖던 식솔들의 모습. 더 이상 잔인할 수 없던 사해방 고수들의 모습이 그녀의 눈앞에서 어른거렸다.

조진우에 대한 두려움은 한 올도 없었다. 단지 새파랗게 날 선 칼날 같은 복수심만 있을 뿐이었다.

그것은 그녀의 영원한 정인, 무가내가 곁에 있기에 가능한 일이었다.

조진우는 감히 은예상을 정면으로 쳐다보지도 못한 채 어깨를 움츠리고 고개를 약간 숙인 자세로 힐끔힐끔 두려운 듯 훔쳐볼 따름이었다.

조광탁은 무가내가 출현하면서부터 줄곧 그와 은예상을 주시하고 있는 중이라 아들의 급변한 태도를 발견하지 못한 상태다.

그는 호남무림의 절대자다운 기개를 잃지 않으려고 애쓰면서 돌처럼 굳은 얼굴로 묵직하게 말문을 열었다.

"귀하는 누구기에 본 방을 전멸시키고 노부와 자식을 핍박하는 것이오?"

그는 모든 사람들이 무가내에게 허리를 굽히는 광경을 굳이 보지 않았더라도, 무가내가 이 무리의 우두머리라는 사실을 직감하고 있었다.

지금 무가내의 전신에서는 일파지존, 아니, 일파종사(一派宗師)의 기도가 해일처럼 흘러나오고 있었기 때문이다.

무가내가 대답을 늦추고 있는 사이에 그의 뒤에 최측근 호위대인 요마낭, 자미룡, 냉운월이 늘어섰고, 약간 떨어진 곳에는 잔혈부가 멈추어 장승처럼 허리를 쭉 폈다.

문득, 냉운월은 잔혈부가 조진우를 보고도 표정이 변하지 않을뿐더러 아무런 반응이 없는 것을 간파했다.

그것은 잔혈부가 수하들에게 무가내를 죽이라고 명령한 것이 조진우와는 상관이 없음을 뜻하는 것이기도 했다.

그때 잔혈부의 시선이 한 사람에게 멈추어 있었다.

그의 얼굴에 떠올라 있는 것은 커다란 놀라움이었다.

'설마… 사혼귀존님…….'

오래전, 혈기방장한 청년 시절에 사마총혈계 총단에서 근무한 적이 있었던 잔혈부는 굵직굵직한 거물들을 많이 봤었고, 사혼귀존 균현도 그중 한 명이었다.

그는 무가내와 균현을 번갈아 쳐다보았다. 아무리 봐도 균현이 무가내의 수하인 것이 분명했다.

하지만 그의 머리로는 지금 이 상황이 도무지 이해가 되지 않았다.

어떻게 해서 사도십존의 팔존인 사혼귀존이 무적방주의 수하가 될 수 있단 말인가?

무가내는 조진우를 슬쩍 한번 쳐다본 후 시선을 조광탁에게 던졌다.

이어서 밤 산책이라도 나온 사람처럼 여유있는 어조로 입을 열었다.

"나를 죽이라고 철검보와 동광보, 혈인부의 수하들을 보낸 것이 네가 시킨 짓이냐?"

육십사 세의 조광탁이 존대를 한 것에 반해 무가내는 거침 없이 하대를 했다.

그러나 조광탁은 그런 것에 신경을 쓰지 않았다. 아니, 못했다. 무가내가 말한 내용 때문이었다.

"본 방 휘하의 철검보와 동광보, 그리고 사마총혈계 휘하인 혈인부가 귀하를 죽이려고 한 것이 노부가 지시한 것이냐고 물었소?"

"그렇다."

조광탁은 약간 어이없다는 표정을 지으며 고개를 가로저었다.

"아니오. 무슨 오해가 있는 것 같소."

그러면서 그는 무가내가 필시 오해 때문에 사해방을 공격한 것이라고 생각했다. 그래서 그에게 잘못을 톡톡히 따져야겠다고 별렀다.

그러나 그런 생각은 다음 순간에 깨졌다.

"조진우, 그럼 네놈 혼자 꾸민 짓이냐?"

무가내의 말에 조광탁은 힐끗 자신의 아들을 쳐다보았다. 그 순간 그의 표정이 와락 일그러졌다.

조진우가 고개를 푹 숙인 채 쩔쩔매고 있는 모습을 발견했기 때문이다.

"너……"

무가내에게 잘못을 따져야겠다는 생각이 물거품이 되는

대신, 불길함이 뼛속으로 스며들었다.

"조진우."

무가내가 나직이 불렀다.

조진우는 움찔 몸을 떨더니 조심스럽게 고개를 들어 하나 뿐인 눈으로 무가내를 쳐다보았다.

그의 눈에 떠오른 것은 조금 전보다 더 심해진 공포였다.

"사실대로 말해라."

조진우의 몸이 부들부들 떨렸다. 그는 더 이상 호남무림이 좁다 하고 주름잡던, 그리고 천하무림을 종횡하면서 기고만 장하던 강호십패의 광천패도가 아니었다.

사람이란 죽음에 직면했을 때 자신도 모르고 있던 본연의 성품이 드러나는 법이다.

지금의 조진우가 그러했다.

쿵!

갑자기 그가 무너지듯이 무릎을 꿇더니 땅바닥에 머리를 조아리며 애원조로 입을 열었다.

"사…실대로 말씀드리면 저와 부친을 살려주시겠습니까?"

누구도 예상하지 못했던 행동이었다.

조광탁의 얼굴이 보기 싫게 일그러졌다. 그는 당장 아들의 뒷덜미를 잡아 일으키고 싶었지만 참았다. 그의 입에서 무슨 말이 나오는지 들어보기 위해서다.

무가내는 대답하지 않았다. 그는 벌레와는 거래 같은 것을 하지 않는 성격이다.

조진우는 자신에게 선택의 여지가 없음을 깨달았는지 온몸을 떨면서, 더더욱 비열한 자세를 취하면서 입을 열었다.

"사실은… 망혼광악에게 실력있는 고수들을 빌려달라고 부탁했었습니다."

그 말에 장내에 있던 모든 사람들의 안색이 급변하며 놀라움을 금치 못했다.

한쪽에서 지켜보고 있는 잔혈부의 송충이 눈썹이 역팔자로 꺾였다.

그러나 무가내는 단지 눈살만 가볍게 찌푸렸을 뿐이다.

"그랬더니… 망혼광악이… 혈인부 고수들을 보내주었습니다……. 으으… 그래서 저는 철검보와 동광방에서 선발한 고수들과 함께 당신을 죽이라고 그들을 보낸 것입니다……."

"망혼광악이 어째서 네 부탁을 들어주었느냐?"

무가내는 망혼광악이 총혈계의 두 명의 계주 중 한 명이라는 사실을 알고 있다.

사마총혈계의 후신(後身)이라고 할 수 있는 총혈계가 어째서 조진우의 부탁을 선뜻 들어주었는지 그것이 궁금했다.

"사실 그는……."

"입 다물어라!"

휙!

순간 옆에 서 있던 조광탁이 조진우에게 번개같이 손을 뻗으며 쩌렁하게 외쳤다.

쐐액!

팍!

"흑!"

찰나 고막을 찢을 듯한 파공음과 짧은 격타음, 그리고 답답
한 신음이 거의 한순간에 터졌다.

그리고 조진우를 공격하려던 조광탁의 몸이 허공으로 붕
떠올랐다가 땅바닥에 나뒹굴었다.

"크으……"

그는 왼쪽 어깨를 감싸 쥐고 비틀거리면서 일어섰다. 어깨
를 움켜쥔 손가락 사이로 피가 새어 나왔다.

방금 무가내가 발출한 한줄기 마영신지가 조광탁의 왼쪽
어깨를 관통한 것이다.

"아…버지……"

조진우는 부친을 쳐다보며 얼굴이 일그러졌다.

"계속 말해라."

무가내가 조용히 재촉했다.

잠시 부친을 걱정했던 조진우는 다시 자신의 목숨을 아까
워하는 현실로 돌아왔다.

"망혼광악은… 사실 오래전에 성협냉 사람이 되었습니
다."

무가내는 담담한데 잔혈부의 얼굴이 발로 짓이긴 것처럼

일그러졌다.

그는 조진우와는 관계가 없지만 총혈계의 우두머리인 망혼광악의 명령으로 혈인부의 고수들을 조진우에게 내주었던 것이다.

조진우의 말이 사실이라면, 결국 잔혈부는 조진우의 농간에 놀아난 꼴이 되었다.

균현을 비롯하여 모두들 귀를 의심하는 표정을 지었다. 그러면서 조진우의 말이 사실일 것 같다는 생각을 했다.

"이놈! 입을 다물라 했거늘!"

다시금 조광탁이 조진우 뒤로 다가들며 호통을 쳤다.

쐐액!

픽!

"큭!"

순간 또다시 파공음과 신음이 동시에 터졌다.

조광탁은 이번에는 오른쪽 허벅지를 마영신지에 관통당해 피를 뿜으며 비틀거리다가 그 자리에 풀썩 주저앉았다.

"아버지……."

조진우는 부친을 돌아보며 눈물을 흘렸다. 그는 이제야 이 모든 비극이 자신 때문에 일어난 것이라는 사실을 뼈저리게 실감했다.

"우야, 죽더라도 입을 다물어라……."

조광탁은 자신을 돌아보는 아들을 쳐다보면서 절박한 표

정으로 말했다. 조금 전에는 명령이었지만 지금 것은 애원에 가까웠다.

조광탁은 보기 드문 진짜 정파인이다. 협의와 정의가 무엇인지, 어떻게 하는 것이 무림을 위한 일인지 잘 알고 있는 인물이다.

제이대 정협맹주 북궁연은 대대적인 숙청의 첫 번째로 이십오맹숙과 중원삼십육태두를 없애 버렸다.

그리고 그들 중에 많은 사람들의 존경을 받는 진짜 협의인만을 골라냈다.

그들은 불과 열두 명뿐이었고, 북궁연은 그들을 정협십이성(正俠十二聖)이라 이름을 바꾸고 정협맹의 장로로 삼았다.

조광탁은 정협십이성의 육성, 즉 정협육성(正俠六聖)에 발탁된 인물이다.

지금 무가내가 추궁하고 있는 내용이 밝혀지면 정협맹은 물론, 무림 전체가 큰 혼란을 맞이하게 된다.

그래서 조광탁은 어떻게 해서든지 조진우의 입을 막으려는 것이었다.

"저놈을 심문하면 되겠군. 아무래도 아들놈보다는 많은 것을 알고 있겠지."

그때 무가내가 고개를 끄덕였다.

"진아."

무엇을 어떻게 하라고 명령하지도 않았는데 자미룡은 조

광탁을 향해 쏜살같이 쏘아갔다.

"아버지!"

조진우가 깜짝 놀라서 단말마적으로 외치며 뒤돌아볼 때, 자미룡의 검이 조광탁의 머리를 향해 수직으로 무섭게 그어져 내리고 있었다.

키이잇!

왼팔과 오른쪽 허벅지에 지풍이 관통된 상태지만 조광탁도 만만치 않았다.

그는 재빨리 쥐고 있던 검을 들어 머리 위에 수평으로 눕혀 자미룡의 공격을 막았다.

하지만 두 자루 검은 부딪치지 않았다. 자미룡이 그어 내리던 검을 멈춘 것이다.

슈우—

그 대신 그녀의 왼발 발끝이 들어 올린 조광탁의 오른팔 겨드랑이로 번개같이 파고들었다.

칵!

"크윽……!"

조광탁은 단 일격에 입에서 피를 뿜으며 앞으로 고꾸라져 그대로 혼절했다.

자미룡은 엎어진 조광탁의 뒷덜미를 잡고 질질 끌면서 무가내 뒤로 돌아와 시립했다.

잔혈부는 무가내의 시녀나 노리개처럼 보이는 자미룡이

조광탁을 단 일 초식에 제압하자 적잖이 놀랐다.

그제야 비로소 그는 무가내 뒤의 세 여자가 대단한 고수라는 사실을 깨달았다.

부친까지 제압되어 끌려간 상태에서 조진우는 더욱 절망에 빠졌다.

그렇기 때문에 살기 위해서 더욱 발버둥을 쳤다. 그는 무가내가 묻기도 전에 자신이 알고 있는 사실을 줄줄 실토하기 시작했다.

"제… 제가 알기로는… 망혼광악은 십여 년 전에 전대 정협맹주에게 패해서 그의 수하가 됐다고 합니다. 이후 그는 정협맹을 위해서 많은 일을 했습니다. 제가 알고 있는 것은 그게 전부입니다……."

그는 무가내를 우러러보면서 눈물 콧물을 흘리며 애원했다.

"제발… 저의 어리석은 행동을 용서하십시오……. 저를 거두어주시면 평생 당신의 종이… 아니, 개가 되겠습니다."

무가내가 넌지시 물었다.

"무엇이든 하겠느냐?"

조진우는 한줄기 희망을 발견한 듯 급히 외쳤다.

"무, 물론입니다! 죽으라고 명령하시면 당장 죽을 수도 있습니다!"

무가내는 고개를 끄덕였다.

"오냐, 거두어주마."

조진우는 희색만면하여 침을 튀겼다.

"가, 감사합니다! 이 은혜는 죽어서도 잊지 않겠습니다!"

사해방이 전멸하고 부친의 목숨마저 위태로운 판국에 그는 저 혼자 살았다고 좋아서 어쩔 줄 몰라 했다.

"운월."

이곳에 도착했을 때부터 조진우에게서 시선을 떼지 않고 눈빛을 시퍼렇게 빛내고 있던 냉운월은 무가내의 부름에 즉시 앞으로 나섰다.

조진우는 냉운월이 자신에게 성큼성큼 걸어오자 안색이 급변해서 무가내에게 외쳤다.

"바… 방금 저를 거두어주신다고 하시지 않았습니까?"

무가내는 고개를 끄덕였다.

"그랬지."

"그런데 어째서……."

조진우는 무가내와 냉운월을 번갈아 쳐다보며 얼굴이 복잡하게 변했다.

무가내의 입가에 흐릿한 미소가 걸렸다.

"너에게 첫 번째 명령을 내리겠다."

"하…명하십시오."

무가내의 명령이 구원의 밧줄이라고 여긴 조진우는 이마를 바닥에 대며 공손하려고 애썼다.

"은예상과 냉운월 두 사람에게 죽어라."

"에…엣?"

조진우는 놀라서 번쩍 고개를 쳐들었다.

그리고 자신의 앞에 다리를 벌린 채 우뚝 서 있는 냉운월을 발견하고 얼굴이 사색으로 급변했다.

냉운월의 눈에서 새파란 불길이 뿜어졌다.

"이놈! 나를 기억하고 있으렷다?"

조진우가 은예상의 호위무사였던 냉운월을 모를 리 없다.

"우선 네놈의 양팔을 잘라내어 비명에 죽은 숭검문 식솔들의 원한을 갚겠다!"

스릉.

냉운월이 어깨의 검을 뽑아 들어 올리자 조진우의 안색이 거멓게 변했다.

순간 그의 눈빛이 복잡하게 변했다. 아주 빠른 순간 하나뿐인 그의 눈알이 이리저리 굴러갔다. 그리고 마지막으로 은예상에게 눈길이 멈추었다.

그는 번개같이 몸을 날려 은예상을 급습, 그녀를 미끼로 삼아 탈출해야겠다는 꼼수를 궁리해 낸 것이다.

그것이 가능할지 어떨지는 생각하지도 않았다. 그는 눈에 보이는 것이 없었다.

휘익!

생각이 끝나기도 전에 꿇어앉아 있던 그의 몸이 튕겨지면서 은예상을 향해 바람처럼 쏘아갔다.

쉬아악!

그 순간 새파란 검광 두 줄기가 허공을 갈랐다.

꿍!

"큭······."

쏘아가던 조진우의 몸이 묵직하게 땅에 떨어졌다가 쏘아가던 탄력에 의해 주르르 앞으로 밀려갔다.

그는 어리둥절한 표정으로 눈을 껌뻑거렸다. 은예상에게 쏘아가던 자신이 무엇 때문에 땅에 떨어졌는지 이유를 알 수가 없었던 것이다.

하지만 땅에 떨어질 때의 충격 외에 다른 고통 같은 것은 느껴지지 않았다.

투둑!

그때 엎어진 자세로 뺨을 땅에 대고 있는 그의 옆으로 무엇인가 떨어졌다. 그것은 길쭉한 두 개의 물체인데 많이 낯익은 모습이었다.

"헉······!"

한순간 그는 움찔 몸을 떨면서 헛바람 소리를 냈다.

그의 눈앞에 나뒹굴어 있는 것은 어깨에서부터 깨끗하게 잘라진 두 개의 팔이었고, 바로 그의 어깨에서 떨어져 나간 것이었다.

그는 눈동자를 굴려 자신의 양쪽 어깨를 쳐다보았다. 있어야 할 팔이 그곳에 붙어 있지 않았다. 또한 피가 한 방울도 흐르지 않았다.

얼마나 빠른 쾌검이면 피도 흐르지 않고, 또 잘라졌는지도 모르며 고통조차 느끼지 못하겠는가.

"으으……. 이런 우라질……."

공포심에 물들어 살려달라고 애걸복걸했던 그는 그제야 자신이 소생할 길이 없다는 사실을 깨닫고 얼굴을 힘주어 짠 걸레처럼 일그러뜨렸다.

슥—

그때 냉운월이 그의 뒷덜미를 잡고 일으켜 세웠다.

뒤뚱거리는 조진우는 그녀의 오른손에 검 한 자루가 쥐어져 있는 것을 보고 방금 전에 그의 팔을 자른 것이 냉운월이었다는 사실을 깨달았다.

냉운월은 이글거리는 눈빛으로 조진우를 노려보다가 이윽고 자신의 검을 두 손으로 공손히 은예상에게 내밀었다.

조진우는 초점없는 눈으로 은예상을 쳐다보았다.

은예상은 오른손으로 힘껏 검을 움켜쥐고 조진우에게 한 걸음 다가섰다.

조진우는 더 이상 비굴하게 행동하지 않았다. 그 대신 태도가 돌변하여 악에 받쳐서 은예상에게 소리쳤다.

"크흐흐……. 이년아! 지난번에 내 양물이 네년 엉덩이 사이를 비집고 들어갔을 때 기분이 좋지 않았느냐?'

은예상의 얼굴이 하얗게 질렸다. 한순간이라도 떠올리고 싶지 않은 그 기억이 떠올랐다.

또한 조진우의 음경이 자신의 엉덩이에 닿아 있는 듯한 소름 끼치는 느낌을 받았다.

그녀가 충격을 받은 듯하자 조진우는 더 의기양양해서 주절거렸다.

"케헤헷! 자고로 여자는 다른 남자에게 알몸을 보이기만 해도 지아비로 섬겨야 한다는데, 내 양물이 네년의 옥문에 닿기까지 했으니 너는 내 여자가 분명하다! 크헤헤. 그런데도 너는 남편이 죽는 것을 보고만 있을 테냐?"

은예상은 분노와 충격 때문에 몸을 바들바들 떨면서 두 눈에 눈물이 가득 고였다.

그런 사실을 처음 알게 된 냉운월과 요마낭, 자미룡 등은 놀라는 표정으로 은예상을 바라보았다.

조진우는 한술 더 떠서 이번에는 무가내에게 이죽거렸다.

"푸헤헤헷! 이놈아! 너도 그때 똑똑히 봤었지? 내 양물이 이년의 엉덩이 사이를 비집고 들어가는 것 말이다! 내 계집을 데리고 있으니 기분이 좋으냐? 푸핫핫핫!"

그는 기고만장해서 침을 튀기며 떠들어댔다.

은예상은 무가내에게 죄스러운 마음이 들어 죽고만 싶은 심정이었다.

"응, 봤었지."

그런데 그때 무가내가 고개를 끄덕이며 태연히 대꾸했다.

모두의 시선이 그에게 집중됐다.

무가내는 흐릿한 미소를 지으며 입을 열었다.

"밥숟가락을 아무리 입에 갖다 대어도 먹지 않으면 배가 부르지 않는 법이다."

조진우의 안색이 움찔 변했다.

무가내는 싱글벙글 웃으면서 은예상을 턱으로 가리키며 말을 이었다.

"하하하! 너는 밥숟가락을 입에 갖다 대기만 했지. 그러나 난 밥 많이 먹었다. 상아는 정말 최고의 여자다."

과연 그다운 비유다. 사람들은 속이 다 후련하다는 표정을 지었다.

은예상은 무가내의 말에 부끄러우면서도 그가 더없이 든 든하게 여겨졌다.

"나… 나는… 이년의 음부도 만졌다……. 그리고… 컥!"

조진우는 얼굴이 시뻘게져서 항의하듯 떠들다가 갑자기 답답한 신음을 터뜨렸다.

그는 눈을 부릅뜨고 자신의 가슴을 내려다보았다. 왼쪽 가슴, 즉 심장을 깊숙이 쑤시고 들어온 한 자루 반짝이는 푸른 검이 보였다.

심장에서 스미어 나온 한줄기 가느다란 피가 또르르 검신을 타고 흐르는 것이 똑똑하게 보였다.

그의 하나뿐인 눈동자가 검신을 따라 검을 쥐고 있는 사람의 얼굴로 느릿하게 흘렀다.

그의 시선이 멈춘 곳에는 입술을 꼭 깨물고 차디찬 표정을 지은 은예상이 서 있었다.

"너……."

은예상은 검을 뽑으며 싸늘하게 말했다.

"저승에 가서 부모님께 용서를 비세요."

말이 끝남과 동시에 그녀는 검을 머리 위로 치켜들었다가 비스듬히 그어 내렸다.

쉬이익!

굳이 그럴 필요는 없었지만, 그녀는 요즘 무가내에게 배우고 있는 검법 참마인을 발휘하여 조진우의 목을 베어갔다.

팍!

많이 엉성한 동작에 비해서 검은 정확하게 조진우의 목을 비스듬히 잘랐다.

푸악!

머리를 잃은 조진우의 목에서 작은 폭발을 일으키듯 핏물이 분수처럼 뿜어졌다.

은예상은 피가 쏟아지는 것을 속눈썹을 가늘게 떨면서 바라보며 그 자리에 서 있었다.

자신이 처음으로 사람을 죽였다는 것. 그 사람이 바로 원수라는 사실. 그리고 마침내 원수를 갚았다는 것 등의 여러 가지 복잡한 감정이 가슴속에서 교차했다.

슥—

그때 뒤에서 무가내가 그녀의 허리를 안고 뒤로 가볍게 끌어당기는 바람에 그녀는 그의 품에 안기는 자세가 되었다.

그 덕분에 그녀는 조진우의 피를 뒤집어쓰는 것을 모면할 수 있었다.

조진우는 비틀비틀 몇 걸음 걷다가 쓰러졌다. 그의 머리는 몸에서 대여섯 걸음 떨어진 곳에 나뒹굴어 있었다.

은예상은 무가내 품에 안겨 눈물을 흘리며 속삭였다.

"사랑해요."

第六十二章
폭풍전야(暴風前夜)

"주군, 벌을 내려주십시오."

태가루 태가일선당 바닥에 균현과 양신웅, 오도겸이 나란히 무릎을 꿇고 고개를 조아린 자세에서 합창하듯 읊조렸다.

그들의 목소리에는 자책과 비감이 가득 배어 있었다.

사해방을 전멸시키는 데에는 성공했지만, 그 싸움에서 혈검군이 십이 명, 구주군이 이십오 명, 만신군이 일곱 명, 도합 사십사 명을 잃었고 그보다 많은 수가 부상을 당했다.

지금 삼군장은 그것에 대해서 무가내에게 벌을 청하고 있는 것이었다.

그렇지만 창 앞에 서서 뒷짐을 지고 어둠에 잠긴 동정호를 굽어보고 있는 무가내는 아무 말도 하지 않았다.

그는 무적방 수하들을 형제며 가족이라고 여긴다. 그런데 가족을 사십사 명이나 잃은 것이다.

평소처럼 웃으면서 넘기기가 어려웠다. 웃음이 나오지 않았다. 가족을 잃고 웃는 사람이 어디에 있겠는가.

싸움에는 늘 죽는 사람이 나오게 마련이다. 그것을 모르지 않는 무가내다.

하지만 이번 싸움은 달랐다.

십 명 남짓 죽어도 가슴이 아플 텐데 그것의 네 배에 달하는 사망자가 나왔다.

삼군장은 무가내가 평소에 수하들을 어떻게 생각하는지 잘 알기 때문에 더욱 몸둘 바를 몰라 했다.

자신들의 고집 때문에 삼십여 명이 더 죽은 것이다. 그 잘못은 어떤 벌로도 씻을 수 없었다. 한 번 죽은 수하들은 다시 살아서 돌아오지 않는다.

삼군장은 침묵이 길어질수록 마음이 더욱 무거워졌다.

실내에는 무가내와 은예상, 삼군장, 그리고 한쪽 벽 앞에 우두커니 서 있는 잔혈부까지 여섯 명뿐이었다.

무가내는 잔혈부를 곁에 둔다는 말을 충실하게 이행하고 있었다.

지금처럼 중요하고 또 드러내고 싶지 않은 자리라고 해서 잔혈부를 배제하지 않았다.

"풍 랑."

그때 무가내 뒤에 서 있던 은예상이 조심스럽게 무가내를 부르며 침묵을 깼다.

그래도 무가내는 움직이지 않았다. 이번 싸움에서 수하들이 몇 명 죽었는지 알고 나서부터 그는 계속 어두운 표정으로 침묵을 지키고 있는 중이었다.

사르락.

은예상은 긴 치마를 끌고 사붓사붓 걸어가 무가내 곁에 다소곳이 섰다.

그리고 그의 시선이 고정되어 있는 동정호를 같이 바라보며 청아한 목소리로 입을 열었다.

"풍 랑께서 얼마나 마음이 아픈지 알아요."

그녀의 사근거리는 목소리는 고즈넉이 실내를 흔들었다.

"그러나 이미 벌어진 일은 돌이킬 수가 없어요. 그러므로 그 일을 거울삼아서 다시는 그런 일이 일어나지 않도록 하는 것이 현명해요."

그녀는 여필종부(女必從夫), 사내의 일에 일체 나서지 않는 사람이다.

하지만 지금 이 일은 이대로 내버려 둬서 안 되겠다고 판단을 했다.

이것이 앙금이 되면 무가내는 매사에 필요 이상으로 조심을 하게 될 것이고, 삼군장은 크게 위축되어 제 할 일을 제대로 못하게 될 터이다.

그것은 곧 천하대계라는 거대한 마차가 길을 가던 중에 바퀴가 빠져서 주저앉는 것을 의미한다.

그래서 그런 사태가 벌어지는 것만은 막으려고 은예상이 나선 것이다.

은예상은 구구하게 길게 말하지 않았다. 그녀는 누구보다 무가내를 잘 알기 때문에 그 정도 말로도 충분히 이해할 것이라고 생각했다.

무가내에게 필요한 것은 깨달음을 이끌어내는 연결 고리이기 때문이다.

그는 시선을 호수에 고정시킨 채 방금 전에 은예상이 한 말을 곰곰이 반추하듯 생각해 보았다.

그렇다. 이미 지나간 일이다. 이제 와서 왈가왈부한들 죽은 수하들이 다시 살아서 돌아오지 않는다.

중요한 것은, 이후 이런 일이 두 번 다시 일어나지 않도록 만드는 것이었다.

그렇게 결론을 내린 무가내는 이윽고 천천히 돌아서서 균현과 양신웅, 오도겸을 굽어보았다.

그러면서 그는 또 한 가지를 깨달았다. 직속 수하를 잃은 삼군장이 더 상심하고 있을 것이라는 사실이다.

그러므로 구구하게 이래라저래라 주의나 벌을 주는 것은 불필요한 일이다.

"일어나라."

무가내가 나직하게 말했지만 삼군장은 꼼짝도 하지 않았다.

벌을 받기 전에는 일어나지 않겠다는 의지였다.

사륵.

은예상이 긴 치마를 끌면서 균현에게 다가가 그 앞에 무릎을 꿇고 그의 어깨에 손을 얹었다.

"풍 랑께서 현명하게 생각하신 것처럼 균 연숙도 자신의 감정을 접고 이 상황을 현명하게 대처하세요."

균현의 몸이 가볍게 움찔 떨리는 것이 은예상의 손을 타고 전해졌다.

그는 고개를 들고 은예상을 쳐다보았다.

은예상은 부드러운 미소를 머금고 있었다.

균현은 그녀가 무가내의 여자라는 것과 그녀가 무가내 곁에 있어주어서 정말 다행이라는 생각을 다시 한 번 했다.

그는 그 자세에서 은예상을 향해 공손히 고개를 숙였다. 그녀에게 보내는 존경의 표시였다.

은예상이 일어서자 균현도 따라 일어섰고, 양신웅과 오도겸도 일어섰다.

무가내의 성격상 지금 이 순간부터 사해방에서 있었던 불미스러운 일은 두 번 다시 입에 올리지 않을 것이다.

그리고 그 사실을 삼군장은 알고 있었다.

그 광경을 지켜보고 있던 잔혈부는 문득 무가내와 은예상, 삼군장 모두가 멋진 사람들이라는 생각이 들었다.

무가내는 자신 앞에 늘어선 삼군장을 천천히 쓸어보며 말문을 열었다.

"내일 동이 트면 정협맹으로 간다."

그 말에 삼군장은 바짝 긴장했다.

또 한 사람, 잔혈부의 얼굴에도 언뜻 가벼운 놀라움이 떠올랐다.

당금 무림에서 무적방주인 혈풍신옥만큼 유명한 인물은 단연코 한 명도 없다.

사실상 정협맹이 다스리고 있는 무림에서 혈풍신옥은 가장 짧은 시간에 가장 많은 사람을 죽인 것으로도 유명하다.

더구나 그가 죽인 인물들 중에는 정협맹의 핵심이라고 할 수 있는 이십오맹숙과 중원삼십육태두가 네 명이나 있다.

현재 제압한 상태인 사해일신도 조광탁까지 치면 도합 다섯 명이다.

정협맹이 창설된 후 지난 이십여 년 동안 이십오맹숙과 중원삼십육태두 중에서 누군가에게 죽임을 당한 사람은 한 명도 없었다.

그런 그들이 불과 반년 사이에 네 명이나 죽었고 한 명이 제압되어 있다. 그것도 한 사람에게 말이다.

더구나 무가내가 이끄는 무적방은 항주 구룡방과 안휘 장

천방에 이어 악양의 사해방까지 정협맹의 지부를 세 곳이나 괴멸시켰다.

아무리 정협맹주가 바뀌고 사마총혈계에 대한 태도가 변했다고는 하지만, 당금 무림의 대살성(大殺星)이며 풍운아(風雲兒)로 떠오른 혈풍신옥까지 용서하지는 못할 것이다.

그런데 바로 폭풍의 눈인 혈풍신옥이 제 발로 정협맹 총단으로 찾아가겠다고 말한 것이다.

잔혈부는 복잡한 표정으로 무가내를 주시했다.

사실 그가 조진우에게 수하들을 내준 것은 망혼광악의 명령 때문이었다.

망혼광악은 잔혈부에게 '사독요마의 고수들을 꾀어 사마총혈계를 혼란에 빠뜨리고 있는 혈풍신옥을 죽여야 한다' 라고 말했었고, 그래서 잔혈부는 흔쾌히 그의 명령에 따랐다.

그러나 이제 보니 조진우는 순전히 사리사욕 때문에 혈풍신옥을 죽이려 했고, 잔혈부는 뭣도 모른 채 그에게 금쪽같은 수하들을 내줘서 모두 죽게 만든 꼴이 돼버렸다.

더구나 조진우의 말대로라면 망혼광악은 오래전부터 정협맹의 앞잡이 짓을 해온 사독요마의 배신자다.

그런데 배신자에게 속아서 죽이려고 했던 혈풍신옥이 오히려 잔혈부에게 아량을 베풀고 있는 것이었다.

무가내를 주시하는 잔혈부의 눈빛과 표정이 점점 더 복잡하게 변해갔다.

균현과 양신웅, 오도겸은 무가내가 항주성 무적방을 출발하기 전에 했던 말을 아직도 기억하고 있다.

"하하하! 오는 것이 있으면 가는 것도 있어야지! 안 그래?"

오는 것이란, 적멸가인과 은비전검이 정협맹 토벌대 오천 명을 이끌고 무적방을 공격하려고 했던 것이다.

그렇다면 가는 것이란 당연히 그에 상응하는 보복이 아니겠는가?

과연 무가내가 어떤 식으로 정협맹 총단에 보복을 할 것인지, 삼군장은 너무 긴장해서 근육이 딱딱하게 굳어지는 것을 느낄 정도였다.

무가내는 항주성 무적방을 출발할 때 최종 목적지를 정협맹 총단으로 잡았었다.

하지만 그것이 막상 눈앞의 현실로 드러나자 긴장을 감출 수가 없는 삼군장이었다.

균현은 한 가지가 자꾸 마음에 걸렸다. 그것 때문에 불안한 생각이 들었다.

무가내는 둥근 탁자 쪽으로 걸어갔다.

"앉아서 얘기하자."

그들이 자리에 앉을 때 때마침 설란요백과 요마낭, 자미룡, 냉운월이 실내로 들어섰다.

그들은 들어서면서 무가내에게 예를 취하기 바빠 한쪽 벽 앞에 서 있는 잔혈부에게 눈길조차 주지 않았다.

그러나 잔혈부는 들어선 사람 중에서 설란요백을 발견하고 대경실색을 금치 못했다. 너무 놀라서 하마터면 입 밖으로 비명을 지를 뻔했다.

'틀…림없는 요계이화 설란요백님이시다!'

대마종과 사대종사, 사독요마사십인의 진면목에 대해서만큼은 누구보다 잘 알고 있는 잔혈부다. 그런 그가 설란요백을 알아보지 못할 리가 없었다.

눈을 비비고 다시 봐도 설란요백이 분명했다.

설란요백은 의자에 앉기 전에 실내를 슬쩍 둘러보다가 잔혈부를 발견했다.

잔혈부는 온몸의 피가 얼어붙는 듯한 충격을 받고 몸이 뻣뻣해졌다.

즉시 그녀를 향해 무릎을 꿇고 머리를 조아려야 하는데 몸이 말을 듣지 않았다.

사혼귀존을 봤을 때에도 예를 취하지 않았었다. 아니, 기회가 없어서 그러지 못했다.

그때 설란요백의 시선이 잔혈부의 얼굴에 잠깐 머물렀다가 거두어지고 자리에 앉았다.

하지만 잔혈부는 그때부터 오랫동안 경직된 상태로 설란요백에게서 시선을 떼지 못했다.

탁자에는 무가내와 은예상이 나란히, 그리고 사군장이 둘러앉았으며, 호위대 세 여자는 무가내 뒤에 늘어섰다.

무가내와 사군장은 반 시진이 지날 때까지도 상의를 계속하고 있었다.

그때 방문이 열리고 요몽이 급히 들어서는데, 긴장된 표정이 역력했다.

그녀는 탁자 가까이 다가와 무가내에게 공손히 보고했다.

"주군, 두 가지 보고가 있습니다. 총혈계의 구유마혈이 사독요마 고수들을 대거 이끌고 조금 전에 악양 외곽 지역에 도착했습니다."

그 말에 무가내와 은예상, 균현을 제외한 다른 사람들의 안색이 가볍게 변했다.

총혈계의 계주인 구유마혈이 사독요마 고수들을 이끌고 이곳에 올 이유가 없었기 때문이다.

그러나 그들은 무가내와 은예상, 균현이 동요하지 않는 것을 보고 그 일이 무가내와 연관이 있음을 짐작했다.

'결국 그가 왔군.'

다만 균현의 마음이 여태까지보다 조금 더 무거워졌을 뿐이었다.

그는 불안이 한 걸음 더 바짝 다가온 것을 직감했다. 그 불안을 갖고 온 것은 구유마혈이다.

얼마 전, 무가내는 구유마혈을 처음 만나 그를 굴복시키고

수하로 받아들인 자리에서 그에게 사독요마 고수들을 이끌고
악양으로 오라고 지시했었다.

그리고 그 사실은 그 자리에 함께 있던 은예상과 균현만 알
고 있었다.

무가내가 무엇 때문에 구유마혈에게 그런 명령을 했는지
균현은 어렴풋이 짐작하고 있었다.

그래서 그 짐작이 현실이 될까 봐 불안해하고 있는 것이었
다.

무가내는 요몽에게 가볍게 고개를 끄덕였다. 두 번째 보고
를 하라는 뜻이었다.

"무적방을 공격하러 갔던 정협맹 토벌대가 악양으로 돌아
오고 있습니다."

이번에는 무가내를 제외한 모든 사람들의 표정이 변했다.

무가내가 놀라지 않은 것은 그 사실을 미리 알고 있어서가
아니라 워낙 강심장이기 때문이었다.

무적방이 텅 비었다는 사실을 확인한 토벌대가 정협맹으
로 되돌아올 것이라고 예측은 했지만 이렇게 빨리 이동할 줄
은 몰랐었다.

제대로 허를 찔리고 만 것이다.

그동안 무적방의 정보 수집 능력은 요마군이 부랴부랴 휘
하로 거둔 하오문 금오문에게 전적으로 의존하고 있었다.

그러다가 엿새 전 무창에서 선화루의 정보 조직을 요마군

휘하에 두게 되어 그때부터 제대로 된 정보를 다룰 수 있게 되었다.

무적방의 귀와 눈이 가려져 있는 사이에 토벌대는 이미 무가내의 턱밑까지 들이닥쳐 있는 것이다.

무가내가 아무 말이 없자 균현이 요몽에게 물었다.

"토벌대에 대해서 자세히 설명해 보게."

"적멸가인과 은비전검이 이끄는 정협맹 총단 휘하의 고수 오백 명이 악양 동쪽 오십여 리에서 오고 있어요."

무가내는 즉시 물었다.

"그들 오백 명은 누구지?"

"정협맹 총단 십부 휘하의 정영고수 구십 명이고 사백십 명은 팔전의 정협고수예요."

정협맹 총단의 최정예가 정영고수고 정예가 정협고수다.

다시 말해서 지금 오고 있는 오백 명은 일당백의 정예 고수들로만 구성됐다는 뜻이다.

처음에 무적방 토벌대는 오천 명으로 이루어졌었다.

정협맹 총단에서 선발된 오백 명과 그들이 항주성 무적방까지 가는 도중에 중원삼십육태두의 방, 문파에서 선발한 고수 사천오백 명이 그들이다.

악양으로 돌아오는 것이 오백 명이라면, 사천오백 명은 되돌아오는 길에 각자의 방, 문파로 복귀했다는 뜻이다.

그러나 자신들의 방, 문파로 복귀한 사천오백 명보다 정협맹 총단으로 돌아오고 있는 오백 명이 훨씬 더 강하다는 것은 두말할 필요도 없는 사실이었다.

무가내는 의아한 표정을 지으며 요몽에게 물었다.

"오백 명이나 되는 수가 어째서 요마군 이목을 피할 수 있었던 거지?"

요몽은 황망한 표정으로 허리를 고개를 숙였다.

"죄송합니다. 어찌 된 일인지 느닷없이 오백 명이 모습을 드러냈습니다."

설란요백이 자신의 생각을 말했다.

"아마 놈들은 최소 단위, 그러니까 열 명 이하씩 쪼개서 은밀하게 이동한 것 같군요."

균현은 고개를 끄덕였다.

"그런 것 같습니다."

설란요백의 지적이 정확할 것이다. 그렇지 않고는 요마군의 섬세한 더듬이에 걸려들지 않을 리가 없었다.

선화루의 정보 조직이 요마군 휘하에 들어간 기간이 불과 엿새뿐이라고는 하지만, 그 정도면 충분히 제 기능을 발휘하고도 남을 시간이다.

균현과 설란요백의 안색이 어두워졌다. 그들은 거의 동시에 한 가지 사실을 직감했다.

정협맹 총단 휘하 오백 고수가 최소 단위로 쪼개서 악양으로 이동했을 것이라는 정보가 암시하는 또 다른 가능성 때문이었다.

항주성의 무적방이 텅 비어 있는 것을 확인한 토벌대가 제일 먼저 한 일은 아마도 무적방의 흔적을 찾아 추적하는 일이었을 것이다.

항주성을 출발한 무적방은 최대한 흔적을 남기지 않으려고 애썼고, 또 소규모로 이동을 했다. 그래서 토벌대에게 발각되지 않았을 것이라고 자신했었다.

그렇지만 토벌대가 보여준 행동은 정협맹 총단으로 철수하는 것이라고 보기가 어렵다.

그들은 무적방의 흔적을 발견한 것이 분명했다. 그래서 최소 단위로 쪼개서 은밀하게 악양으로 온 것이다.

악양에 정협맹 총단이 있기 때문이 아니라, 무적방이 있기 때문이다.

양신웅과 오도겸, 그리고 호위대의 세 여자는 아직 거기까지는 생각하지 못한 듯했다.

균현과 설란요백은 무가내를 쳐다보았다.

그는 탁자에 팔꿈치를 대고 주먹으로 관자놀이를 받친 자세로 생각에 골몰해 있었다. 근래 들어서 그는 자주 그런 모습을 보이고 있었다.

균현과 설란요백은 자신들이 생각해 낸 것을 무가내는 아직 생각하지 못했을 것이라고 짐작했다.

그때 무가내가 그 자세 그대로 요몽에게 지시했다.

"요몽 아줌마, 구유마혈을 데려와."

"명을 받듭니다."

설란요백을 보면서 놀라움이 미처 가시지 않고 있는 잔혈부의 얼굴에 새로운 놀라움이 겹쳐졌다.

'구유마혈을 데려오라니…….'

그는 설마 구유마혈이 악양에 온 것이 무가내의 명령이 아니었을까 하고 추측해 봤다.

그렇다면 구유마혈 역시 무가내의 수하라는 얘기가 된다.

잔혈부의 머릿속이 흙탕물처럼 마구 헝클어졌다.

요몽이 나가고 난 후에도 무가내는 계속 생각에 잠겼고, 침묵은 길어지고 있었다.

동이 틀 때쯤이면 무적방은, 아니, 무가내는 정협맹 총단으로 갈 것이다.

그곳에 가지 않을 생각이었다면 항주성에서 악양까지 머나먼 길을 힘들여서 오지도 않았을 것이다.

그러나 정협맹 총단에 가는 목적이 무엇인지는 오직 무가내만이 알고 있을 뿐이다. 그는 그것에 대해서 지금껏 아무런 말도 하지 않았다.

동틀 녘까지 이제 불과 한 시진 반 남짓 남았다.

무가내와 은예상을 제외한 모두의 마음속에 한 가지 생각이 가득 들어차 있었다.

정협맹 총단을 공격할지도 모른다, 라는 조심스러운 가능성이었다.

무가내는 결코 유람이나 하려고 정협맹 총단에 가는 것이
아닐 터이다.

지금 무가내의 얼굴은 평소와는 사뭇 다른, 몹시 진지하고
엄숙한 표정이었다.

그 표정이 그가 정협맹 총단을 공격할지도 모른다는 모두
의 추측을 더욱 짙게 만들고 있었다.

그런데 지금처럼 중요한 상황에 적멸가인과 은비전검이
이끄는 정협맹 정예 고수 오백 명이 악양으로 돌아오고 있다
는 것이다.

군산 정협맹 총단에는 최정예인 정영고수 이천칠백 명과
그 아래인 정협고수 팔천 명이 상주하고 있다.

그들의 무위는 구구한 설명이 필요하지 않을 정도로 막강
하다고 정평이 나 있다.

만 칠백 명의 최강 고수들을 거느리고 있는 정협맹은 그래
서 천하 최강으로 군림하고 있는 것이다.

지난 이십여 년 동안 그 어떤 세력도 정협맹 총단을 당해내
지 못하고, 꺾을 엄두조차 내지 못했었다.

한마디로 정협맹 총단은 '무소불위(無所不爲)'인 것이다.

"만신군장."

그때 무가내가 나직이 입을 열었다.

긴장된 얼굴로 그를 빤히 주시하고 있던 오도겸이 즉시 고

개를 숙였다.

"하명하십시오."

무가내는 여전히 주먹을 관자놀이에 댄 채 고개를 기우뚱한 자세로 지시했다.

"이곳으로 오고 있다는 정협맹 놈들 오백 명을 모조리 독살시켜야겠다."

오도겸은 물론 모두 안색이 급변했다.

방금 무가내의 말은 사실상 정협맹에 대한 선전포고나 다름이 없었다.

정협맹 총단에 대한 공격의 시작을 이곳으로 오고 있는 적멸가인과 은비전검 이하 오백 명을 독살시키는 것으로 삼겠다는 것이다.

모두가 짐작하던 것이 마침내 현실로 드러났다.

이제는 전쟁이다.

잔혈부는 바보가 아니다. 그는 비로소 무적방이, 아니, 무가내가 정협맹을 상대로 전쟁을 벌이려고 한다는 사실을 깨닫게 되었다.

왠지 모르게 입 안이 바짝 말랐고 심장이 큰 소리를 내며 쿵쿵 뛰기 시작했다.

사독요마가 정협맹의 심장부를 공격한다. 그것은 상상하는 것만으로도 흥분이 되는 일이 아닌가.

'혈풍신옥! 진짜 거물이다……!'

잔혈부는 자신도 모르게 후드득 몸을 떨었다.

오백 명을 모두 독살시키라는 명령을 직접 받은 오도겸은 난감한 표정을 지었다.

독살시키는 것은 좋은데 대체 어떤 방법으로 독살시키라는 것인지 알아듣지 못했다. 그는 조심스럽게 입을 열었다.

"어떻게… 독살합니까?"

그렇게 물으면서 그는 자신이 몹시 무능하다고 생각했다.

이윽고 무가내는 관자놀이에서 주먹을 떼고 자세를 바로 하며 설란요백을 쳐다보았다.

"놈들이 악양 동쪽 오십 리까지 와 있다고 했지?"

"그렇습니다."

"그렇다면 여기까지 오는 데 얼마나 걸릴 것 같은가?"

설란요백은 잠시 계산하고 나서 대답했다.

"밤새 쉬지 않고 온다면 오늘 늦은 오전 무렵일 것 같군요."

무가내는 가볍게 고개를 가로저었다.

"그렇지 않아. 놈들은 밤에는 쉴 거야."

악양에 무적방이 들어와 있다는 것을 알면서도 어떻게 쉴 수 있겠는가?

촌각이 급한 그 상황에서 그 누구라도 밤을 새워 전력으로 달려올 것이다. 그런데도 무가내는 그들이 밤에는 쉴 것이라고 말한다.

"놈들은 편안하게 쉬려고 집에 돌아오는 것이 아냐. 우리하고 한판 붙으려고 오는 거지."

"아! 그렇군요!"

설란요백이 나직이 탄성을 터뜨렸다. 아직 아무도 무가내의 심중을 모르고 있는데 유독 그녀만이 알아차렸다.

무림인이든 군사든 싸우기 전에 가장 필요한 것은 뭐니 뭐니 해도 충분한 휴식이다.

정협맹 오백 고수가 밤을 새워 악양으로 달려온다면 피로가 누적될 것이고, 그 상태에서는 무적방을 맞이해서 제대로 싸우지 못할 터이다.

무가내는 그 점을 간파한 것이다.

무슨 뜻인지 잘 모르고 있는 중인은 궁금한 표정을 짓고 있었지만 설란요백은 그들에게 설명해 줄 여유가 없었다.

"그들이 밤에 충분히 쉬고 동틀 녘에 출발을 한다고 가정을 하면… 오늘 미시(未時:오후 2시)나 곤시(坤時:오후 3시)쯤 악양에 도착하겠군요."

무가내는 고개를 끄덕였다.

"그럼 됐어."

그는 오도겸을 똑바로 쳐다보며 설명했다.

"놈들도 사람이니까 이동하는 중에 물을 마시고 밥도 먹을 거야. 그때를 노리면 독살할 수 있다."

"아……."

오도겸은 미약한 신음 같은 소리를 흘려냈다. 뭔가 알 것 같은 느낌이 들었다.

"놈들의 우두머리는 자신의 수하들을 굶겨서 싸움터에 내보내지는 않을 거야. 든든하게 먹이겠지."

그렇다면 그들은 아침과 점심, 최소한 두 끼를 먹는다는 얘기가 된다.

"요백 할매가 좀 도와주도록 해."

"알겠습니다."

무가내의 말에 설란요백은 무슨 뜻인지 즉시 알아차리고 고개를 숙였다.

고개를 들면서 그녀는 새삼스러운 시선으로 무가내를 조심스럽게 바라보았다.

강호에서 반백 년 동안 산전수전 두루 겪은 설란요백을 능가하는 두뇌를 지닌 주군이다.

'우리 주군의 능력은 이 정도구나' 라고 생각하고 있으면, 다음날 무가내의 또 다른 능력이 나타나기 일쑤였다.

일신우일신(日新又日新). 하루가 다르게 발전하고 있는 무가내였다.

"뭘 봐? 바쁘지 않아?"

"아, 아닙니다. 아! 네, 바쁩니다."

구미호를 찜쪄먹는다는 설란요백이 무가내를 빤히 응시하다가 허둥지둥 당황했다.

그녀는 방문 쪽으로 서둘러 걸어가면서 오도겸에게 말했다.

"따라오게. 자넬 도와줄 수하들을 내주겠네."

오도겸은 무슨 영문인지도 모른 채 부리나케 설란요백의 뒤를 따라갔다.

요마군 휘하인 선화루는 호남성 일대의 기루와 주루, 그리고 여러 방면의 점포들에 대단한 영향력을 지니고 있었다.

적멸가인이 이끄는 정협맹 오백 고수들이 어디에서든 식사를 하게 될 경우, 선화루가 손을 쓰고 만신군이 독을 푼다면 그들을 전멸시키는 일이 그리 어렵지는 않을 것이다.

무가내가 두 사람의 등 뒤에 대고 말했다.

"만신군장, 많이 데리고 갈 필요는 없다. 열 명 정도만 데려가라. 그리고 자네가 돌아올 때까지 만신군은 내가 맡고 있도록 하겠다."

두 사람이 나가고 나서 얼마 지나지 않아 요몽이 구유마혈을 데리고 실내로 들어왔다.

"주군! 그동안 강녕하셨습니까?"

구유마혈은 실내로 들어서자마자 입구 근처에서 무가내를 향해 부복하고 이마를 바닥에 밀착시켰다. 마치 신하가 황제를 알현하는 듯한 행동이었다.

무가내는 가볍게 고개를 끄덕였다.

"이리 와서 앉게."

구유마혈은 발자국 소리라도 날까 봐 조심조심 걸어서 균현 옆 의자에 살짝 엉덩이를 붙이고 앉았다.

그 광경을 보고 있는 잔혈부는 머리가 어떻게 될 것처럼 혼란스러운 표정을 지었다.

아까 무가내가 요몽에게 구유마혈을 데리고 오라고 지시하는 말을 들었을 때에는 설마하는 마음이 들었다. 그런데 정말 구유마혈이 온 것이다.

더구나 그 역시도 사혼귀존이나 설란요백처럼 무가내를 주군으로 모시고 있는 것이 분명해 보였다.

사혼귀존에 이어 설란요백, 이제는 구유마혈까지······.

잔혈부는 놀라는 표정을 감추려고도 하지 않고 무가내를 쳐다보았다.

그때 누군가의 시선을 느낀 구유마혈이 그쪽을 쳐다보다가 잔혈부를 발견하고 어? 하는 표정을 지었다.

"너, 잔혈부가 아니냐?"

잔혈부는 불에 덴 것처럼 움찔 놀라더니 곧 허물어지듯 그 자리에 무릎을 꿇고 부복했다.

"소··· 속하 잔혈부 감찰부부주님을 뵙습니다······."

구유마혈은 옛 사마총혈계 총단에서 감찰부 부부주라는 지위였었다.

"이놈아! 난 더 이상 감찰부부주가 아니다!"

구유마혈이 평소처럼 쩌렁쩌렁한 목소리로 잔혈부에게 호

통을 쳤다.

"삼가시오."

"아! 요, 용서하십시오, 주군."

균현이 나직이 주의를 주자 구유마혈은 펄쩍 놀라 황급히 무가내에게 허리를 굽혔다.

"자네 수하를 얼마나 데리고 왔나?"

무가내가 구유마혈에게 물었다.

구유마혈은 고개를 깊이 숙여 이마를 탁자에 부딪쳤다.

쿵!

"오천입니다."

항주성 무적방을 출발할 당시의 무적오군은 무가내까지 포함하여 정확하게 이천오십오 명이었다.

그러던 것이 악양까지 오는 동안 여러 차례 크고 작은 싸움을 치렀고, 사해방을 전멸시키는 과정에서 잃은 수하까지 제하고 나면, 현재 무적오군이 보유하고 있는 고수는 정확하게 천구백삼십칠 명이다.

사실 무가내는 처음부터 무적오군만으로 정협맹을 공격할 계획을 갖고 있었다.

뱀으로 치면 정협맹 총단이 뱀 대가리다.

맹독을 지닌 무서운 독사라고 해도 대가리를 부수면 꼼짝 못하듯이, 정협맹이 아무리 거대하다고 해도 총단을 전멸시키면 끝장이라고 판단한 것이다.

정협맹 총단을 쓰러뜨리면 천하를 쓰러뜨리는 것이다.

그것이 무가내의 생각이었다.

슥.

무가내가 팔짱을 끼면서 굳어 있던 얼굴을 약간 풀었다.

"흠! 해볼 만하군."

균현 등은 머릿속으로 재빨리 아군의 수를 계산했다.

무적오군이 천구백삼십칠 명.

요마삼군단이 삼천 명.

구유마혈의 사독요마 고수가 오천 명.

도합 만여 명이다.

균현 등도 내심으로 무가내와 똑같은 말을 터뜨렸다.

'좋아! 해볼 만하다!'

第六十三章

악마의 미소[魔笑]

오랜 숙의 끝에 무가내는 몇 가지 결정을 내리고 또 계획을 변경했다.

그는 약 반 시진에 걸쳐서 그것들을 지시하고는 태가일선당에 앉아서 차를 마시고 있었다.

탁자의 창가 쪽에 앉은 무가내는 찻잔을 들고 창밖을 바라보았다.

이제 잠시 후면 동이 틀 것이다. 원래는 동틀 녘에 정협맹 총단으로 건너가려고 했으나 그 계획도 변경됐다.

사해방이 괴멸된 사실이 알려지기 전에 정협맹 총단을 공격하는 것도 하나의 방법이었고, 무가내의 처음 계획이었다.

정협맹 총단에 상주하고 있는 만 칠백여 명은 정예 중에서도 최정예다.

더구나 무가내는 정협맹 총단에 풍, 운, 광, 세 개 정감단의 삼백 고수가 더 있다는 사실을 균현으로부터 듣게 되었다.

그들 삼백 명은 정영고수보다 더 강하다고 한다.

그러므로 무적방이 비록 정협맹 총단을 급습한다고 해도, 그래서 승리한다고 해도 많은 수하가 죽게 될 것이다.

그것을 최대한 피하기 위해서 계획을 바꾼 것이다.

급습하기 전에 정협맹 총단의 고수들을 밖으로 끌어내는 작전이었다.

되도록 많이 끌어내서 여러 장소에서 각개격파를 하려는 것이다.

그러기 위해서는 사해방이 괴멸했다는 사실과 적멸가인과 은비전검이 이끄는 오백 고수가 독살당했다는 사실이 되도록 빨리, 그리고 크게 소문이 나는 편이 유리하다.

그러자면 오백 고수가 독살당할 때까지, 그리고 정협맹 총단의 고수들이 군산 밖으로 나올 때까지 끈기있게 기다려야만 한다.

현재 요마군의 촉각이 정협맹 총단과 악양을 중심으로 요소요소에 거미줄처럼 깔려 있는 상태다.

정협맹 총단의 아무리 작은 움직임이라도 요마군의 촉각에 걸려들 수밖에 없다.

무가내 이하 모두들 차를 마시면서 저마다의 상념에 잠겨 있는 것과 달리, 구유마혈은 균현과 세 명의 어린 여자가 무가내와 같은 탁자에 둘러앉아서 차를 마시고 있는 광경을 보고는 고개를 갸웃거리면서 잘 이해가 되지 않는다는 표정을 짓고 있었다.

균현은 그렇다 치고 십오륙 세부터 이십육칠 세가량의 세 여자가 태연히 다리를 꼬고 앉아서 노닥거리고 있는 모습은 도무지 이해가 되지 않았던 것이다.

구유마혈은 탁자 둘레에 앉아 있는 사람들에게서 조금 전부터 무엇인가를 느끼고 있었다.

그 느낌을 굳이 표현한다면 아마도 '가족애' 같은 것이었다.

구유마혈은 아버지 같은 모습으로 앉아서 여유있게 차를 마시는 균현이 조금 부러웠다.

그러면서도 자신에게 앉으라고 권하지 않는 그가 얄밉다는 생각도 들었다.

그렇다고 '가족'처럼 보이는 저들 옆에 털썩 앉자니 그것도 눈치가 보이는 일이라서 그는 쭈뼛거리며 서 있었다.

문득 그는 아까부터 생각하고 있다가 잠시 잊고 있었던 것을 떠올렸다.

"저… 주군."

그가 조심스럽게 입을 열자 무가내는 찻잔을 손에 쥔 채 그를 쳐다보았다.

구유마혈은 조금 더 조심스럽게 말을 이었다.

"정협맹주가 바뀐 것을 알고 계십니까?"

무가내는 가볍게 고개를 끄덕여 대답을 대신했다.

"정협맹이 발표한 내용들도 들으셨습니까?"

정협맹의 새로운 맹주가 사마총혈계를 무림의 한 축계로 인정하고, 사독요마를 구파일방과 같은 반열로 격상시키며, 이십 년 전에 무림을 구한 것이 대마종과 사대종사, 사마총혈계였다는 사실을 인정하고 천하에 공포했다는 사실을 말하는 것이다.

후룩.

무가내는 차를 마시며 또 고개를 끄덕였다.

"그런데… 정협맹을 공격하는 것은 괜찮겠습니까?"

정협맹이 화친을 제시했는데 이쪽에서 전쟁을 개시하는 것에 대해서 묻는 것이다.

"상관없어."

무가내는 짧게 대꾸하고 묵묵히 차를 마셨다.

구유마혈은 떨떠름한 얼굴로 무가내를 쳐다보다가 시선을 거두었다.

그때 균현이 조용히 입을 열었다.

"주군께선 정협맹의 발표를 인정하지 않으시는 것이오."

"그렇지만 천하의 사독요마들은 그렇게 생각하지 않을 게야. 어쩌면 이번 일 때문에 천하의 사독요마가 우리를… 아니, 주군을 원망하게 될는지…….."

균현이 그의 말을 잘랐다.

"우리가 곧 사독요마 자체이고 주군께선 하나뿐인 사독요
마의 하늘이시오."

구유마혈은 가볍게 움찔했다.

"주군께선 무림에 세 개의 축계가 있는 것을 용납하지 못
하시오."

"그럼……."

"무림에는 하나의 축계. 아니, 기둥만 있으면 되오."

"기둥?"

균현이 허리를 곧게 펴고 짧고 의연하게 말했다.

"사마총혈계가 무림의 기둥이 될 것이오."

"아……."

더 이상 무슨 말이 필요하겠는가. 구유마혈은 크게 감명을
받아 가슴이 뭉클했다.

그때 저만치 벽 앞에 서 있던 잔혈부가 처음에는 주춤거리
더니 곧 이쪽으로 성큼성큼 걸어왔다.

이어서 무가내를 향해 부복하고 이마를 바닥에 대며 웅혼
한 어조로 외치듯 입을 열었다.

"방주께서 저를 용서해 주신다면 목숨을 바쳐서 충성을 맹
세하겠습니다!"

그는 실수로 무가내를 죽이려고 했었고, 그 대가로 혈인부
삼백오십 명의 수하들을 깡그리 잃었다.

오랫동안 동고동락했던 수하들이었다. 그래서 가슴이 찢어지는 고통을 당했다.

하지만 그는 무가내를 원망하지 않았다. 자신의 잘못된 판단 때문에 일어난 일이기 때문이다.

결국 그는 수하들이 죽은 것이 자신 탓이라는 결론을 내려야만 했다.

그리고 그는 무가내의 실체를 보았고, 그래서 결심을 했다.

수하들의 영혼을 달래고, 무가내에게 지은 죄를 용서받는 길은 작으나마 그에게 충성하는 길뿐이라고.

무가내는 잔혈부에게 가타부타 묻지도 말하지도 않았다.

그는 균현에게 가볍게 고개를 끄덕여 보였다.

"균현, 이 친구를 자네 밑에 두게."

균현은 앉은 채 고개를 숙였다.

"알겠습니다."

균현은 잔혈부에게 자신의 옆 의자를 가리켰다.

"이리 앉아라."

잔혈부는 감히 무가내와 같은 탁자에 앉으라는 균현의 말에 움찔 놀랐다.

그러나 아무도 관심을 갖지 않는 것을 보고 조심스럽게 의자에 앉았다.

그것을 본 구유마혈은 드디어 자신도 의자에 앉을 때가 됐다고 생각했다. 그래서 잔혈부 옆 의자에 조심스럽게 엉덩이를 걸쳤다.

이제 나도 이들과 같은 가족이다, 라는 생각이 들려는 찰나에 문이 열리고 설란요백이 들어섰다.

구유마혈은 제대로 앉지 않고 엉덩이만 살짝 걸쳐져 있는 상태에서 설란요백을 발견하고 소스라치게 놀랐다.

"앗!"

쿵!

그 바람에 자세가 흐트러져서 바닥에 꼴사납게 나뒹굴고 말았다.

그러나 그는 아픈 줄도 모르고 엉금엉금 일어나며 설란요백에게서 시선을 떼지 못했다.

"요… 요백 누님 아니십니까?"

그는 자신의 눈을 의심하는 듯한 얼굴로 더듬거렸다.

설란요백은 그를 아주 잠시 힐끗 보더니 곧장 무가내 옆으로 다가가 허리를 굽혔다.

"주군, 놈들이 도착하게 될 현 내의 주루와 먹을 것을 파는 가게들에 미리 손을 써두었습니다."

"응, 수고했어."

보고를 마친 설란요백은 무가내 맞은편 의자에 앉고 나서 그제야 구유마혈을 쳐다보았다. 구유마혈과는 달리 그녀는 조금도 동요하는 모습이 아니었다.

"나를 알아보겠느냐?"

구유마혈은 너무 크게 놀라서 정신을 차리지 못했다.

"그… 그럼요, 요백 누님……."

그는 마도십혈의 여섯째, 즉 마육혈이지만, 설란요백은 요계십화의 둘째인 요계이화다. 항렬로나 지위로나 하늘 같은 존재인 것이다.

즉, 그녀는 현존하는 사독요마 중에서 가장 신분이 높은 인물이었다.

"어떻게 지내셨습니까?"

잠시 설란요백이 담담한 표정으로 구유마혈을 바라보고만 있자 비로소 정신을 수습한 그가 반가운 얼굴로 물었다.

"자네들이나 똑같지."

사마총혈계 사람이라면 누구라도 지난 이십여 년 동안 고생을 했다.

더구나 높은 지위에 있던 사독요마사십인들은 더욱 고생이 막심했었다.

"그래… 지금은 어떻게 지내십니까?"

과거 사독요마사십인 중에서 설란요백은 세 번째로 나이가 많았다.

또한 그녀는 엄격하면서도 사독요마사십인들을 잘 거두고 다독였기 때문에 대부분 그녀를 '누님' 혹은 '언니'로 대하며 잘 따랐었다.

구유마혈의 물음에 설란요백은 엷은 미소를 지었다.

"주군께서 거두어주셔서 지금은 무적오군의 요마군장을 맡고 있다."

"아……."

구유마혈은 안도 반 부러움 반의 표정으로 설란요백과 균현을 번갈아 쳐다보았다.

그도 무가내의 수하인데 자신은 아무런 지위가 없기 때문에 겉도는 듯한 기분이 들었다.

예전으로 치자면, 무적방이 사마총혈계이고 무가내가 대마종인 셈이다.

그렇다면 균현이나 설란요백은 사대종사 정도의 지위를 누리고 있다는 것이다. 그런 생각을 하니 구유마혈은 더욱 자신의 처지가 서글펐다.

그렇지만 지금은 전쟁을 앞두고 있어서 그것에 대해서 뭐라고 입에 올릴 상황이 아니었다.

창밖 허공에 불이 난 것처럼 붉어졌다.

동이 트기 시작한 것이다.

"풍 랑, 이것 좀 보세요."

그때 잠시 눈을 붙이러 간 줄 알았던 은예상이 총총히 실내로 들어서며 무가내를 불렀다.

그녀의 얼굴에는 초조함이 떠올라 있었고, 손에는 하나의 두루마리가 쥐어져 있었다. 그 두루마리는 남의인들에게서 뺏은 것이었다.

은예상은 모두들 의아한 표정으로 지켜보는 가운데 탁자에 두루마리를 넓게 펼쳤다.

무가내와 균현, 설란요백, 구유마혈 등은 일제히 지도에 시선을 주었다.

무가내는 두루마리에 대한 얘기를 균현과 설란요백에게는 하지 않았었다. 얘기할 만큼 중요한 일이 아니라고 생각했기 때문이다.

무가내 눈에는 그때 주루에서 봤던 두루마리나 별반 다른 점이 없는 것 같았다.

"이것은 악양의 전략도(戰略圖)가 아닙니까?"

지도를 보던 설란요백이 적이 놀란 표정으로 낮게 외쳤다.

"전략도?"

병법서인 육도삼략을 읽으면서 '전략도'라는 내용을 읽은 적이 있는 무가내가 관심을 보였다.

"군사들이 전쟁을 목적으로 만드는……."

"나도 알고 있어."

설란요백이 설명하려는데 무가내가 말을 잘랐다.

"여길 보세요."

기다렸다는 듯이 은예상이 지도, 아니, 전략도의 오른쪽 하단을 가리켰다.

그곳에는 깨알 같은 글씨가 빽빽하게 적혀 있었다.

"이것은?"

설란요백이 전략도에 얼굴을 가까이 갖다 대면서 의외라
는 표정을 지었다.

그녀는 글자를 자세히 들여다보고 나서 고개를 들며 긴장
된 표정을 지었다.

"범자(梵字)가 틀림없습니다."

"그게 뭐야?"

그동안 꽤 많은 책을 읽은 무가내지만 '범자'가 무슨 뜻인
지는 알지 못했다.

"천축국(天竺國:인도)의 글입니다."

"뭐라고 적혔어?"

설란요백은 고개를 흔들었다.

"모르겠습니다. 범어를 알지 못해서……."

그때 은예상이 조용히 입을 열었다.

"범어는 서장(西藏)이나 신강(新疆), 청해(靑海) 사람들이 사
용하는 언어이기도 해요. 우린 그 지역을 변황, 혹은 새외라
고 부르죠."

균현이나 설란요백, 구유마혈 등은 처음에 은예상의 입에
서 '범자'라는 말이 나왔을 때 반사적으로 변황삼세와 새외
사벌을 떠올렸었다.

변황삼세와 새외사벌을 일통시킨 것이 대천신등이다. 그
리고 그 대천신등이 이십여 년 전에 일, 이차 흔천대전을 일
으켜서 중원 대륙 전역을 피로 물들인 사실은 아직도 무림사

에서 지울 수 없는 큰 상처로 남아 있었다.

균현 등은 누구보다 치열하게 그 시절을 겪고 살아남은 사람들이니 '범자' 라는 말에 누구보다 민감한 반응을 보이는 것이 당연했다.

그러나 어린 무가내와 요마낭, 자미룡, 냉운월 등은 은예상의 설명을 듣고서야 아! 하고 깨닫는 표정을 지었다.

모두의 얼굴에 긴장의 기색이 서렸다. 그들은 은예상을 주시하며 그녀의 다음 말을 기다렸다.

은예상은 차분하려고 애쓰면서 조용히 입을 열었다.

"지도는 모두 열 개인데 호남성 각 지역의 지형과 방, 문파의 위치가 자세히 표시되어 있으며 열 개의 지도를 모두 합치면 호남성 전체가 돼요."

"상아, 이걸 읽을 수 있겠어?"

무가내가 지도 우측 하단의 빽빽한 범자를 가리키자 은예상은 고개를 끄덕였다.

"이것은 호남성 각 지역에 있는 방, 문파들이 보유하고 있는 고수들의 수와 세력 분포를 기록한 것이에요. 지도가 워낙 자세히 만들어졌기 때문에 이것만 보면 호남무림에 대해서 한눈에 알아볼 수 있어요."

무가내는 묘한 표정을 지었다. 약간 놀라면서도 어이없어 하는 그런 얼굴이었다.

그는 지도를 가리키면서 은예상과 균현과 설란요백을 번

갈아 쳐다보았다.

"이거… 지금 내가 생각하고 있는 게 맞는 건가?"

세 사람 모두 착잡한 표정으로 무겁게 고개를 끄덕였고, 대답은 은예상이 했다.

"맞아요."

"이런… 빌어먹을!"

그러자 무가내의 입에서 한동안 잊고 지냈던 욕설이 튀어나왔다.

그는 고개를 모로 꼬며 중얼거렸다.

"그런데 그놈들이 어째서 호남성만 지도를 그린 거지? 나참, 알다가도…….."

말하던 중에 그는 무엇인가를 깨달았는지 나직한 탄성을 터뜨렸다.

"아! 그놈들 혹시 이런 지도를 중원 전체 다 그린 것 아닐까? 응?"

그는 은예상과 균현 등이 고개를 끄덕이는 것을 보고 그들은 이미 그 사실을 짐작하고 있다고 생각했다.

중원. 즉, 남칠성북육성의 지도를 호남성 지도처럼 그렸거나 혹은 작성하고 있다면, 그것들을 펼쳐 놓을 경우 중원무림의 세력 분포를 한눈에 훤히 볼 수 있을 것이다.

무가내는 허리를 펴면서 어이없다는 표정을 지었다.

"뭐야… 그렇다면 대천신등이 또다시 중원을 침공하려고

수작을 꾸미는 것인가?'

너무 충격적인 일이라 아무도 입을 열지 못했다.

한참 만에 설란요백이 가라앉은 목소리로 말했다.

"아무래도 대천신등이 암암리에 중원 재침공을 시도하려는 것 같습니다."

대천신등이 재미 삼아서 수만 리 먼 중원까지 수하들을 보내 전략도를 만들라고 명령하지는 않았을 것이다.

"균현, 마혈, 자네들 생각은 어떤가?"

무가내는 균현과 구유마혈을 번갈아 쳐다보며 물었다.

주군의 하문이지만 두 사람은 즉답하지 못했다. 너무 크고 충격적인 사건이기 때문이다.

무가내는 재촉하지 않고 그들의 대답을 기다렸다.

열 호흡쯤 지났을 때 구유마혈이 먼저 조심스럽게 입술을 뗐다.

"속하의 소견으로는… 대천신등 놈들이 또다시 중원을 넘보는 것 같습니다."

균현도 고개를 숙였다.

"속하의 소견도 같습니다. 전략도를 만들고 있었다는 것은 중원 침공의 마지막 단계인 듯합니다."

"마지막 단계?"

"자신들의 모든 준비를 끝내고 이제는 중원을 탐색하는 것이지요. 즉, 중원 침공이 임박했다는 뜻입니다."

전쟁에서 적국의 군사와 주요 시설, 재물 상황, 군수물자 등에 대해 파악하는 것은 그 무엇보다 중요하다.

전쟁을 일대일의 맨손 싸움이라고 가정한다면, 상대에 대해서 미리 알고 싸우는 사람은 손에 날카로운 무기 하나가 쥐어져 있다고 해도 과언이 아닐 터이다.

무가내는 창 쪽으로 천천히 걸어가며 말했다.

"대천신등의 중원 침공이 우리에게 어떤… 음… 거 뭐시냐……."

그는 걸음을 멈추고 고개를 갸웃거렸다.

"영향."

뒤따르던 은예상이 조그맣게 속삭여 주었다.

"응, 그래. 영향을 미칠 것인지 짐작할 수 있겠나?"

탁자 근처에 서 있는 균현과 설란요백, 구유마혈은 진중한 표정으로 생각에 잠겼다.

무가내는 창 앞에 서서 창을 활짝 열고 밖을 내다보았다.

호수 저 멀리 떠 있는 군산 뒤쪽에서 크고도 붉은 태양이 육중하게 웅자를 드러내는 중이었다. 그로 인해 군산과 호수 전체가 눈부시게 빛나고 있었다.

생각을 끝낸 균현과 구유마혈은 설란요백을 쳐다보았다. 그녀가 연장자이므로 그녀가 무가내에게 말할 것을 종용하는 것이다.

설란요백은 허리를 꼿꼿하게 펴고 정중하게 입을 열었다.

"하나만 여쭙겠습니다."

"응."

설란요백의 얼굴에 긴장이 감돌았다.

"혹시 주군께서는 대천신등으로부터 중원을 지킬 생각을 갖고 계십니까?"

무가내는 생각할 것도 없다는 듯 대답했다.

"중원이 내 것이 된 후라면 지켜야지. 지금은 아냐."

말인즉, 정협맹 총단을 공격해서 중원무림을 장악하게 된다면 중원무림이 자신의 것이므로 지키겠다는 것이다.

바꾸어 말하면, 공격이 성공하지 못하면 굳이 지킬 필요가 없다는 뜻이기도 하다.

균현과 설란요백, 구유마혈의 얼굴에 엷은 안도의 기색이 떠올랐다.

이윽고 설란요백이 잘라서 말했다.

"그렇다면 현재로서 대천신등은 우리에게 아무런 영향력도 끼치지 못할 것입니다."

무가내는 고개를 끄덕였다.

"좋아. 그렇다면 우리 계획은 변함이 없다."

이어서 그는 팔을 들어 옆에 서 있는 은예상의 어깨를 감싸면서 말을 이었다.

"요백 할매, 그렇더라도 대천신등의 움직임을 잘 살펴보도록 해. 그리고 중원 다른 곳에서 지도를 만들고 있는 놈들을 잡아들였으면 좋겠군."

"명을 받듭니다."

*　　　*　　　*

열 명의 경장고수가 커다란 자루와 가죽으로 만든 큰 물주
머니 하나씩을 각자 어깨에 메고 관도를 나는 듯이 쏘아가고
있었다.

그들은 모두 청의 경장을 입었고, 어깨에는 푸른 검을 메었
으며, 왼쪽 가슴의 동그란 원 안에 세로로 '해룡(海龍)'이라
는 글자가 수놓아져 있었다.

그들은 정협팔전의 해룡전 소속 고수들로서 정협고수이며
또한 해룡고수라고도 불린다.

그때 열 명의 해룡고수들은 관도를 벗어나 빠르게 숲으로
들어갔다.

그들은 다섯 호흡 만에 관도에서 그리 멀지 않은 숲 속의
커다란 공지에 도착했다.

그곳에는 많은 고수들이 열을 지어 질서정연하게 바닥에
앉아 휴식을 취하고 있었다.

공터에 도착한 열 명의 해룡고수는 한쪽 나무 그루터기에
나란히 앉아 있는 두 사람 앞에서 멈추고는 들고 있던 자루와
가죽 주머니를 내려놓았다.

두 사람은 적멸가인과 은비전검이었다.

"모두에게 나누어 줘라."

적멸가인이 가볍게 고개를 끄덕이며 명령하자 열 명의 해룡고수는 즉시 자루와 가죽 주머니를 들고 앉아 있는 고수들의 각 열 맨 앞으로 달려갔다.

이어서 자루에서 건육과 만두, 건량, 돼지고기 삶은 것 등을 고수들에게 나누어 주거나 가죽 주머니의 물을 고수들이 갖고 있는 휴대용 물주머니에 나누어 주기 시작했다.

해룡고수 중 한 명이 급히 만든 나무판에 조촐한 먹을거리를 담아 적멸가인과 은비전검에게 공손히 바쳤다.

적멸가인은 나무판을 무릎에 얹은 후 천천히 주위를 둘러보다가 공터 너머의 파란 하늘을 묵묵히 바라보았다.

악양까지는 이십여 리가 남았다. 식사를 하는 것까지 치더라도 한 시진이면 악양에 도착하게 될 것이다.

그녀는 지그시 입술을 깨물면서 독한 눈빛을 흘려냈다.

'혈풍신옥! 악양성 내를 샅샅이 뒤져서 반드시 찾아내고야 말겠다!'

이어서 그녀는 만두 하나를 집어 한 입 베어 물고 천천히 씹기 시작했다.

그녀가 물을 한 모금 마신 후 두 번째 만두를 먹고 있을 때 전서구 한 마리가 나타나 허공을 선회하다가 공터 아래로 하강했다.

전서구의 서찰을 읽던 정영고수 중대주 한 명이 급히 적멸가인과 은비전검에게 달려왔다.

"이걸 보십시오."

그가 내민 서찰을 읽던 적멸가인의 눈이 약간 커지며 얼굴에 놀라움이 떠올랐다.

그녀는 서찰을 은비전검에게 건네며 어이없는 듯한 표정을 지었다.

"사해방이 전멸하다니……."

그녀는 벌떡 일어나며 주먹을 불끈 쥐었다.

"혈풍신옥 이놈을……!"

그 바람에 그녀의 무릎에 올려놓았던 나무판의 먹을거리가 바닥에 와르르 쏟아졌다.

서찰에는 어제 밤사이에 사해방이 원인 모르게 전멸했다는 내용이 적혀 있었다.

그러나 적멸가인은 '원인 모르게'라고 생각하지 않았다. 서찰을 읽는 순간 혈풍신옥과 무적방이 사해방을 급습, 전멸시켰을 것이라고 굳게 믿었다.

그녀는 서찰을 손에 쥐고 놀란 표정을 짓고 있는 은비전검을 보며 냉랭하게 말했다.

"이런데도 대협께선 아직도 우리가 총단으로 곧장 돌아가야 한다고 생각하세요?"

은비전검은 말없이 굳은 표정을 지었다.

사실 적멸가인은 며칠 전에 정협맹 총단으로부터 한 통의 서찰을 받았었다.

거기에는 거사(擧事)가 성공하여 사형 북궁연이 새로운 정협맹주로 등극했다는 사실과 적멸가인과 은비전검, 오백 고수에게 즉시 총단으로 귀환하라는 내용이 적혀 있었다.

그래서 적멸가인과 은비전검이 의견 충돌을 일으켰다.

은비전검은 총단으로 돌아가자는 쪽이고, 적멸가인은 기필코 혈풍신옥을 잡아서 돌아가겠다는 쪽이었다.

적멸가인은 현재 무림에 파다한 소문, 즉 새 정협맹주의 발표에 대해서 정협맹 총단을 떠나기 전에 북궁연에게 한마디도 듣지 못했었다.

정협맹의 반란을 주도한 핵심 세력 중에서 북궁연을 제외한 모두가 모르고 있었던 것인지, 아니면 모두 알고 적멸가인만 모르고 있었는지에 대해서는 지금으로선 알 수가 없는 상황이었다.

사실이 어떻게 됐든 그것은 총단으로 귀환하면 자연히 알게 될 터이다.

그러나 한 가지 분명한 사실은, 그 사실을 그녀가 총단을 떠나기 전에 미리 알고 있었더라면 절대 반란에 동조하지 않았을 것이라는 사실이다.

그녀는 예전의 정협맹이 꼭대기부터 밑바닥까지 썩었다는 것에 대해서는 인정했으며 그것을 뒤집어엎어야 한다는 데에

동조했었다.

하지만 사마총혈계와 같은 하늘을 이고 공존한다는 것은 꿈속에서조차 상상해 본 적이 없었다.

그래서 그녀는 현재 사실상 북궁연의 사마총혈계에 대한 발표를 전면적으로 거부하고 있었다.

말도 되지 않는, 아니, 열흘 삶은 호박에 이도 들어가지 않는 소리였다.

그녀는 무적방을 치기 위해서 중원삼십육태두에서 선발했던 사천오백 명 고수들은 돌아오는 길에 각자의 방, 문파로 돌려보냈다.

그렇지만 총단 휘하인 정영, 정협고수 오백 명은 끝까지 인솔해서 혈풍신옥을 공격, 제압할 각오였다.

줄곧 무적방의 흔적을 추적해 온 적멸가인은 무적방이 악양에 있을 것이라고 확신하고 있었다.

무적방이 있다면 그곳에 필경 혈풍신옥도 있을 것이다.

그것 때문에 여기까지 오는 동안 그녀는 계속 은비전검과 대립했었다.

그녀가 아무리 설득해도 고지식한 은비전검은 들으려고도 하지 않고 무조건 총단으로 곧장 귀환해야 한다는 말만 되풀이했었다.

그러나 어쨌든 상관이 없었다. 적멸가인은 악양에 도착하면 은비전검이 돕든 돕지 않든 혼자서 수하들을 이끌고 혈풍신옥을 찾아내서 제압할 것이라는 생각을 한시도 머리에서 지우지 않고 있었다.

그런데 방금 사해방이 전멸했다는 사실을 알게 된 적멸가인은 갑자기 마음이 급해졌다. 무적방이 다음에 무슨 짓을 저지를지 모르기 때문이었다.

그러나 그들이 하게 될 짓이 정협맹에 큰 손실을 끼치고 적멸가인의 속을 더욱 뒤집어놓을 것이라는 사실은 분명할 터이다.

"출발한다!"

그녀는 식사를 하고 있는 고수들을 향해 짧고 차가운 어조로 명령했다.

혈풍신옥이 악양에 있다는 사실이 확실해진 이상 한시도 지체할 수가 없는 심정이었다.

갑작스런 출발 명령에도 식사에 열중하고 있던 고수들은 단 한 명도 불만스러운 표정을 짓는 사람이 없었다. 그 정도로 잘 훈련된 정예 고수라는 뜻이었다.

그들은 잠깐 사이에 일사불란하게 움직여 한 치의 흐트러짐도 없이 대열을 만든 후 적멸가인의 다음 명령을 기다리고 있었다.

당당하게 우뚝 선 적멸가인은 힐끗 은비전검을 쳐다보았다.

그는 일어나서 그녀에게서 서너 걸음 떨어진 곳에 묵묵히 서 있었다.

그는 며칠 전에 돌아오는 길에 정협맹의 반란과 새로운 수뇌부가 총단을 장악했다는 소문을 듣고 크게 놀랐었다.

하지만 놀라움은 오래가지 않았다. 정협맹 치하의 무림이 썩을 대로 썩었다는 사실에 대해서 평소에 크게 개탄하고 있던 그였었다.

그랬기 때문에 정협맹에서 반란이 일어난 것을 그다지 이상하게 여기지 않았다. 언제든 벌어질 수 있는 일이 일어났기 때문이다.

그는 무림을 진정으로 소중하게 여기는 협의지사 중의 한 명으로 존경을 받고 있다.

권력과 명예 때문에 정협맹 이십오맹숙 중 한 명으로 남아 있는 것이 아니라, 무림을 위해서 아직도 자신이 해야 할 일이 있다고 여기기 때문에 썩은 무림과 정협맹에 그대로 남아 있었던 것이다.

그런데 정협맹의 반란 소식을 접한 지 하루 후에 그에게 정협맹으로부터 한 통의 서찰이 날아들었다.

정협맹 이십오맹숙과 중원삼십육태두 모두를 정리하여 열두 명의 협의지사를 선발, 정협십이성이라는 것을 만들었는데 은비전검이 거기에 포함됐으니 총단으로 돌아와서 지위를 받으라는 내용이었다.

그는 노령에도 불구하고 앞으로도 무림을 위해서 헌신할 수 있게 된 것을 다행으로 생각했다.

적멸가인으로부터는 정협맹의 반란에 대해서 사전에, 그

리고 그 후에도 한마디도 듣지 못했다.

은비전검이 알고 있는 사람 중에서 적멸가인처럼 입이 무거운 사람은, 더구나 여자는 없었다.

그녀는 그가 알고 있는 사람 중에서 가장 침착하고 예지로우며 과묵했다.

이제 은비전검은 총단으로 귀환하자고 적멸가인을 종용할 명분이 사라졌다.

사해방의 괴멸은 그에게도 거센 충격이고, 그래서 혈풍신옥과 무적방을 응징하고 싶은 마음이 강해졌다.

근본적으로 적멸가인과 은비전검은 정의와 의협 같은 것에서 성격이 매우 비슷했다.

한 가지 극명하게 다른 점이 있다면, 은비전검은 규율에 따라서 행동하는 데 비해서 적멸가인은 목적을 위해서라면 수단과 방법을 가리지 않는다는 사실이었다.

이렇게 된 이상 은비전검은 이번만큼은 적멸가인의 말을 좇아 규율을 어겨볼 생각이었다.

"출발……."

적멸가인은 오른팔을 들어 올리면서 막 입을 열다가 말을 끝맺지 못했다.

대열을 이루고 있는 고수 중 가운데 쪽의 누군가 한 명이 풀썩 쓰러지는 것을 발견했기 때문이다.

적멸가인은 가볍게 아미를 찌푸렸다. 그러나 수하 한 명이 쓰러진 것에 대해서 그녀가 무엇인가를 생각하기도 전에 더 놀라운 일이 벌어졌다.

도열해 있던 고수들이 가을 논의 벼 쓰러지듯 한꺼번에 우르르 쓰러지기 시작한 것이다.

'이게 무슨……'

갑자기 적멸가인의 머릿속으로 불길함이 확 엄습했다.

그 순간 그녀는 토할 것 같은 메스꺼움과 머릿속이 환하게 밝아지는 듯한 심한 어지러움을 느꼈다.

'이것은 독(毒)!'

　　　　　　*　　　　　*　　　　　*

정협맹 총단은 무가내가 예상했던 대로 움직이고 있었다.

지난밤 사이에 사해방이 전멸했다는 소문이 퍼지자 처음에는 정협맹 총단에서 백여 명의 정협고수가 배를 타고 악양성으로 들어와서 조사를 시작했다.

그러나 그들 백여 명은 사해방에서 아무런 흔적도 발견하지 못했다.

또한 악양성과 인근에서 사해방을 전멸시켰을 것으로 추정하는 세력, 즉 혈풍신옥과 무적방에 대한 어떠한 단서나 흔적도 발견하지 못했다.

한 시진 후 정협맹 총단에서 삼백 명의 정협고수가 더 악양성으로 건너왔으며, 다시 한 시진 후에는 이천 명의 정협고수와 삼백 명의 정영고수가 악양성을 밟았다.

그렇게 정오가 되기 전에 정협맹 총단에서 도합 이천칠백 명의 고수들이 악양성으로 건너왔다.

그들은 악양성과 인근의 작은 돌 하나와 풀 한 포기까지도 철저하게 조사했다.

무가내는 저 아래 대로상으로 많은 수의 정협맹 고수들이 바쁘게 오가는 광경을 묵묵히 굽어보고 있었다.

정협맹 고수들은 결국 악양성에서 아무것도, 그리고 아무도 찾아내지 못할 것이다.

무적방 고수들은 악양성이나 인근에 단 한 명도 남아 있지 않은 상태였다.

그들은 요마군에서 준비한 수백 척의 배를 타고 모두 동정호 호수 위에 떠 있는 중이었다.

무가내가 명령을 내리기만 하면 무적오군과 요마삼군, 구유마혈의 오천 고수는 일제히 군산에 상륙하여 정협맹 총단을 총공격하게 될 것이다.

무가내는 조금 전부터 몹시 심각한 표정이었다.

불현듯 어떤 생각이 번뜩 머리에 떠오른 이후부터 지금까지 그 생각을 떨쳐 내지 못하고 있었다.

은예상은 무가내 곁에 나란히 앉아 있지만 아무 말도 하지 않은 채 그의 침묵을 지켜주었다.

그녀는 무가내의 그런 진지하고 심각한 모습을 처음 봤다.

"상아."

이윽고 생각에 잠긴 지 반 시진 만에 무가내가 여전히 거리에 시선을 둔 채 조용히 입을 열었다.

착 가라앉은 목소리인데 그것 역시 처음 듣는 진지한 목소리였다.

"네?"

"듣고 나서 네 생각을 말해줘."

뜬금없는 말이다. 그렇지만 은예상은 공손히 대답했다.

"말씀하세요."

무가내는 머릿속으로 할 말을 정리하고 나서 조금 전보다 더 진지한 표정과 목소리로 말했다.

"대천신등이 쳐들어오면 골치가 아파질 것 같다."

사실 은예상은 정확하게는 몰라도 그가 무엇 때문에 고민하는지 짐작은 하고 있었다. 그리고 그녀의 짐작이 맞는 것 같았다.

"내가… 아니, 우리가 정협맹과 싸워서 이기더라도 대천신등이 쳐들어오면 곤란하잖아."

정협맹과의 싸움에서 무적방이 이겼다고 해도 큰 손실을 면할 순 없을 것이다.

그리고 무적방과 정협맹의 싸움은 즉시 천하에 소문이 날

테고, 대천신등이 모를 리 없을 터이다.

그들로서는 어부지리를 노릴 수 있는 절호의 기회다. 그러므로 무적방과 정협맹의 싸움 직후에 즉시 침공해 올 것이 분명하다.

정협맹을 이겨서 천하의 맹주가 된 무적방은 당연히 대천신등을 상대해서 격퇴시켜야만 한다. 어렵게 쟁취한 천하를 순순히 내줄 수는 없지 않겠는가.

그러므로 온 천하에 흩어져 있는 무림인들을 하나로 끌어모아 대천신등과 싸우게 될 것이다.

그 싸움에서 무적방이, 아니, 중원이 이길지 패할지는 아직 미지수다.

무가내는 그것을 고민하고 있었던 것이다.

"그래서 나는 한 가지 방법을 생각해 냈다."

그의 입가에 희미한 미소가 떠올랐다.

그것은 은예상이 그에게서 한 번도 없는 본 적이 없는 미소였다.

그는 은예상에게 언제나 푸근하고 따스한, 아니면 짓궂은 미소를 보여주었다.

그런데 지금 그가 머금고 있는 미소 속에는 잔인함과 비정함, 교활함 같은 것들이 뒤섞인 채 담겨 있었다.

한마디로 그것은 악마의 미소였다.

은예상은 그의 미소를 보는 순간 자신도 모르게 온몸에 소름이 쫙 끼쳤다.

머릿속으로는 그래서는 안 된다고 생각하면서도 몸은 매우 정직하게 반응하고 있었다.

무가내는 은예상의 동공이 한순간 커졌다가 다시 원상태로 되돌아온 것을 보았다.

하지만 개의치 않고 속에 있는 말을 뱉어냈다.

"후후… 우리가 감쪽같이 사라져 버리는 거야. 그럼 정협맹이 대천신등과 싸울 수밖에 없겠지."

그의 나직한 웃음소리도 악마 같았다.

하지만 은예상은 더 이상 소름이 끼치지 않았다. 그러지 않으려고 애를 썼기 때문이 아니다.

방금 전에는 무가내의 그런 모습을 처음 보는 것이라서 정신과 몸이 이상한 반응을 보였지만, 그 한 번으로 그녀는 즉시 적응을 했다.

그럴 수 있는 것은 그녀가 완벽한 무가내의 여자이기 때문이었다.

무가내의 미소가 더욱 짙어지고, 웃음소리도 커졌다.

"후후후… 정협맹과 대천신등이 중원을 놓고 대가리 터지도록 싸우게 내버려 두는 거야. 그동안 우린 모두 꼭꼭 숨어 있을 테니까 한 사람도 다치지 않겠지."

그는 스스로 생각해도 기발한 방법이라고 여겨 웃음을 참을 수가 없었다.

"핫핫핫핫! 누가 이기든 상관없잖아! 우린 끄떡없다구! 응? 안 그래?"

그는 한참 동안이나 실내가 울릴 정도로 크게 웃었다. 거리에서 정협맹 고수들이 웃음소리를 듣고 달려올지도 모르는데 그런 것은 개의치 않고 웃어댔다.

은예상은 두 손을 앞에 모으고 다소곳이 서서 그의 웃는 모습을 사랑스러운 듯 바라보았다.

이윽고 무가내는 웃음을 그치고 입가에 득의한 미소를 매단 채 은예상을 빤히 바라보며 물었다.

"상아 생각은 어때? 응?"

은예상은 잠시 말없이 그를 바라보기만 했다.

그러자 무가내의 입가에서 미소가 슬며시 사라졌다. 그리고는 약간 긴장하는 얼굴로 변했다.

그가 세상에서 제일 사랑하면서도 비중있게 생각하는 사람은 은예상 하나뿐이다.

그러므로 그녀의 반응은 그에게 큰 영향을 미칠 수밖에 없는 것이다.

은예상은 그를 말끄러미 바라보다가 이윽고 방그레 꽃봉오리가 피어나는 것처럼 환한 미소를 지었다.

"훌륭한 생각이에요."

"헤헤! 그렇지?"

무가내는 조금 바보처럼 웃으면서 두 손으로 은예상의 어깨를 잡았다.

"호호! 네."

그녀의 웃음도 어딘가 무가내를 닮아 있었다.

무가내는 은예상을 가만히 품에 안고 등을 토닥였다.

"너에게 칭찬 들으니까 정말 기분 좋다."

은예상은 느낌이 그와 달랐다. 그를 칭찬해 주니까 기분이 좋았고, 품에 안기니까 행복했다.

산다는 것이 다른 게 있을까? 이런 것이 바로 행복이려니.

천하를 위하고 염려하는 일은 그녀하고는 상관이 없다.

그녀가 해야 할 일은 오직 무가내를 사랑하고 그를 위하며, 염려하는 것뿐이었다.

그가 은예상의 천하이고 하늘이기 때문이다.

자신들이 은신해 있는 위치에서 무가내의 최종 명령을 기다리고 있는 무적사군장과 무적이전사 강조, 그리고 요몽과 구유마혈에게 각각 전서구가 날아들었다.

전서구에 실린 서찰의 내용은 모두 같았으나 만신군주인 오도겸이 받은 내용만은 조금 달랐다.

적멸가인과 은비전검, 정협맹 고수들에게 독을 사용하는 것을 중지하라. 만약 독을 사용했다면 즉시 수하들을 이끌고 선화루로 돌아가 대기하라.

오도겸은 씁쓸한 표정으로 서찰을 손 안에 움켜쥐었다.

스스스.

그의 손가락 사이로 연기가 새어 나오는가 싶더니 그가 손을 펴자 손바닥에 한 움큼의 재가 소복이 쌓여 있었다. 삼매진화의 수법을 사용하여 서찰을 재로 만든 것이다.

그는 손을 가볍게 흔들어 재를 날려 버리면서 한 방향으로 시선을 던졌다.

그의 시선이 멈춘 곳은 숲 속의 넓은 공터인데, 그곳 땅바닥 전체에는 수백 명의 정협맹 고수들이 아무렇게나 나뒹굴어 있었다.

그의 눈동자가 공터를 이리저리 훑더니 이윽고 한곳에 멈추었다.

그곳에는 두 사람이 가부좌의 자세로 앉아서 운공조식을 하고 있었다.

적멸가인과 은비전검이었다.

두 사람을 주시하는 오도겸의 입가에 엷은 잔인한 미소가 매달렸다.

"흐흐흐……. 운공으로 몰아낼 수 있다면 천하십대절독 중에서도 가장 지독한 극정절독이라고 할 수 없겠지."

휘익!

그는 독에 중독된 오백여 명을 뒤에 남겨두고 숨어 있던 나무 위에서 훌쩍 아래쪽으로 신형을 날렸다.

뒤이어 그 근처 여기저기 나무 위에 은신해 있던 열 명의 만신전사가 신형을 날려 오도겸의 뒤를 따랐다.

무가내의 결정은 조금 늦었다. 반 각만 빨랐더라도 정협맹 오백 고수는 목숨을 건졌을 것이다.

울컥!

운공조식을 하고 있던 은비전검이 입에서 검붉은 핏덩이를 토해냈다.

뒤이어 코와 두 눈, 귀에서도 검붉은 피가 꾸역꾸역 흘러나왔다.

그런 현상은 독이 이미 온몸에 퍼져서 더 이상 손을 쓸 수 없음을 나타내는 것이다.

그는 몹시 힘겹게 눈을 떴다. 아니, 눈꺼풀을 들어 올릴 힘조차도 없어서 약간만 떠졌다.

정의로움으로 충만했던 그의 두 눈 안에는 흰자위와 눈동자 대신 검붉은 피가 가득 차 있었다. 그래서 그는 아무것도 볼 수가 없는 상태였다.

그의 새카맣게 변한 메마른 입술이 미미하게 달싹였다.

그러나 말이 되어 흘러나오지는 않았다.

스르… 턱!

그의 몸이 옆으로 기울어지더니 힘없이 쓰러졌다.

약간 떴던 눈을 감지도 못했다.

"컥!"

그때 적멸가인의 입에서 토하듯이 핏덩이가 뿜어졌다.

놀랍게도 그녀는 은비전검보다 더 높은 공력을 소유하고 있었다. 하지만 그것이 그녀를 구해주지는 못할 것이다.

원래는 매혹적이었지만 지금은 시커멓게 죽은데다 피범벅이 된 그녀의 입술 사이로 알아듣기 어려운 중얼거림이 새어나왔다.

"원…통…해……."

푹!

그리고는 앞으로 엎어지듯 쓰러졌다.

다각다각.

그리 급하지 않은 듯한 나직한 말발굽 소리가 간단없이 관도를 울렸다.

칠흑처럼 검은 명마 흑뢰 위에는 무가내가 꼿꼿하게 앉아 있고, 늘 그랬듯이 그의 앞에는 은예상이, 뒤에는 요마낭이 타고 있었다.

언제나와 다름이 없는 평화로운 모습이었다.

은예상은 가녀린 어깨를 무가내의 가슴에 대고 뒷머리를 그의 어깨에 얹은 채 편안하게 눕듯이 앉은 자세다.

그런데 그녀는 자신의 등 밑에서 무언가 꼼지락거리고 있는 것을 아까부터 느끼고 있었지만 짐짓 모른 체 눈을 감고 있었다.

꼼지락거리는 부위는 무가내의 허벅지 안쪽, 그러니까 음경이 있는 곳이었다.

가만히 있는 무가내의 음경이 꼼지락거리면서 저 혼자 놀고 있을 리가 만무하다.

그는 악양성을 떠난 이후 손에서 술 호로병을 놓지 않은 채 유유자적 혼자 술을 마시고 있는 중이었다.

그의 괴춤 속에서 꼼지락거리고 있는 것은 요마낭의 손이었다.

그녀는 무가내 뒤에 앉아 온몸을 그에게 찰싹 밀착시킨 상태에서 뺨을 그의 너른 등에 대고 눈을 지그시 감은 채 두 팔을 앞으로 돌려 괴춤 속에 넣은 채 혼자 무아지경에 빠져 있었다.

처음에는 은예상에게 들키지 않으려고 조심했었는데 시간이 흐르자 점점 대범해져서 이제는 까짓 들키면 어떠냐는 심보가 되었다.

요즘 들어서 무가내는 간덩이가 커진 요마낭이 무슨 짓을 하든 거의 내버려 두고 있었다.

이유는 한 가지, 그녀를 깜찍하고 귀여운 막내 누이동생쯤으로 여기고 있었기 때문이다.

그는 책에서 예의나 도덕에 대해서 배웠지만, 책 속의 지식이 실생활하고는 동떨어진 것으로 생각했다.

그저 귀여운 누이동생이 그런 것쯤 만지면 어떠랴 하고 내버려 두는 것이었다.

진짜 가족이라면 누이동생이 절대 그런 짓을 하지 못한다는 사실을 모르고 있는 그였다.

그것보다도 무가내는 악양성을 떠난 이후 내내 무엇인가 께름칙한 그 무엇이 가슴속 한 귀퉁이를 차지하고 있는 것을 느끼고 있었다.

그런데 아무리 생각해 봐도 그것이 무엇인지 도무지 알아낼 수가 없었다.

아니, 그런 느낌을 받은 것은 악양성을 떠난 후가 아니라, 사실은 중원을 내버려 두고 자신과 무적방이 은둔하기로 결정을 내린 후부터였다.

그래서 그는 그것을 잊으려고 술을 마시고 있는 것이었다.

이윽고 그는 흥얼거리기 시작했고, 그것은 곧 노래가 되어 입 밖으로 흘러나왔다.

"에헤라~! 구름이 걷히니 산머리 푸르고, 연꽃이 피니 물빛이 붉도다~!"

눈을 감고 있는 은예상의 입가에 부드러운 미소가 피어났다.

"아아……."

그리고 발갛게 달아오른 뺨을 무가내의 등에 대고 있는 요마낭의 촉촉한 입술 사이로는 달착지근한 가느다란 신음이 새어 나왔다.

그녀는 무가내의 노래하고는 상관없이 자신만의 상상 속

에 깊이 빠져 있었다.

"얼씨구 좋다~! 옅은 구름은 은하수를 지나고 가랑비는 오동나무를 적시도다~!"

무가내의 목소리가 더 높아지고 흥이 더욱 도도해졌다.

"꿀꺽꿀꺽……. 크으~ 좋다!"

그는 술을 마시느라 잠시 노래를 중단했다.

그런데 손등으로 입술을 문지르던 그의 두 눈에서 갑자기 번뜩 기광이 스쳤다.

휘익!

순간 그는 마상에서 곧장 관도 우측의 산기슭을 향해 번개같이 쏘아갔다.

"아!"

"어맛?"

그 바람에 은예상은 뒤로 쓰러지고 요마낭은 앞으로 엎어지면서 두 사람이 한 덩이가 되며 탄성을 터뜨렸다.

무가내는 길게 포물선을 그으며 관도에서 산기슭까지 십오륙 장을 단번에 날아갔다.

그는 쏘아가면서 청력을 극도로 끌어올려 주변의 기척을 최대한 감지했다.

좌측 이십여 장 전방에서 극히 미약한 파공음이 느껴졌다.

슈우―

그의 신형이 좌측으로 꺾어지며 흡사 빛처럼 쏘아갔다.

그는 지그시 어금니를 악물었다.

'이번에는 놓치지 않는다!'

그는 비무대회를 열었던 귀연혈창보에 있을 때 혼자 산책을 하다가 흐릿하면서도 기묘한 느낌이 주변에서 흐르고 있는 것을 감지했었다.

그 다음날 배에서 느꼈던 기척은 그것보다 조금 더 뚜렷한 것이었다.

그러나 그는 기척의 임자인 괴한을 쫓다가 또 다른 괴한의 급습을 받고 추격에 실패했었다.

그때 그가 알아낸 것은 괴한이 흑삼을 입었으며 어깨에는 한 자루의 검을 멨고, 흑백의 두 가지 색을 꼰 듯한 굉장히 빠르고 위력적인 지풍을 사용한다는 것.

그리고 흑삼인들의 무공이 중원에 나와서 싸워본 그 누구보다도 고강했다는 사실 등이었다.

그 느낌을 조금 전에 감지했고, 그래서 지금 추격하고 있는 것이다.

그런데 추격을 시작한 지 일각 가까이 되고 있는데도 그와 괴한과의 거리가 조금도 좁혀지지 않고 있었다.

그는 현재 팔성의 공력으로 섬신비를 전개하고 있는 중이었다.

그런데도 거리를 좁히지 못한다는 사실이 약간 의외이면서도 새삼 흥미가 느껴졌다.

이윽고 그는 전력을 다해서 섬신비를 전개하기 시작했다.

쉬이이—

발끝으로 높은 나뭇가지를 살짝 디딘 그는 모습이 제대로 보이지 않을 만큼 빠른 속도로 쏘아갔다.

흑뢰는 관도 변에 멈춰 서 있었고, 은예상은 마상에, 요마낭은 말에서 내려 조금 전에 무가내가 사라진 숲 안쪽을 기웃거리고 있었다.

"아……."

그때 요마낭은 은예상의 나직한 탄성을 듣고 급히 그녀를 바라보았다.

은예상은 자신들이 가려던 관도 앞쪽 가장자리를 주시하고 있었다.

요마낭의 시선도 그곳으로 향했다. 그리고 관도 변 숲에서 한 사람이 기어나오고 있는 모습을 발견했다.

아니, 그 사람은 상체만 관도로 내놓은 상태에서 엎어져 있었다.

은예상은 그 사람, 아니, 그 여자에게서 시선을 떼지 못했다.

그 여자의 얼굴은 검푸른색이었고 입에서는 검붉은 피가 흘러나오고 있었다.

하지만 은예상은 그 여자가 누군지 알아볼 수 있었다.

놀란 표정의 은예상의 입술 사이로 더 놀란 듯한 목소리가 흘러나왔다.

"적멸가인……."

그녀가 놀라서 어떻게 할 줄 모르고 있는데 갑자기 옆에서 검을 뽑는 소리가 들렸다.

스겅!

"저년이 적멸가인이라고요? 내 단칼에 죽여 버릴 테니 잠깐만 기다리세요, 주모!"

요마낭은 긴 검을 뽑아 들고 지체없이 적멸가인에게 바람처럼 달려갔다.

그녀는 달려드는 기세를 빌려 곧장 검으로 적멸가인의 목을 잘라갔다.

"멈춰요!"

순간 은예상이 급히 외쳤다.

요마낭은 동작을 멈추고 의아한 얼굴로 은예상을 쳐다보며 물었다.

"왜 그러세요?"

은예상은 대답 대신 차분하게 말했다.

"그녀를 이리 데리고 오세요."

『대마종』 7권에 계속…

이경영 소설

새델 크로이츠

SCHADEL
KREUZ

[2부] *Philosopher*
필라소퍼

정도를 추구하고 세상을 바로잡는
하얀 왕의 힘이 필요한 역전체 군단.
신의 존재에 가까운 '절대자'와
또 다른 천요의 등장.
그들의 목적은 헨지를 통한
공간왜곡의 문!

주어진 운명에 대항하는 자들과 이를 막으려는 자들.
그리고 밝혀지는 전설의 진실 앞에 또 다른
전설의 존재가 탄생하는데……

새델 크로이츠, 그들의 임무가 시작되었다.

- 유형이 아닌 자유추구 -
WWW.chungeoram.com
Book Publishing CHUNGEORAM

CHARM MASTER
참마스터
눈매 퓨전 판타지 소설

부적(Charm)이란

만드는 자의 정성, 만드는 자의 능력, 받는 자의 믿음,
이 세 가지가 충족되어야 최고의 힘을 발휘한다.

이계에서 넘어온 영환도사의 후손 진월랑!
아르젠 제국의 일등 개국 공신 가문이었던 이계인 가문, 진가가 하루아침에 몰락했다.
그것도 가장 믿었던 사람으로 인해.

홀로 살아남은 어린 월랑은 하루하루 생존 게임이 벌어지는
살인자들의 섬으로 보내지는데…….

독과 부적의 힘을 손에 넣은 진월랑!
그가 피바람을 몰고 육지로 돌아온다.

유행이 아닌 자유추구 -
WWW.chungeoram.com
Book Publishing CHUNGEORAM

Book Publishing CHUNGEORAM

청운하 新무협 판타지 소설

백팔번뇌

百八煩惱

세상은 날 버렸다.
나 또한 세상을 버렸다.

神이 선택한 그들이 흘린 쓰레기를…
난 그저 주워 먹었을 뿐이다.
그러므로 난 여전히 배가 고프다.

일류(一流)가 되기 위해서라면…
난 기꺼이 신마저 집어삼킬 것이다.

유행이 아닌 자유추구 -
WWW.chungeoram.com

Book Publishing CHUNGEORAM

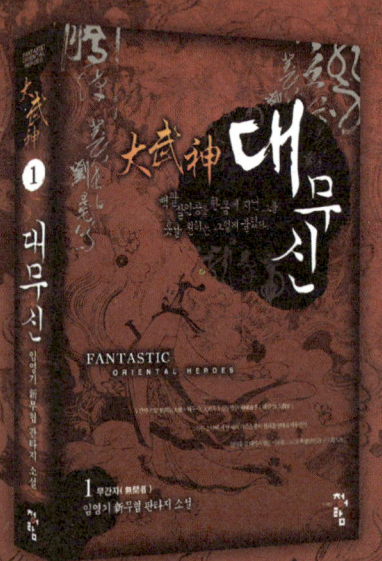

백팔살인공을 한 몸에 지닌 그를
훗날 천하는 그렇게 불렀다.

大武神
대무신

임영기 新무협 판타지 소설

무간백구호(無間百九號). 태무악(太武岳).
신풍혈수(神風血手). 대살성(大殺星).

고독한 소년이 세 살 때의 기억을 좇아
천하를 상대로 싸우면서 열아홉 살 때까지 얻은 이름들.
그리고 백팔살인공(百八殺人功).

大武神

백팔살인공을 한 몸에 지닌 그를 훗날 천하는 그렇게 불렀다.

Book Publishing CHUNGEORAM